宇佐美まこと

少女たちは夜歩く

実業之日本社

実業之日本社文庫

目次／少女たちは夜歩く

はじまりのおわり

この都市《まち》には、真ん中にこんもりとお椀を伏せたような山がある。その上に三層の天守閣のある城が建っている。生まれた時からずっとここにいる私は、この風景に慣れてしまっている。たまによその土地に行ったりすると、ただ何の脈絡もなく家やビルが建ち並んでいる街というのはアクセントも何もなく、魅力に欠けるような気がしてならなかった。

この城は日本三大平山城《ひらやまじろ》のうちの一つということになっているが、標高が一三二メートルもあって、平山城というにはかなり高い。地方都市でそう飛び抜けて高いビルがないこともあり、城山はどこからでも見えた。人々の生活も城山を中心にして営まれている。ざっくりとした土地の分け方にしても、城東《じょうとう》、城北《じょうほく》、西堀端《にしほりばた》、南堀端《みなみほりばた》というふうに呼びならわされている。堀端という名前が出てくるのは、城山の西と南には堀が残っているからで、堀之内側には、掘った土を盛った土塁が築かれている。

私は城山からはかなり離れた南の地区で育った。この平野を流れる二大河川が海に注ぐ直前に合流する辺りだ。そこからでも城山はよく見えた。それから、城山の東の麓《ふもと》にある女子高に通い、今は城北地区に住んでいる。思えば私の人生も、城山の周囲をぐるぐる巡っているようなものだ。ある意味、ここに囚《とら》われているのかもしれない。

築城から四百余年、ここにあり続ける城山には、この街を統《す》べる力が備わっているのだ。その力は、裾野にあまねくゆき渡っている。夜になって闇に溶け込んだ山の上で青白くライトアップされた城は、虚空《こくう》に浮遊する魔城《まじょう》のようだ。その引力から逃れられない私は、陶然とそれを見上げている。

宵闇《よいやみ》・毘沙門坂《びしゃもんざか》

「どこへ行くにもこのお城山をぐるっと回って行かなけりゃなんない。そのかったるさを何とも感じてないところが、もうここの人の気質を物語ってるね」

城山が街の真ん中にでんと鎮座している理不尽さを私に語った友人、日野梨香《ひのりか》とは、その女子高で出会った。城の東の郭《ひがしくるわ》は東雲台《しののめだい》と呼ばれ、東雲神社という神社がある。そのそばの高校に私は通った。私は三年間を学校の寮で暮らした。梨香とは一年の時、クラスも寮の部屋も一緒ですぐに仲良くなった。二年からは個室を与えられたが、ずっと私たちは親友だった。

梨香は、都会の高校でちょっとした問題を起こしてドロップアウトし、地方の私立の女子高に再入学して来たのだった。だから私たちより一つ年上だったけれど、そんなことは気にならなかった。明るくて気のいい子だった。「ちょっとした問題」というのも、別に隠しもせずに、私にべらべらしゃべってくれたが、もう忘れてしまった。忘れてしまったことはたくさんある。

私は今、城山のすぐ北の、それこそ山肌のすれすれの際に建つ、古い木造の棟割長屋風の借家に住んでいる。

城北地区は、文教地区とも呼ばれるほど学校が多い所である。それと同時に寺も多い。城そのものは、南側が正面として建てられている。城の裏側という感が強い城北地区は、落ち着いて静かな佇まいだ。「勝山荘《かつやま》」という私の住む借家は、もう取り壊しが決まっている。「勝山」とはこの城山の旧名で、城を築く時に城主が勝山からめでたい「松山」へと改名したのだという。

城山に植わった木々が、屋根の上にせりだしてくるぐらい、城山にくっついて建っているので、いかにも寂れて忘れ去られた風情である。コンクリート瓦の上には、そうやって堆積した枯れ葉が載ったままだし、雨樋《あまどい》の中も、落ち葉が詰まって用をなさない。ひどいあばら家だ。

大通りからもはずれているから、前の道もそう人通りはない。だが学生用ワンルームマンションも近くにあるので、城北地区にある大学の女子学生が笑ったり、しゃべったりしながら通ることもある。私とそう年の変わらない彼女らを、私は窓の内側からそっと眺めている。

私が住んでいるのは三軒長屋の一番西の端で、真ん中には、戸川《とがわ》さんという中年の女の人が暮らしている。戸川さんとはよく話すし、時々一緒に散歩したりする。東の端には、一人暮らしの年老いた男の人が住んでいると戸川さんは言うが、私は見かけたことがない。戸川さんの話では、その人はこの地区の大学の一つに清掃員として勤めているのだという。

「あの人、おかしな人よ。家の中で虫を飼っているのよ」

と戸川さんは言った。どんな虫かは知らないらしい。

戸川さんが外に出てきて、私たちの錆《さ》びた郵便受けに突っ込まれたままになっている広告ビラを、ぶつぶつ言いながら片付けてくれている。私もそうだが、東の部屋の男の人も郵便受けなんか見ないらしく、そういったものが溜まりに溜まっている。雨風に打たれ、日に焼かれて色褪《あ》せてもほったらかしなので、こうして時々戸川さんが集めて捨ててくれるのだ。

戸川さんは耳が悪い。何年か前、大きな事故にあって聴力が衰えたということで、いつも補聴器をつけている。が、その補聴器の調子が悪いのか、おかしな音が聴こえると、戸川さんは言う。

「耳の中を蟹が這い回っているみたい」

だから私としゃべっていても、急に戸川さんは顔をしかめたりする。その時は耳の中を蟹が這い回っているのだ。私はそう思って、しばらく口を閉じて待つ。今や、私の話を聞いてくれるのは戸川さんしかいない。だから私は辛抱強く待つ。

私たちは夕方とか夜、よく散歩をする。この城北地区をぐるぐる歩く。青の薄いベールが一枚一枚重なっていくような宵闇の時刻が、私は好きだ。私は城山にもよく登る。戸川さんも誘うが、以前、腹部の手術をしたことのある彼女は、山道を嫌ってついてこない。私が登るのは、古町口《こまちぐち》登山道である。ここは四本ある城山の登山道のうちでも、一番淋しい道だ。交通の便が悪く、城の裏手にあたる乾門《いぬいもん》につながっているためか、観光客の利用もほとんどないのだ。鬱蒼とした森林が両側に続いていて、静かに自然散策が出来る道だ。

「よく怖くないわね、あなた」

昼間でも暗いあの道のことを戸川さんはそう言う。

「私、高校時代にもよく城山を歩いたからね。山の中の様子はよくわかってるの」

私は澄ましてそう答えた。

女子高の建っている東の郭は、城の本丸東の山麓に構築された出郭《でぐるわ》だった。高校の正門辺りには、城門跡の勾配のゆるやかな石垣が残っている。かなり山懐に抱かれた場所に各々の校舎が建っている。常緑広葉樹林が広がる城山の自然景観を身近に感じられるつくりだ。苔むした石垣とか、湿気の多い暗がり、古びた木造校舎は、ちょっと薄気味悪い感じがすることもあった。

かつては陸軍歩兵第二十二連隊が堀之内に駐屯していて、三ノ丸跡にあった「お菊井戸」には、御殿女中のお菊が身を投げたという伝説があり、その幽霊に兵隊たちも震え上がったという話も上級生から下級生に語り継がれていた。

あの女子高の寮は、校章がクローバーの形をしているのにちなんで、「みつばハウス」と名付けられていた。みつばハウスは、東雲台の中でも、何段か石段を上って行った、それこそ森の中という場所にあった。今思うとおかしなことだが、高校の敷地と城山の森とは、明確な境界線がなかった。金網のフェンスが設けられている箇所もあったが、それは境界線というよりは、今もなお成長し膨張し続ける森の領域が、学校の側に侵入して来ないように押し留めておく装置のように見受けられた。

　プロテスタント系の教義が根底にある学校だったから、校舎の中にチャペルもあったし、城山の森の中に礼拝所もあって、そこで早朝礼拝が行われていたりした。その礼拝所などは、結構長い石段を上って行った森の奥を伐《き》り拓いて石のベンチを並べたものだ。そこに座っていると、果たしてここは校内なのだろうか、それとも城山の森の中なのだろうか、と不思議な感覚に囚われたものだ。そんなつくりだったから、私はあの頃からよく城山の中を歩いた。みつばハウスの裏手からも森の中へ入れたし、礼拝所の奥からも容易に入って行けた。

　そもそもこの城は、築城当時は、はげ山だったのを植樹したり種を播いたりして作り上げた人工林なのだと、歴史の先生が授業の合間に話してくれた。その頃から、不審者の侵入を防ぐため、常に低木や草を刈り取って、見通しをよくしていたのだそうだ。同時に、縦横に巡視路も付けていて、その名残の道らしきものが山の中にはあった。今知られている四本の登山道とは別のものだ。

梨香と一緒に探検気分で行くこともあったが、彼女は部活動の方が忙しく、私一人で山の中を歩き回ることの方が多かった。一度、そんな私の日常に気付いた寮母さんに、「危ないからやめなさい」と注意されたが、私はこっそりとその楽しみを続けた。

冬から春にかけて、木の芽が日々伸びていく様や、林床に緑を添えるコウヤボウキの小さな葉、山肌にしがみつくように咲くシロバナタンポポやタチツボスミレ。梅雨の終わった後の、むっと息苦しいほど立ち昇る緑の匂いと濃い空気。耳を聾《ろう》するほどのセミの声。落葉が始まった森の中で聞くモズの鋭い鳴き声。

それらの一つ一つが私の心を慰めてくれた。

「杏子《きょうこ》は人間嫌いなんだね」

梨香以外に親しい友人も作らず、山の中を歩き回る私に彼女はそう言った。もしかしたら長期の休みに入っても、あまり家に戻りたがらない私の気持ちを、梨香は敏感に読み取っていたのかもしれない。

私には実の父親の記憶がない。母は三歳にもならない私を連れて別の男のところに走ったのだ。私が〝父〟と思い込んでいたのは、この時の母の相手で、彼とは七年半一緒に暮らした。その時の住まいが城山の南の河川のそばだった。父と故郷とのイメージは遠く城山を望むあの地にある。彼にも家庭があって、結局籍を入れずじまいだったということは大分後になってから知った。

ようやくお互いの離婚が成立したと思ったら、母は突然この男の許を去った。しばらくして、また別の男が父の座に据えられた。この男と母はきちんと籍を入れたのに、私は一度も「お父さん」と呼ばなかった。多感な時期にさしかかっていた。新しい父と母の間ではいざこざが絶えなかった。案の定、母は二年もしないうちに離婚した。

母は一般的に言うと身もちの悪い女ということになるのだろう。しかし取りたてて美人でもなく派手でもない。普段は平凡を絵に描いたような人だった。ただぞっこんの男に巡りあうと他のものは目に入らなくなるのだ。多情で貪欲《どんよく》。直情で無恥。男が自分のものにならないと狂ったように執着した。そのくせ手に入れた男とうまくやっていけない。自分の思いを押しつけて相手を翻弄《ほんろう》した。

子供に対しても似たようなものだった。私は思い切り甘やかされたかと思うと何日も放っておかれた。見かねて祖母、つまり母の母がやって来て私の世話を焼いた。

「あんたの母さんは男を喰《く》らうんだ」魚の行商をして男っぽい性格の祖母は容赦がなかった。まだ年端《としは》もいかない孫娘の前で実の娘を罵《ののし》った。もしかしたら私が同じような人間にならないよう、釘を刺しておこうとしたのかもしれない。

母の相手が変わるたび、激変する環境と母の気まぐれが私を疲弊させ、壊していった。私は二番目の父が恋しかった。彼は母の中の魔性の部分を御することのできる唯一の男だった。もぎ取られるように持っていかれた〝父〟と川のそばでの穏やかな生活はもう二度と戻ってこなかった。

高校進学とともに母とは訣別《けつべつ》し、地元出身者でありながら寮生活を送るようになった。それで落ち着いたかというとまったく逆で、私は心的なバランスがうまくとれずに情緒不安定に陥《おちい》った。自分と他人との距離感がわからなかった。梨香以外の友人を作れなかったのはそういうわけだ。なにしろあの時、私はまだ十代半ばだったのだ。

「杏子は人間嫌いなんだね」

二年生になった時にもまた梨香は言った。美術室で梨香は私を前に座らせてデッサンをしていた。彼女は美術部に籍を置いて、絵ばかり描いていた。

あれは多分、全校礼拝の最中に急に私がおいおい泣きだした日のことだった。こういう奇矯《ききょう》な行動を時折私は繰り返すので、「超アブナイ奴」とか「神経症女」とか言われていた。梨香は人が何を言おうと平気で私と付き合ってくれた。そういうところは随分《ずいぶん》大人びて見えた。私とスケッチブックとを交互に見ながら、梨香の手は淀みなく動き続ける。私たちはしばらく黙って4B鉛筆のサラサラいう音を聴いていた。

「私と付き合ってると変人だと思われるよ、梨香」

「変人なんてこの学校にはバーゲンセールで叩き売るほどいるよ！」

さもおかしそうに梨香は言う。それは正鵠《せいこく》を射た見解だった。異性の目のない環境と、自由な校風とで、女子高には個性的な輩《やから》が群れをなすほどいた。

「篠浦《しのうら》千《ち》秋《あき》なんてね――」

うつむいたまま、梨香は自分のクラスの女生徒の名を挙げた。二年生になると取得科目の関係で、私たちは別のクラスになっていた。

「あの子、死んだ人間が見えるんだってさ！」

梨香は自分の言葉に噴き出した。私は篠浦千秋を思い浮かべた。ずんぐりむっくりした体型で、あまり身だしなみにも気を使わず、授業中もどこかぼんやりした感じの子だった。校舎の廊下を、いつも自分の足先を見詰めるように前かがみで歩いていた千秋の姿は今もよく憶《おぼ》えている。

「井戸の中から這《は》い出してくるお菊でも見てるのかもね」

梨香はスケッチブックをパタンと閉じて鉛筆をしまった。あの時のデッサンはとうとう見せてもらえなかった。あれはどうなっただろう。

私たちは連れだって坂道を下りて裏門を出た。少し前に学校の下の道沿いにアイスクリームパーラーができて、私たちの学校の生徒で賑わっていた。私はいつもチョコレートを、梨香はストロベリーのソフトクリームを食べた。学校下の道は、東雲神社に向かってゆるく上り坂になっている。築城の時に城の北東、つまり丑寅《うしとら》の方角に毘《び》沙門天《しゃもんてん》を安置して、城の護《まも》り神としたという云い伝えから、このゆるい坂は、毘沙門坂と呼ばれていた。

一足先に店の外に出て梨香を待っていると、背中に思い切り何かがぶつかってきた。チョコのソフトクリームが舗道にぐちゃりと落ちるのを、私は人ごとのように眺めていた。

「ちょっと！　何やってんのよ！」

まくしたてたのは梨香だ。毘沙門坂を下ってきた大学生らしき男性が、友人との話に夢中になって私にぶつかったのだとようやくわかった。

「弁償してよね」梨香の剣幕に、大学生は慌てて尻ポケットから財布を取り出した。

「ごめん。いくら？」

「いいです」断る私に、大学生は五百円玉を握らせた。

「これ、もらいすぎ」

「いや、あの、服も汚しちゃったから――」

よく見ると制服の前に少しだけチョコの染みが付いていた。梨香は「もらっときなさいよ」というふうに目配せした。舌がもうひとすくい、ストロベリーのソフトを舐め取っていた。男子学生は「ごめん」ともう一度言い、そそくさとその場を去っていった。私は仕方なく店の中に戻ってソフトクリームを買い直した。

店の前のベンチに腰かけて毘沙門坂を見下ろした。さっきの大学生とその友人とは、私たちの高校の正門も過ぎて下っていった。アイスクリームパーラーの前にたむろしていた一年生たちがいなくなると、その足下に小さなカードが落ちているのが見えた。

「あ、これ、あの人の学生証だよ」

拾い上げておいて、梨香は興味なさそうに私に渡す。

「どうしようか。大学に届ける？」

大学生の姿はもうどこにもない。私は「水口龍平《みずぐちりゅうへい》」という名と小さな写真とを見比べた。透明なカードケースの裏側にはイギリスの二ペンス硬貨が一枚入っていた。裏には王冠が、表にはエリザベス女王の横顔が刻印された古い硬貨だった。

「捨てちゃいなよ、めんどくさい。また再発行してもらうでしょ」

梨香はつっけんどんに言った。彼女は物事に拘泥《こうでい》しないというか、素っ気ない性格だった。美大に進学して画家になりたいと言っていたが、実際になれたかどうか私は知らない。

窓の外を戸川さんがゆっくりと通り過ぎる。

夕方の散歩に出て行くところだ。私も部屋を出ていって横に並ぶ。戸川さんは、私の方をちらと見たきり、黙って歩く。血圧の高い戸川さんは、医者に運動をするように言われているらしい。

「ああ、もう秋だわねえ」城山の方を見て、戸川さんは言う。

「そうね」

常緑広葉樹の多い城山は、全山が紅葉に染まるということはない。けれどもヌルデやヤマウルシが、赤や黄色に変わり始める。麓や開けた場所ではマルバハギの花が満開になっている。こういう時期に登山道を上がって行くと、ヤブムラサキは紫色の実を、ハナミョウガは赤色の、ヤブミョウガは瑠璃色の実を実らせているはずだ。林の中では、それら多くの食料にありつけた小鳥たちが、狂気乱舞している。

そして何より、道端にはいっぱいドングリが落ちている。コナラやアラカシ、クヌギやアベマキ。それぞれ少しずつ形の異なるドングリが、あちこちに落ちていて、子供でもないのに私はそれを拾わずにいられなくなる。そしてそれを持って帰って部屋の中に溜め込んでいる。

「どうして戸川さんはご主人と暮らさないの？」

前から気になっていたことを聞いてみた。戸川さんは既婚者だというのに、勝山荘で一人暮らしをしている。つまり夫とは別居しているのだ。

「だってもうあの人、別の女の人と暮らしているんだもの」

「じゃあ、何で離婚しないの？」

戸川さんは、いらいらと耳の補聴器をいじった。また調子が悪いのかもしれない。

「そりゃあ、あなた、お金の問題よ。たいてい、こういうことにはお金がからんでんのよ」

若い私をちょっと見下すようにそう言う。

「いくらかのまとまったお金もらって離婚届けに判コ押したって、そんなのすぐなくなっちゃうでしょ？　私が正妻でいるから、月々、生活費がもらえるのよ」

「セイサイ」という言葉をちょっと誇らしげに強調する。

いくら不倫をしているからといって、一生こんなふうに戸川さんの面倒をみていくのはご主人にとっては負担だろうな。私は思う。もしかしたら戸川さんの耳が悪くなった原因がご主人にあるのかもしれない。

前に聞いたような気がするけれど、忘れてしまった。私はこうしていろんなことを忘れていく。だから多分、戸川さんには何度も同じことを訊いてしまうのだ。それで戸川さんがいらつくのかもしれない。

「あんたこそ、何で一人でいるのよ」

戸川さんが逆に訊き返してきた。

「私、人間嫌いなんだ」

昔、梨香に言われたことを言ってみる。戸川さんは「ふん」と鼻で笑ったきりだ。

毘沙門坂に続く道にさしかかった。あのアイスクリームパーラーは、今はもうない。女子高はまだあるけれど制服は変わった。深緑のブレザーにシックなエンブレムが付いている。昔みたいに女の子女の子していない。校門を出た生徒たちがぞろぞろと坂を上ってきた。戸川さんと私は、立ち止まって彼女らをやり過ごした。

それから私たちは道を横断して真っ直ぐ住宅街の中を歩いた。毘沙門坂が遠ざかる。わざと細い道を選んでいく戸川さんについて歩く。くすんだオレンジ色の屋根の洋館が見えてきた。大きな敷地の中は草ぼうぼうで軒も傾いている。空き家になって久しい様子だ。庭の真ん中に大きな木が立っている。白い花と赤い花とを同時に付けている。

「あれは酔芙蓉《すいふよう》という花よ」

訊いてもいないのに戸川さんがもったいぶって説明する。私は何だか苦しくなって足早にそこを通り過ぎた。

「何だってあの木だけがあんなに大きくなったのかしらね。あれだけ特別な養分を吸い上げているみたいじゃない」

戸川さんはこの時だけ丸い背中を伸ばして塀の向こうを見ている。私はもうずっと先を歩いていて、隣家の金木犀《きんもくせい》の甘い匂いを胸一杯に吸い込む。
私は——私は酔芙蓉が好きではない。

臆病な私が水口龍平と付き合いだしたのは奇跡に近い。〝奇跡〟と言ったのは梨香だったけれど。たまたま毘沙門坂でまた出くわして学生証を返したのがきっかけだった。その時彼は、明らかになくした学生証を捜しているふうだった。私は梨香の忠告をつい無視して声をかけてしまった。龍平は学生証よりも、ケースの中の二ペンス硬貨が無事だったことを心底喜んだ。よっぽど大切なものなのだろう。

そのせいで龍平は、必要以上に私に感謝したのだった。お礼にと食事に誘われたのを固辞し続けてとうとう押し切られた。それから私たちは一緒に映画に行ったり大学野球の応援に行ったりした。目的もなく堀之内や商店街の中をぶらついたりもした。

龍平は父親が病気で働けないらしく、せっせとアルバイトをして生活費を稼いでいた。私たちのデートはつましいものだった。

「ひゃっほう‼ とうとう相原《あいはら》杏子が人間の男を好きになったよ！」

梨香は羽根ペンを二本、頭の上に振りかざし、インディアンみたいに私の周りを踊り狂った。

龍平は内気で優しい男の子だった。家庭の事情は複雑なようだったが、詳しくは尋ねなかった。どうやら私たちは家族愛に恵まれない同士だということはわかった。身にまとう匂いの似ている彼といると、長年築いてきた自分を守るための鎧《よろい》が少しずつ剝《は》がれていくような気がした。激情にかられる母の形とは違う、穏やかで柔らかな恋だった。

恋――そうだ。私はあれが恋だと思っていた。

ある特定の人間にとって大事な存在になることに私は酔っていた。

高校二年の初夏から翌年の春まで、そうやって私たちは季節を重ねたのだった。捨てられたきょうだいの子犬が雨の中で寄り添うみたいに、私たちはお互いを温め合った。

龍平といると、私はふいに不安にかられることも自分の感情に押し流されることもなかった。龍平と結ばれたのは、ある冬の午後のことで、とても自然なことのように思われた。龍平は私を求めていたし、私は求められることに満足していた。

幼い恋の成就を願って、私たちは結婚の約束までした。龍平の狭いアパートの部屋で肌をくっつけ合い、彼の匂いに包まれて、私たちはひそひそ声で将来を語り合った。

「僕はこの街で就職するよ。杏子が大学を卒業するまで待ってるから」と龍平は私の肩口で囁いた。

が、私はとうとうあの高校すら卒業することができなかった。

隣の戸川さんのところに大家さんが来ている。

大家さんは戸川さんの耳が悪いことをことさらに意識して大声でしゃべるので、私のところまで話は筒抜けだ。

「ねえ、来年の春には、ここ、取り壊してしまうんだよ。何遍も言うけど」

七十代の大家の森岡《もりおか》さんは、いっこうに出て行く気配のない戸川さんのことを気にかけている。いや、気にかけているのは戸川さんの身の振り方ではなく、ちゃんと来年の春までにここを明け渡してくれるかどうか心配しているのだ。森岡さんはこの先の平和通《へいわどおり》という大通り沿いで薬局を営んでいるのだが、そこを息子夫婦に譲って、自分たちはここに新しい家を建てて隠居しようという計画を立てているのだ。

戸川さんは、その説明を受けても転居先を捜すでもなく、どっしりと落ち着いているので森岡さんをやきもきさせている。ご主人から月々、生活費をいくらもらっているのか知らないが、こんな古くて不便な借家に住んでいるくらいだから、そう潤沢にはもらっていないのだろう。大病をしてから後、体の具合も悪くてしょっちゅう病院にもかかっているようだから、その費用もばかにならない。戸川さんは戸川さんなりに、やりくりに苦労しているのだ。

「あの、この間、僕が紹介してあげた物件、見に行った?」

森岡さんは、自分のことを「僕」と言う。

「あそこはだめですよ」戸川さんは、にべもなく言った。

「何で？　お家賃はこことそう変わらなかったでしょ？」

「だって電車の線路のすぐそばだもの。うるさくって」

森岡さんは黙っている。多分、ため息をついたのだ。心の中では、「あんた、耳が悪いんだから、うるさいも何もないでしょう」と呟《つぶや》いているのかもしれない。

「多少のことは我慢しなくちゃね」気を取り直して森岡さんは、また大声を張り上げる。「線路脇だから、あの家賃なんだよ」

その物件を戸川さんが見に行くのに私も付き合った。勝山荘から歩いて二十数分ほどの場所にあった。城山を一巡してゴトゴト走る路面電車の線路ぎりぎりの所に建っていた。路面電車というのは速度がそう出ないせいか、家々の軒先をかすめるように走って行く。その二階建ての木造アパートも、裏の物干しに干された洗濯物などは線路の上に出ているんじゃないかと思うくらいの距離感だった。

口をへの字に曲げた戸川さんは、さっさと木造アパートを後にした。そこが気に入っていないのはすぐにわかった。帰り道に平和通を通った。森岡さんの薬局にさしかかった。間口の狭い小さな薬局で、裏に住居がくっついている。塀越しにガラス戸の向こうがちらりと見えた。森岡さんの奥さんが車椅子に体を預けて庭を見ていた。

奥さんは二十数年前から下半身不随なのだと聞いた。森岡さんは、奥さんの介護をしながら薬局を切り盛りしてきたが、今度勝山荘の跡地にバリアフリーの家を建てて移り住むのだ。

「大変よね、大家さんも」

「奥さんはあんな体になっちゃったから、たっぷりローサイをもらってんのよ」

戸川さんは身も蓋《ふた》もないことを言った。「労災」というところをことさら強調する。何もかもに鈍重な戸川さんだが、お金に関する部分には鋭い。

「じゃあね、ともかく、ご自分で転居先を見つけて下さいよ」

ちょっと憤慨したように森岡さんが言った。戸川さんの声は聞こえない。

私は開け放たれた戸口の前で、玄関の板間に座って外を見ていた。その戸口の向こうの道を、ふらふらと蝶が飛んだ。オレンジ色の翅《はね》に、黒と白の紋がついている。

「おや、秋の蝶だよ」

森岡さんがそう言い、趣味で俳句をやっている彼は、「草臥《くたびれ》て土にとまるや秋の蝶」と誰かの句を口にした。

秋の蝶は、そのまま風に流されるように、頼りなくどこかへ飛んで行ってしまった。

古町口登山道には、ところどころ道端に石柱が立っている。番号がふられているが、何のための石柱かは知らない。この登山道は、北面のため日中でも薄暗い。しかし冬になると、エノキ、ムクノキ、アベマキ、センダンなどが揃って葉を落とすのでかえって明るくなる。冬に登山道を行く楽しみは、小鳥の姿が容易に見られるということだ。エナガ、メジロ、シジュウカラ、ヤマガラなどが混群となって、林の中で採餌《さいじ》している。そういう群れに出会うと、ずっと立ち尽くしたまま見上げてしまう。

美しい実がたくさん生るナナミノキにはヒヨドリがいて、ピーヨ、ピーヨと鳴きながら飛び回っているし、枯れ果てた雑草の中にヘクソカズラの褐色の実があれば、腹部のオレンジ色がきれいなジョウビタキを見ることも出来る。

出会った時感じたように、龍平と私とはとても似ていた。龍平にもどこか脆《もろ》い部分があった。一つ堰《せき》が崩れると、なだれをうって壊れてしまうような危うさを持ち合わせていた。彼の中に自分と同じ匂いを嗅ぎとる時、私はとてもいらつくようになった。そこに惹《ひ》かれ合ったくせに、私は龍平の幼さや弱さが許せなかったのだ。また私は城山の中の徘徊《はいかい》を始めた。

龍平はついてこなかった。それが私の楽しみの一つくらいに思っていたのだろう。でも龍平はそうすべきではなかったのだ。私をしっかりと見張っているべきだった。どんなに親密になっても彼にはわからない小さな冷たいかけらが私の中にはあったのに。

あの冬、私は城山の中で出会ってしまうのだ。あの男に――。

高校三年を目前にした二月のことだった。古町口登山道を下っていくと、双眼鏡で野鳥の観察をしている人が見えた。一年中そういう人は見かけるけれど、冬には特に多い。特大の望遠レンズを付けたカメラで鳥を撮影している愛好家もいる。私はそっとその人のそばをすり抜けようとした。四十歳ぐらいの男性だった。

「相原さんじゃないか」

双眼鏡を顔からはずした男を、私はまじまじと見詰めた。中学時代の担任だとやっとわかった。私はぼそぼそと挨拶した。高校進学の時に、なぜ自宅から通えるのに寮に入るのかといぶかしがった彼は、少しだけうちの事情を知っているのだ。母はその時もまた新しい男と同居していた。

「どうだい、高校は。今年は三年になるんだったなあ」

有田《ありた》という中学教師は、元担任らしい言葉を口にした。別れた二番目の父親に似ていると、ふと思った。担任してもらっていた時には一度もそんなふうに感じたことがなかったのに。

「先生のおうちはこの近くなんですか？」

特に興味もなかったが、話題に困ってそんなことを尋ねた。有田は北の方角を指差した。数年前に家を建てて家族三人で越してきたのだと説明した。ただし息子は県外の中高一貫校で寮生活を送っているらしい。名の通った難関私立校だった。

「お城山へ登るのはちょうどいい運動になるからね。暇があればちょいちょい来てるんだ」

この山には思いのほか野鳥が多く生息していると嬉しそうに言う。有田が理科を教えていたということを思い出した。私たちは連れだって山道を下った。有田は頭上の枝を指差して小鳥の名前をいちいち教えてくれた。双眼鏡で確かめた後、それを私に手渡して見てみるよう促した。私は彼の体温の残る双眼鏡を目に当てて、さえずったり、実をつついたりしている小鳥を観察した。

本当の父だと信じていた男と、川の土手を歩いたことを思い出していた。彼もこうして花や虫の名前を教えてくれたっけ、と思うと心の中にさざ波が立った。今もすらすらと植物や小鳥の名前が出てくるのは、〝父〟のおかげだ。

あの男が父親ではなくて、ただの母の愛人だったと知った時の喪失感と、子供である自分を全否定されたような衝撃を、私は山の中で追体験してしまった。しばらく忘れていた感情の波が私を襲う。溢《あふ》れてきた涙は、山を下る足取りに合わせてすぐにこぼれてしまった。立ち止まってしゃくり上げる私を、数歩先で立ち止まった有田は黙って見詰めていた。

「どうした」と問うことも、慌てふためくこともなく、ただ私が落ち着くのを待っていた。私が泣きやんで歩きだすと、そっと背中を向けて先を行った。

それから時たま有田と登山道で出会うことがあった。彼が野鳥観察に来るのが、たいてい土曜日の午後だとわかってからは、その時間に合わせて古町口登山道に行くようにした。彼は、私が毎回待っているということに気づいていたと思うが、何も言わなかった。私たちは静かに冬から春に変わっていく山の中で、小鳥たちを観察した。私はひな鳥のように有田の後ろをついて歩いた。他人から見ても、教師と教え子としか映らなかったろう。あるいは親子と見えたかもしれない。

有田は、私の母の褒《ほ》められたものじゃない行状を知っていたから、私が彼の中に父親を投影しているのだと思っていたのだ。私もそう思っていた。有田に再会した時に二番目の父のことを想ったせいもある。私の人生の中で一番穏やかだった日々、両親が揃っていて、母の最も母親らしかった時期が、あの川のそばでの暮らしだったから。あの時、永遠に喪《うしな》った父性を彼の中に捜しているのだと思っていた。

でも違っていた——。

三年生に進学して再びクラス替えがあった。梨香とはまた別のクラスだったが、篠浦千秋とは一緒になった。どのグループにも属さない私と千秋とは、教室の端と端でぽつんと席に座っていることが多かった。きっとクラスメイトは「変人どうしが余ってるよ」と噂していたに違いなかった。

私は所在なく千秋を観察した。彼女は厚ぼったい一重まぶたの目でぼんやりと教室のベランダや校舎に迫るお城山の木立ちの中などを眺めていた。本当にたまに、千秋がはっとしたように目を瞠《みは》ることがあった。何かを目で追うようなしぐさをすることもある。もしかしたら、もうこの世にいない誰かを見ているのかもしれない、と一瞬想像してみたが、ばかばかしくてわざわざ問い質《ただ》すことはなかった。

私たちがクラスの中で孤立しようが、あの子が死者の姿を見ようが、そんなことはどうでもよかった。私の中で有田の存在がどんどん大きくなってきていた。それでも私は相変わらず龍平とも会い、おしゃべりをしたり映画を観たり、彼の部屋でセックスをしたりした。有田のことは、早いうちに龍平にも話していた。中学の時の中年教師と城山で野鳥観察をしているという事柄は、特に彼の印象に残ることはなかったようだ。

有田と私は、申し合わせもしないのに毎週土曜日に登山道で会った。最初のうち、有田が城山に来るのは月に一度か二度だったのだから、向こうも私のことを意識してはいたのだろう。多分、その時はまだ放っておけない元教え子として。

しばらくして有田は私に小さな双眼鏡をくれた。野鳥観察に使うといい、と彼は言った。「使い古しで悪いけど」と。古いうえにあちこちに細かい傷が付いていたけれど初心者用で使いやすいものだった。彼が野鳥観察を始めた頃に使っていたものだという。私は心がときめいた。有田が新しいものを買ってくれるよりずっと嬉しかった。

その日、足場の悪い場所に踏み込む時、私はそっと有田の手を握った。有田は振りほどくこともなく、私の手を握り返してくれた。彼の横顔を盗み見たが、何の感情も現れていなかった。そのまま、お互い双眼鏡を手にすることなく、私たちは手を握り合ったまま登山道を下りた。

次に会った時、有田は一週間前の密やかな心の交流のことなど、すっかり忘れたというように晴れやかに言った。

「今度、うちに遊びに来ないか。君の元同級生も何人か来るんだ」

そして中学の時のクラスメイトの名前を数人挙げた。彼は危険な感情を抱きかけた私を「教え子」という範疇《はんちゅう》に戻すよう、心を砕いていたのだった。そんな計画がいきなり浮上するなんてあり得ないと私は消沈した。中学を卒業して以来、私は同窓生には一度も会ったことがないのだ。それなのに私は「はい」と返事をした。やんわりと私を拒絶する有田の意図を理解したうえで、意地でもそれに反抗したかった。龍平と心の中で訣別《けつべつ》したのはこの時だった。

翌週の日曜日、私は有田の家を訪問した。みつばハウスからは歩いて行ける距離だった。閑静な住宅街に建った洋風の家屋は、有田夫婦の幸せの象徴のように見えて、私は門のところで一瞬躊躇《ちゅうちょ》した。

遠くからバスと電車を乗り継いで来た友人は、男子二人と女子三人。彼らは私の姿を見ると、びっくりしたように顔を見合わせた。中学時代も暗くて友好的ではなかった私が、こんなふうに恩師の家を訪問するなんてひどく意外だったに違いない。しかし高校三年生になった彼らは、そんな子供っぽい感情を包み隠すくらいの分別は身につけていた。

その日の訪問は何ということもなく、平穏に過ぎた。有田の奥さんは、ややふっくらとした聡明《そうめい》そうな人だった。家族三人の写真が飾られていた。きっと奥さんは息子が遠くにいて寂しいのだろう。その代わりかもしれないが、奥さんは猫を飼っていた。高価そうな外国産の猫だった。女の子たちがかわるがわる抱き上げて「可愛い」と連発した。猫に手を差し伸べようとしない私に、一人の子が「杏子ちゃんは猫、嫌いだっけ？」と尋ねたのにも曖昧《あいまい》に笑ったきりだった。

上品なカップに注がれた紅茶とケーキの向こうで談笑している有田だけを見ていた。私はじっとソファに座って身を固くしていた。膝の上にきちんと揃えた両手を、知らず知らずのうちにぐっと握りしめていた。有田はこの場所に属している。落ち着いた雰囲気の奥さんや優秀な息子や猫、美しい家や庭木や革張りのソファ、薄手の陶器のカップ――そういう上等で取りすましたものに。いくら二人きりで城山の中にいても、この人はひとかけらも私のものじゃない。

この男が欲しい、と思った。

理由も何もない。ただ欲しくて欲しくてたまらなかった。私の体の奥にある何かが彼を求めていた。求められることが私は恋だと錯覚していた。でもそうじゃなかった。求められるのではなく、求めることが本当の恋なのだ。私は有田を渇望した。

その数日後、有田は自分の計画が不首尾に終わったことを知ることになる。私はもう自分を抑えられなくなっていた。誘ったのは私だ。私たちは城山の麓にある寂れたラブホテルに入った。本当に廃業寸前といった感じのホテルだった。ベッドのシーツはじめっと湿っていたが、そんなことはおかまいなしに私たちはその上にもつれて倒れ込んだ。

私は乾いた大地が水を吸い込むように有田を貪《むさぼ》った。そして自分のあらゆる部分を彼に与えた。息をはずませ、声を上げた。紅蓮《ぐれん》の炎に包まれた私は鬼女だった。母と同じだ。「あんたの母さんは男を喰らうんだ」祖母の声が耳のそばでした。文字通り、私は有田を喰らっていた。

有田も体を重ねてすぐに私がもう男を知っていることを見抜いた。彼は私の中に自《じ》堕落《だらく》な母の血脈を見てとったのかもしれない。私を元教え子の枠から取り出して、ただの女に昇格させた。彼が私を肉欲の対象としか見ていないのは承知していた。たった十七歳の女の子。それも自分から身を投げ出したのだ。少しの間、いい思いをしてやんわりと別れられると踏んだのだろう。人生のとば口に立った少女が中年男に本気になるなどと思いもしなかった。

彼は母の性情も、ましてやそれを引き継いだ私の念の強さもよくわかっていなかった。ただ肉でつながるだけではだめなのだ。私はとことん有田を自分のものにしなければ満足しなかった。私の情念によって誰がどれだけ傷つき、損なわれるか、そんなことはおかまいなしだった。

進路を決めなければならない大事な高校二年の終わりから、三年の春にかけて、私は有田を完全に手に入れるためだけに夢中になっていた。私と深い仲になった後も、有田は私をうまくコントロールできると楽観していた。家に帰るという有田を帰さないと駄々をこねる私を愛《いと》おしいとさえ思っていたはずだ。

一方で龍平にはもう会えないと告げた。自分に嘘はつけなかったからだが、龍平の方は納得できなかったろう。恋人の急な心変わりを理解できるはずもなかった。私にしたってこれを言葉に置き換えて説明することができなかった。

彼は何度も私に会ってくれるよう迫った。寮に電話をしてきたり、アイスクリームパーラーに近い裏門のところで待ち伏せしたりした。それに応じないでいると、私の不誠実さをなじる長い手紙を送ってきた。当然のことだ。でも私はそれさえも無視した。龍平は酒浸りになった。たいして飲めなかったのにひどく深酒をして、一度などは夜遅くにみつばハウスに押しかけて来た。ろれつの回らないほど酔った龍平を見て、私はこの男をも破滅に追いやったことを知った。

大学三年生なのに、就職活動をするどころではなかった。いつかこの街で就職するから、と言っていた龍平の言葉を思い出して、ちょっとだけ悲しい気がした。

これが私の性《さが》なのだ。梨香にも厳しい口調で忠告されたけれど、後戻りする気はさらさらなかった。私はどうしても有田が欲しかったのだ。しだいに有田も私の狂気に気づいてきた。私が何度も「奥さんと別れて」と迫ったからだ。彼の背中に私はそっと歯型を付けてやった。私のしるしに彼の奥さんが気づいたかどうか――。でもそうせずにはいられなかった。

彼とどんな生活を送るかなどと考えていなかった。ただ有田と暮らせさえすればそれでいいのだ。あの男をもぎとって私が用意した場所に据えること。それだけ。軽蔑《けいべつ》していたはずなのに、かつて母親がやっていたことと同じことを私はしていた。

母はその頃は一人暮らしをしていたが、私にはその家は居心地がいいとはいえず、代わりに祖母の家をよく訪ねていた。祖母もあまり母とは行き来がない様子だった。自分の母親や娘と疎遠になっても、おそらく母は寂しいとも思わなかったのではないか。彼女の目は、いつも恋しい異性の背中に向いていた。そこだけはぶれることがなかった。

　有田はそろりと私から遠ざかろうとしていた。私がそれを許すはずもなかった。そのために私は優しい龍平をゴミのように捨てたのだから。もう元には戻れなかった。

「離婚はしませんって、きっぱり言ってやったのよ」

　戸川さんは自慢げに胸を張った。勝山荘の前を小学生の子らがリコーダーを吹きながら通った。『トルコ行進曲』を勇ましく吹いている。誰かが間違えてピーッと裏返った音を出した。戸川さんは眉間に皺を寄せて両耳をふさいだ。戸川さんが黙ってしまったので、私は開け放たれた窓から、向かいの家の庭に咲いたラッパみたいなチョウセンアサガオの黄色い花を見詰めた。この花には毒がある。甘ったるいうっとりするような香りを撒き散らしているのに。

　このところお天気が続いたので長屋の部屋は居心地がいい。曇りや雨の日には、昼間でも薄暗くて気が滅入《めい》る。「ここは駐車場にでもして、別のところに家を建てた方がいいですよ、絶対」とついさっき戸川さんは大家さんに忠告していた。森岡さんはあきれ顔で帰っていった。

　そんな忠告する暇があるなら、自分の身の振り方を考えた方がいいよ。たとえばご主人のところに戻るとか、と私がおせっかいなことを言ったものだから、戸川さんはご主人が愛人と暮らすと言いだした時のことをしゃべりだしたのだ。

戸川さんは耳に手を当てたままだ。何かにじっと耳を澄ましているみたいに見える。私は戸川さんの耳の中をちっちゃな蟹が這い回っているところを想像した。

「夫が浮気するのは、しょうがないなって思ったの。だってそれは私に魅力がないってことでしょ？　それはいいのよ」

「そうなんだ」

「でもね、離婚届に判を押すのだけは拒否したの」

戸川さんにしては上出来だ。私は膝を抱えて顎《あご》をその上に載せた。

そうすると――と私は考えた。そうすると、ここに並んで座っているのは、愛人に夫をとられた妻と、妻に夫をとり戻された愛人ってことになる。笑い話みたいな取り合わせだ。

有田が戸川さんの夫のように私を選んでくれたらよかったのに。有田の奥さんも戸川さんのように潔《いさぎよ》い人ならよかったのに。そうすれば私も有田に対してあそこまではしなかったのに。せめて「あの時の僕はどうかしてたんだ」などと言わずにおいてくれたらよかった。私との情事に溺《おぼ》れた後に。

一学期が半ばを過ぎると、私の精神はまたひどい状態に陥った。有田は私と抜き差しならないことになるのを恐れて、少しずつ距離を置き始めた。土曜日に城山の登山道に行っても、有田は来なくなった。

龍平は、とうとう私と有田とのことに気づいて荒れた。酔って暴れて警察沙汰を起こした。夜中に歓楽街で飲み屋の看板や自転車やバイクを倒して回るという、子供っぽいやり方ではあったが。警察が駆けつけた時には、逆に店の従業員から袋叩きにあっていたらしい。

「彼にはきちんと謝って、きっぱり別れないと」と梨香は言った。心配して「一緒に行ってあげるから」と申し出てくれたけど、私は一人で龍平に会いにいった。警察から戻って来たところだというのに、またアパートで苦しそうに酒を飲んでいた。

「どうしたらあなたの気がすむの？」と問うと、龍平は私を殴った。足で蹴られ、壁に頭を打ちつけられた。髪の毛をつかんで部屋中引きずり回された。そういうことをしながら龍平は大声で泣いた。私も泣いた。龍平がかわいそうでならなかった。でも仕方がない。私はどうしても有田でなければだめなんだ。

龍平の部屋を出てすぐに有田に連絡をして、会う約束を取り付けた。大胆にも勤務先の中学校に電話をかけたのだ。有田は大慌てで城山にやって来た。

鏡は見なかったが、自分がひどい有様なのはわかった。登山口にたどり着くまでにすれ違った人たちが、はっと息を呑《の》んで私をじろじろ見ていたから。多分、顔は腫《は》れあがり血まみれで、髪はぼさぼさ。幽鬼みたいな姿でよろけながら歩いていたのだろう。だとすると、有田の反応も大げさとは言えない。彼は文字通り紙のように真っ白な顔色になって言葉を失った。

それでも私はにっこり笑ってこう言ったのだ。

「先生、奥さんに会わせてください。私がきちんと説明しますから」と。

彼はジャケットの内ポケットから封筒を取り出して私に差し出した。有田の手がガクガク震えるので、私はなかなか受け取れなかった。封筒の中にはお金が入っていた。とてもたくさん。私は首を傾げた。

「それで何とか――」

有田はようやくそれだけを口にした。

大方ふさがった私の左目から涙がこぼれた。封筒の上にぽつんと落ちたそれは血の色をしていた。有田は「ヒッ！」と小さく叫ぶと一目散に山道を駆け下りた。

その日みつばハウスに帰ると、寮は大騒ぎになった。私は病院に連れて行かれて手当てを受けた。先生や寮母さんたちは、私が城山の中でレイプされたんじゃないかと思ったようだ。その頃、城山に女性を連れ込んで乱暴するという事件がたて続けに起こっていたから。でもそれは深夜のことだ。いくらなんでも私はそんな時間に城山には登らない。

私は城山の登山道をはずれた場所で、足を滑らせたのだと言い張った。梨香だけには本当のことを打ち明けた。これは龍平との間をきっちりするために、当然私が負わなければならない傷なんだと。

梨香は「ばかだねあんたは。ばかだねあんたは」と呪文のように繰り返した。「それで龍平が救われると思ったの？　彼は杏子を殴ってまた地獄に落ちたんだよ」

「まあ、あの時はそう言うしかなかったのよねえ。あたしとしてはさ」戸川さんが大きく息を吐いて言った。「だからって夫の気持ちが戻ってくるわけないとわかってたけど」

戸川さんは甘辛いせんべいをバリンと齧《かじ》った。

「結局何もかんも受け入れるしかないんだ」

「そうだね」

傷が癒《い》えてから、私は有田の家に出向いたのだった。あのお金を返すために。あんなもの、もらういわれはない。私は有田と別れる気なんてこれっぽっちもなかったし、正直に話せば奥さんもわかってくれると思っていた。ところが行ってみると奥さんは留守で、有田はおろおろと詫びと別れの言葉を繰り返すばかりだった。私は頭が真っ白になって有田に言い募った。

「先生、私を好きだと言ったじゃない。絶対に離さないって。私のどこもかもが自分のものだって。ほら、ここも！　この場所も！」

私はブラウスの前をはだけて叫んだ。

「先生、私が十八歳未満だってわかってたでしょう？　それなのに私とセックスしたじゃない。何度も何度も。あれ、犯罪だって知ってた？」

自分をすっかり見失い、足を踏みならして絶叫する私の周りを、奥さんの飼い猫が興奮してぐるぐる回っていた。

でも結局はうまくいかなかったわけだ。有田の奥さんは何もしないで夫を取り戻した。よくわからないけどああなるようになっていたのだろう。私たちは何もかも受け入れるしかない。

「お前は狂ってる」

最後に有田は私にそう言った。遠い昔のことだ。

あの後、私の感覚は鈍麻して、記憶も曖昧になった。でもそのおかげでこうしていられるのだ。城山のそばで、深くものごとを考えず、昨日も今日も明日もなく——。

チョウセンアサガオが同じ方向にざわざわと揺れた。群れの中の大きな一輪が下向きのままぽたりと落ちた。重い音がした。

私が立ち上がると、戸川さんもよたよたとついてきた。玄関の前でスカートに落ちたせんべいの食べかすをはたく。私たちは並んで歩きだす。
毘沙門坂の方角から風が吹き下りてきて、私と戸川さんの間を通った。

猫を抱く女

その洋館は、森の入り口に建っていた。

わたしは麻耶《まや》の手をぎゅっと握りしめた。麻耶が不安そうにわたしを見上げてくるのに、わたしは何とか笑顔を返した。ここに来るのは何度目かしら？　多分数えるほどしか来ていない。路面電車が線路上をガタゴトと通っていく音。行き交う自動車の騒音。それらがすぐ近くから聞こえてくるのに勇気づけられて、わたしは洋館の玄関に向かって歩きだした。夫の実家に向かって。

「街の真ん中にお山があるよ」と麻耶は言う。降り立った駅からも小高い城山はよく見えた。東京の林立するビル街に慣れた三歳児の目には、不思議に映るのだろう。

「そうよ。あの下におばあ様の家があるのよ」

この前来た時は、麻耶はまだ赤ん坊だった。画作に忙しい夫、慶介《けいすけ》を置いて、今回は二人だけで帰省したのだ。玄関の重々しい扉が開いて、痩せた老人が出てきた。この家に先代から仕えている北見《きたみ》という男だ。

「お帰りなさいませ」そう言ってうやうやしく頭を下げる。「奥様がお待ちかねです」小走りでやって来てわたしの手からボストンバッグを取りあげた。「お時間をおっしゃってくだされればお迎えに行きましたのに」

「いえ、そんな……」

早くも言葉に詰まる。わたしはここが苦手だ。洋館の背後に控えた森が、ざわりと揺れた。まるで「よそ者が来た」と警告するみたいに。重々しい緑の塊に押し潰《つぶ》されそうな幻想に、わたしはまた麻耶の手を握りしめた。

登録有形文化財に指定されている蒲生《がもう》家の屋敷は、外壁が花崗岩《かこうがん》でできていて、一部にはきれいな水色のタイルが配されている。地下一階、地上二階の造りだ。ゆったりとした車寄せのある正面玄関には、御影石《みかげいし》のステップが三段ある。重厚なドアの上には、蒲生家の紋章である「左三ツ巴《どもえ》」のレリーフが施されている。

わざと左右非対称に造られた屋敷の前に立つと、なぜだかいつも軽い眩暈《めまい》を感じる。不安感と戸惑い――その出所を探りかけてやめた。この家は代々、山の上にある城の城主だった。

わたしの夫の慶介は、江戸時代から続く家系の正当な継承者である。一人息子を東京に送りだした後、入り婿《むこ》だった義父は四年前に他界した。その後この広くて陰気な洋館には、慶介の母親が、北見をはじめとした数人の使用人とともに暮らしている。

「環《たまき》さん、よく来てくれたわ」

玄関ロビーの吹き抜けの天井《てんじょう》や、乳白色の大理石の柱に見入っていると、正面の階段の上からよく響く声が降ってきた。義母の君枝《きみえ》だった。わたしは、背中に隠れようとする麻耶を引っ張りだした。

「さあ、おばあ様にご挨拶しなさい」

わたしの気持ちを敏感に汲《く》み取ったように麻耶は口を閉ざしている。わたしが苦手なのは君枝なのだと思い直す。いや、この威圧的な場所――城を後ろに控えた屋敷に属するすべてのものに、わたしは怖気《おじけ》づいている。

わたしは慶介より六つも年上で、東京のごみごみした下町の出身だ。父親がやっていた極小零細の典型のような金属加工の工場は、とうの昔に潰れた。義母がわたしたちの結婚に反対したのは当然といえば当然なのかもしれない。この地方では随一の名家である蒲生家は、今も多くのビルや駐車場を所有している資産家でもある。

「まあ、大きくなったこと」

階段を下りきった君枝は、麻耶の前で同じ目線になるよう、かがみ込んだ。麻耶は体をこわばらせはしたが、君枝が頭を撫《な》でるにまかせている。

慶介は、君枝の反対を押し切ってわたしと結婚してくれた。すぐに麻耶が生まれた。画家である慶介の絵が少しずつ評価されて売れだしたことと、子育ての忙しさとを口実に、わたしはほとんどここに来ることがなかった。しかし疎遠であったわけではない。特に麻耶が生まれてからは、義母との関係を改善しようと努めてきた。世の常で、君枝も孫かわいさに態度を軟化させてきて、今ではわたしを蒲生家の嫁として認めてくれるようになった。

東京で二つのアトリエを備えた一軒家を借りるために、わたしたちは君枝の援助を受けている。絵が売れ始めたといっても、慶介の収入は限られている。一人の画商がひいきにしてくれている程度で、親子三人が食べていけるには程遠い。

君枝に導かれて、わたしと麻耶は応接室に通された。正式な応接間は別にあって、ここは親しい間柄の訪問者を通す部屋だ。木々の合間から繁華街が見下ろせる、わたしがこの家で一番居心地のいい部屋だと密かに位置付けている場所である。麻耶はビロードの張られた固いスプリングのソファに腰を下ろした。白いソックスを穿《は》いた足をぶらんぶらんと揺らしながら、子供らしく頭を巡らして部屋中を眺めている。

大理石の暖炉《だんろ》は、主賓《しゅひん》用の応接間にもあるが、両方とも今は使われていない。灰も取り除かれて、中に無粋なガスファンヒーターが据え付けられている。床に敷かれたペルシア絨毯《じゅうたん》は、元は高価なものだったろうが、ところどころ色褪せ、擦り切れている。麻耶は、天井から吊り下げられた小ぶりで品のいいシャンデリアに気を取られている。

家政婦の土居《どい》さんが、盆の上に紅茶を載せてもってきた。この家の家政婦として老いるまで勤めあげた彼女の指は、リューマチを患《わずら》っているせいでうまく動かない。何とか紅茶をテーブルに並べるのを、わたしは立って手伝った。何もかもが古びてきしみ音を出している。この家も、住人も。

紅茶の中にスライスしたレモンをぽちゃんと浮かべて、麻耶はにっこりと笑った。君枝は、たった一人の孫のしぐさに相好《そうごう》を崩した。

「慶介はどうしているの?」

わたしは慶介の絵が、画商の口利きで、ある会社の社長さんに買ってもらえたこと、三月に大学時代の友人と共同で開く予定の展覧会に向けて画業に励んでいることなどを丁寧に説明した。いちいち頷《うなず》きながら耳を傾けていた君枝は、最後にそれとわからないほど小さく嘆息した。おそらく彼女は、息子が画家になったことが今も不満なのだ。絵画修復士などという訳のわからない職業の年上の女と結婚したことも。

「それじゃあ、そろそろ問題の絵を見てもらおうかしら」

立ち上がった君枝は、わたしと麻耶を従えて部屋を出た。少なくとも、この義母はわたしの職業を理解しようとはしてくれているようだ。わたしにこの家が所有する古い油絵の修復を依頼してくれたのだから。

二階に上がった。階段には赤い絨毯が張られていて、わたしたちの足音を吸収した。

この家は、君枝の祖父である蒲生秀衛《しゅうえい》が大正時代に建てたものだと聞いた。もともと来賓《らいひん》をもてなすための別邸だったらしいが、戦後、本宅を取り壊して貸しビルを建てた際に、一家はこちらに居住するようになったそうだ。

「どうぞ」

君枝は、薄暗い廊下の先にある重厚な扉を押した。バチンと仰々《ぎょうぎょう》しい音で電灯のスイッチを入れる。かなりの天井高で、火の気がなく、寒々しい空間だ。ここは皆が「読書室」と呼びならわしている場所で、代々の蒲生家の当主の蔵書が納められている。わたしは初めて足を踏み入れるのだ。淀んだ空気にやや怯《ひる》むが、そんな素振りはおくびにも出さず、義母の後に続いた。わたしが修復を頼まれた絵は、この部屋にずっと掛けられているものだという。

古いインクと紙の匂い。わずかに黴《かび》の臭《にお》いも混ざっているようだ。絵画には、よい環境であるとはいえない。そもそも日本のような寒暑と乾湿の激しい環境は、油絵の保管には適さない。その他にも直射日光や埃《ほこり》、煙草の煙などが、知らず知らずのうちに絵を傷めつけている。密閉もよくない。絵には無害な空気を呼吸させなければならないのだ。温度でいえば二十度から二十四度。湿度は五十から五十五パーセントがベストだが、美術館の整った空調設備の下ならともかく、一般の家屋では望むべくもない。だから、壁に掛けられっ放しの絵画は、どんどん悪くなっていく一方なのである。

そこでわたしのような絵画修復士が必要になってくる。世間ではあまり認知されていないが、大きな美術館には科学研究室が設けられていて、専門スタッフがいるし、オークション会社や画商、個人の収集家などから依頼されて仕事をしている。

わたしは長い間、民間の修復工房で働いていたが、麻耶を出産したのを機にそこを辞めた。だが仕事は続けるつもりでいた。独立したといえば聞こえはいいが、今まで勤めていた工房が、臨時の仕事を回すと約束してくれたにすぎない。麻耶の面倒をみながら家のアトリエで半端《はんぱ》仕事を二、三、こなしただけだ。きわめて不安定な状況である。

そんなわたしを助ける意味もあって、義母が仕事を依頼してくれたのだ。多趣味であった蒲生秀衛が描いた油絵の修復だという。素人《しろうと》の絵だからもちろん何の価値もないが、君枝にとっては大切なものらしい。実はこういう依頼は結構あって、そのほとんどが肖像画である。無名の肖像画家、あるいは素人が描いた故人の肖像画は、家族にとってはかけがえのないものだから、それを修復するのである。

君枝が読書室の窓を開けた。冬の清冽《せいれつ》な空気が流れ込んできた。麻耶が君枝の背を追い、わたしもその後に続いた。黒い影のように並んだ書架の奥へと進む。つきあたりにはすずらん型のアイアン製スタンドが載った読書机があり、絵はその脇の壁に掛けられていた。

百号の大作である。女性が椅子に腰かけている絵だった。美しい藤色のワンピースを着た若い女性だ。卵型の端整な顔立ちに切れ長な目、やや厚めのふっくらとした唇。透きとおるように白い肌。少し斜め向きの女性は、一見はかなげだけれども、それに反して意思の強さと生命力を感じる、そんな絵だった。

「この女性は誰だかわからないのよ」わたしがひと通り絵を見てしまうのを待って、君枝は言った。「祖母でないのは確かね。祖父が若い時に描いた絵らしいけど、本人もモデルの素性を明かさなかったから、未だに謎――」

わたしはそんな義母のおしゃべりを聞きながらも、麻耶の様子を窺《うかが》った。彼女の視線は一点に引きつけられていた。女性の膝の上へ――。そこには一匹の猫がいた。いや、猫のようなもの、というべきか。

灰色の地に黒い縞模様のある変わった体毛の持ち主だ。おそらくは外国産の猫なのだろうが、女性の手のひらが頭の部分を覆っているせいで、種類はよくわからない。女性の指の間から、黒い三角の耳が二つ覗いている。別の指の間からは、二つの目も見える。青みがかった水晶体のような目だ。闇の中で輝く野生動物の獰猛《どうもう》な目を彷彿《ほうふつ》とさせる。モデルの女性の視線はよそを向いているのに、この生き物の目は、真っすぐにこちらを見据えていた。

後ろ足と前足のバランスが変だ。貧弱な前足には、猫には有り得ない長い指が生えている。それはなんと三本しかなかった。一番おかしいと感じるのは、藤色のワンピースの上に垂れた尻尾で、まるでネズミのそれのように細くて肌色をしていた。毛は一本もない。

「おかしな生き物でしょう?」君枝は麻耶に向かってそう言い、後はわたしに説明した。「どうやらこれは祖父が想像して作り上げたこの世に存在しない動物らしいわ」

「この世に存在しない?」

窓から山の匂いのする風が入ってきて、書架の間を通り抜けていった。君枝はふっと子供っぽく笑う。

「祖父は多分に遊び心のある人だったわ。この絵は私が生まれた時から掛けてあったから、私は何度も尋ねたの。この動物は何って」

「これ、なに?」

幼い頃の君枝の口調を真似たわけでもないだろうが、麻耶が同じように尋ねた。

君枝は麻耶に「さあ、何かしらね」と笑いかけた。

「でも、こうも言っていたわ。お前のような小さな子供が本当にいると思えば、こいつに生命を与えることができるんだって。それから当分は怖かったわ。この不気味な生き物が屋敷の暗がりや、山の木立ちの下にいるような気がして」君枝は懐かしげに絵をつくづくと見やった。「そんなふうに、ある意味純真な人だったわね、祖父は。

私にとって、これは祖父との思い出の詰まった絵なの」

「そうなんですか」

「どうしたって見えない部分を想像してしまうでしょ？　そうするとどんなふうにも見える。絵は見る人の心を映す鏡だから。これも祖父の言葉だけど」

「とても――心の豊かな人だったんですね」

「そうね。あまり実務能力のない人だったようだけど。絵を描いたり、本を読んだり、旅行したり、今でいうボランティア活動にお金をつぎ込んだり。祖母はもう諦《あきら》めていたわね。祖母には、これを蒲生一族を守ってくれる大事な生き物なのだと言ってたらしいわ」

「蒲生一族を守ってくれる――？」

「現実派の祖母は笑ってたけどね。こんなちっぽけなわけのわからない生き物が、どうやって家族を守ってくれるのかしらって」

麻耶がまばたきをし、うっとりとため息をついた。

わたしたちは結局、義母の住む洋館に三日間滞在した。蒲生秀衛が描いた不思議な絵は、丁寧に梱包《こんぽう》して東京へ向けて発送した。三日の間に麻耶は、祖母である君枝にも、それから父親の生家である洋館にも馴染《なじ》んだ。

わたしがわざわざこの街へ麻耶を伴ってやって来た理由は、修復を依頼された絵画の保管状態を見ておきたいということもあったが、普段離れている麻耶と君枝とを少しでも一緒に過ごさせたいという気持ちがあったからだ。ひいては、結婚の際に感情の行き違いのあったわたしたちの関係も改善できれば、ということだ。多分君枝も同じ動機で、掛けっ放しにしていた絵の修復を頼んできたのだと思う。

届いた絵を見て、慶介も同様の感想を抱いたようだ。

「これを直そうだなんてお袋も酔狂だな。こんな仕事を頼むことを口実に、お前と麻耶を呼び寄せたかったのさ」

「お義母《かあ》さんはこの絵に相当な思い入れがあるのよ。大事なおじい様の思い出の絵だから」

「へえ！　僕はこの絵がずっと怖かったよ。だから読書室には近寄らなかった。僕が本嫌いになったのは、この絵のせいだ」

慶介は「代金はたっぷりもらうといいよ。どうせお袋は援助のつもりなんだから。出来なんかどうでもいいのさ」と言い捨てて、自分のアトリエへ行ってしまった。

慶介は苦労知らずで育ったせいか、人の気持ちを汲むようなことをせず、ストレートに何でも口にしてしまうきらいがある。わたしの力量では、単独で修復の仕事を請け負うにはまだ無理があるのは、重々承知している。だからこそ、こうして身内から回してもらったあまり見映《みば》えのしない絵画の修復にあまんじなければならないし、君枝がわたしたちの家計を助けるために、過分に支払おうとすることもわかっていた。わたしの技術者としてのプライドは少なからず傷ついている。そこをまたぐいと突くようなことを言ったことに、多分本人は気づいていない。

そういうところが慶介のいいところでもあり、欠点でもある。正直で潔癖で一徹。直情で独りよがり。そのくせひどく脆く、柔弱なところがあった。まさに世俗からはずれた画家の典型だった。そんな彼が放っておけなくて結婚したのだから仕方がない。

わたしは気を取り直して絵の修復に取りかかった。有名画家の描いた高価な絵でなくとも、一人の人にとってかけがえのないものなら、それは名画なのだ。だから決して手を抜いてはならない、とわたしの師匠は言っていた。

麻耶はおとなしく居間で遊んでいる。慶介のアトリエにもわたしのアトリエにも入ってはいけないとわかっているのだ。

現地で絵を壁からはずした後、絵の下調べはざっとしてあった。額縁と絵の間に挟まっていた剝落片《はくらく》もルーペで捜して、丁寧に拾い集めて持ってきた。これは顔料分析のためにも役立つし、補修をする際に再利用することもできる。まずは表面の洗浄である。洗浄液で洗い、浮き出してくる汚水を海綿で拭き取るという作業だ。油絵の具の盛り上がりや亀裂には、長い年月の間に埃や砂粒や繊維、何かしら粉末状のものなどが溜まっている。これを取り除くのだ。しばらくぶりの本格的な修復作業なので、わたしも夢中になった。

何日間もかかりっきりになった。時間はすぐに過ぎていく。洗浄作業を進めるうちに、わたしは奇妙なことに気がついた。モデルの女性の背景には風景画が描かれている。実際にこの風景の前に座ってポーズをとったわけではないだろう。作者がイメージに合わせて描き加えた風景画のように見える。中世の肖像画によく見られるスタイルだ。

手前にはイバラのような繁みがあり、背後には黄色い実を成らせた果樹が植わっている。画布の右の部分には、半ば崩れた木の柵。それは池を囲んでいて、灰青色の水《み》面《な》に空の雲が映り込んでいる。小道が丘に向かって延びている。森があり、小屋がある。なだらかな丘陵地の風景だ。全体が落ち着いた黄土色にまとめられているので、前の人物を邪魔するほどうるさくない。絵全体に奥行きを感じさせる構図である。ポーズをとる女性の肌の白さや藤色のワンピースを際立たせる役目も果たしている。

絵の背景を洗浄していると、数か所に絵の具を塗り重ねたようなタッチが見られた。中には上の絵の具が一部剝落して、下から全然別の色が見えている所がある。これは——とわたしは考え込んだ。作者が初め、そこに何かを描いてあったのを、消してしまったのではないだろうか。わたしはすぐに義母に電話をかけた。君枝はわたしの発見を大変面白がった。

「もしかしたら、だまし絵みたいにわざといろんなものを隠してあるのかもしれない。後の世の者が見つけることを想定して。祖父のやりそうなことだわ」

彼女は、上に塗り重ねられた色を取り除くことを了承した。原画の上に描き加えられたものを消して、オリジナル作品の価値を取り戻すということはよく行われることである。修復士の仕事の中には、不適切な過去の補修を正すということも含まれるのだ。信じられないことだが、顔や髪型、衣服などが現在の感覚に合わなくなったからといって、売買人が意図的に改変してしまうという例すらある。少しでも高い値をつけたいがための、このような恣《し》意的な改変は、作品のオリジナリティを著《いちじる》しく損ねるものである。

しかし、わたしが預かった絵の場合は、義母が言う通り、同じ作者、すなわち蒲生秀衛の手によるものに違いないから、上塗りされている方が作者の意図にかなうものなのかもしれない。何かを描き加えてみたものの、バランスが悪くて消してしまったのだ。だが、まあ、現在の所有者である君枝がそれを望むのだ。わたしもいくらかの好奇心をもって、上塗りされた部分を除去する作業を始めた。絵の具を柔らかくする溶剤をつけながら、ナイフでこそげ落としていくのだ。根気と集中力のいる仕事だった。

わたしが進み具合を連絡すると、君枝は「ワクワクするわね」と子供のように言った。彼女の後ろで、誰かがしゃべったり動き回ったりする音が聞こえた。君枝の姪《めい》のゆかりが来ているのだと思った。ゆかりは君枝の妹の娘で、時折伯母《おば》のところに出入りしている。慶介のいとこに当たる、この醜《みにく》く太った女は、わたしたちの結婚に大反対したのだと後から聞いた。六歳も年上のわたしが、蒲生家の資産目当てに慶介をたぶらかしたのだと君枝に吹き込んだらしい。

もちろんわたしは、資産が欲しくて彼と結婚したわけではない。裕福な君枝が今、わたしたちの暮らしを援助してくれているのは有り難いとは思うが、早く自分たちの収入でやっていけるようにというのが一番の願いで、慶介が引き継ぐことになるもののことなど考えたこともない。慶介本人もまたしかりである。彼の頭の中には、絵を描くことしかない。ゆかりの方こそ、夫とともにつまらない商売に手を出しては、金の無駄遣いをしている。資金源は君枝らしいが、同じ理由で、そんなこともわたしたち夫婦は無関心なのだった。

わたしはまず、一番遠景の、丘の頂上の部分を剝がし始めた。黄土色の絵の具の下から、青い色が現れた。どうやら子供が描かれているようだった。青は子供の洋服の色だった。顔の上の絵の具を慎重に剝がした。髪を三つ編みにした女の子のようだが、小さすぎて目鼻立ちははっきりしない。手足の部分まで丁寧に剝がしていくと、この子の肩には、緑色の鳥がとまっているのがわかった。子供の体格と比べると、かなり大きいインコのようにも見える。

わたしは手を止めて、女の子とインコとをまじまじと見詰めた。それからゆっくりと脚立《きゃたつ》から降りると、洗面所に行って絵の具や溶剤で汚れた指を洗った。ダイニングの方から麻耶が「ママ、雪だよ！」と叫ぶ声がした。掃き出し窓の向こうを、斜めに吹き流される細かい雪片《せっぺん》が見えた。

わたしは麻耶と並んでその雪を見ていた。あの日も雪だった……。

緑色のインコを殺した冷たい雪。ますます強くなっていく雪は、否応《いやおう》なくわたしを過去へと連れ戻す。

小学生の頃、うちの近所は小さな工場だらけだった。どこにいても工作機械の運転音と油の匂いがしていた。同級生の結衣子《ゆいこ》の家も、うちと同じようなプレス金型加工場を経営していた。けれども規模が全然違った。彼女の家は、十数人もの従業員を雇って操業していた。それでもどこかの下請けで、うちは結衣子のところから仕事を回してもらっている孫請けだった。

わたしの祖父や両親は、毎日毎日油にまみれて働いていたが、それでも食べていくのはかつかつだった。それに引き換え、結衣子のところはかなりゆとりがあった。家は工場から離れた場所に建った一軒家で、工場の上階を住居にしている我が家とは大違いだ。一人娘の結衣子は、いつも綺麗《きれい》な洋服を着て、長い髪の毛を三つ編みにしていた。ピアノやバレエも習っていた。

けれどもそんな事情は、子供世界には何の支障もきたさなかった。わたしたちは、同じ下町の子供として、ざっくばらんに行き来していた。別に結衣子がうらやましいとも思わなかった。初めてその意識が芽生えたのは、小学校五年生の時に、結衣子が家で鳥を飼い始めた時だ。

インドやスリランカに生息するという中型のインコで、体の色は目も覚めるような鮮やかな緑だった。結衣子はデパートのペットコーナーでこれを見つけ、親にねだったのだという。当時、値段も聞いたが忘れた。とにかくびっくりするほど高かったということだけは憶えている。

結衣子は、これに「リリー」という名前をつけて、しゃれた鳥籠に入れて飼っていた。クラス中の子供たちが何度も見に訪れた。リリーは簡単な言葉を憶えてしゃべった。わたしもインコが欲しくてたまらなかった。同時にうちの家計で買えるような代《しろ》物《もの》でないこともよくわかっていた。

結衣子はたまに気が向くと、鳥籠ごと友人に数時間貸してやるという遊び事をした。最初は自分と同じようにピアノを習っている子に貸した。それからお気に入りの男の子にも貸してやった。わたしは結衣子と親しい方だと自負していたから、順番が回ってくるのを心待ちにしていた。リリーの入った鳥籠を提《さ》げて歩く自分、リリーに言葉を教える自分を夢想した。だが、いつまで待っても順番は回ってこなかった。

「環ちゃんには貸さない」わたしがせがむと、結衣子はそうぴしゃりと言い放った。

「あなたの家はうるさくて汚ないもの。リリーがかわいそう」

取り囲んでいた女の子たちがクスクス笑った。「それに臭《くさ》いし」と言ったのは男子だ。

わたしは生まれて初めて人を憎むという感情を抱いた。そして嫉《ねた》むということも。

わたしはどうしたか？　リリーを盗んだのだ。どうしてそんなことをしたんだろう。今もよくわからない。結衣子の家の庭に面した窓が開け放たれているのを見て、そこからリリーを連れ出した。鳥籠ごと引っ提げて駆けに駆けた。どうしようという計画もありはしない。川に沿って河原を走って、それから目についた小高い山に登った。鉄塔が立っている山だ。そのてっぺんで、とうとうわたしは足を止めた。どこかに行くあてがあったわけではない。途方に暮れた。

太陽が沈み始めていた。雪がちらちらと降りだした。わたしは鳥籠を開いてリリーを逃がした。証拠隠滅《いんめつ》をはかったわけではない。わたしは空の鳥籠を提げてとぼとぼと家に帰ったのだから。その後のことをわたしはよく憶えていないのだ。両親に叱られた覚えはないが、もしかしたら忘れただけなのかもしれない。父は結衣子の家にあやまりに行ったと思う。

学校でのことも憶えていない。結衣子や友人たちとどういうふうに接したのか、わたしの記憶はすっぽりと抜け落ちている。ただ、リリーが雪の中で死んでいたのをクラスの誰かが見つけたということははっきりと憶えている。南の国の鳥は雪の中で凍えて死んでしまったのだ。見たわけでもないのに、白い雪の中に緑色のインコがみすぼらしい姿になって死んでいる映像はくり返しわたしの頭の中に現れた。

一年も経たずにわたしは転校した。うちの工場が倒産したからだ。それが結衣子の父親の経営する工場から仕事をもらえなくなったからで、それはわたしが引き起こした不始末のせいだとは、家の誰も口にしなかった。

わたしは気を取り直して、重ね塗りされた別の箇所に取りかかった。女の子とインコの絵が出てきたせいで、封印していた記憶が溢れだしてきた。嫌な思い出だ。最近ではほとんど思い出すことがなかったのに。静かなアトリエの中に、ナイフが古い絵の具を削り取る音だけが響いた。

麻耶は昼寝をしている。慶介も出掛けた。新しい画廊が絵を置いてくれるというので、描き上げたものを二、三枚持っていったのだ。美大を目指す生徒たちが通う予備校の講師の仕事もしているので、夕方はそちらに廻るようだ。

慶介は、日本洋画界の第一人者であった須《す》永《なが》喜《き》三郎《さぶろう》画伯の最後の弟子だった。去年、画伯は亡くなってしまったけれど、彼の影響力はあちこちに及んでいる。そのおかげで慶介も一目置かれているようだ。この調子で彼の絵が、そこそこの値で取引されるようになれば、生活も安定するのだけれど――。

わたしは雑念を頭の中からふるい落として、目の前の作業に集中した。今度は丘の中腹に建つ小屋のすぐそばの部分だ。女の子とインコが描かれていたのは一番の遠景だが、今度は少し手前になる。やはり人物が描かれているようだ。それとわかったのは、溶剤で溶けた黄土色の下から男の顔が現れた時だ。今しも小屋から出てきて小道に踏み出したかのようなポーズで正面を向いている。

わたしはふと手を止めた。中年の小太りの男だ。髪の毛を真ん中できっちりと分けて撫でつけている。鼻の左側に隆起した黒子《ほくろ》が一つ。ナイフが滑り落ちて、床でチャリンと音をたてた。震えだした体を両腕で抱え込んだ。それでも震えは止まらない。

わたしはこの男を知っていた。

父の友人で、名前は小杉《こすぎ》といった。工場がだめになってから、父は雇われて別の工場で働きだした。工場倒産でこしらえた借金が多くて、我が家は以前よりも逼迫《ひっぱく》した経済状態だった。小杉は父の幼馴染《おさなな じ》みで、一家で狭いアパートに越してからよくうちに出入りするようになった。何の仕事をしていたのかはよくわからない。

母は胡散《うさん》臭い男だと初めは嫌っていた。が、妙に金まわりはよかった。父は借金の支払いに金の工面が間に合わない時など、少しずつ金を借りていたようだ。たいした額ではなかったろう。しかし父は卑屈なくらい有り難がっていた。祖父が入院した時にも世話になったようで、母もしだいに頼りにしていった。

そして——ある日、母は小杉と一緒に蒸発した。わたしが中学三年生の時だ。

以来、わたしは母にも小杉にも会っていない。

「ママー!!」寝室で麻耶が起きて泣いた。わたしは大急ぎでアトリエから飛び出すと、麻耶のところに飛んでいった。絵の具で汚れたトレーナーのまま、麻耶を抱きしめる。寝ぼけた態《てい》の麻耶は、しゃくりあげていた。

怖い夢を見たのは——この子なのか、それとも、わたしか——?

慶介は上機嫌だ。新しく紹介された画商が、彼の絵を高く評価してくれたのだという。

「須永先生の絵を一括で買ったのは、あそこの画廊だったんだってさ」

阿倍《あべ》という画商のことを熱を入れてしゃべる。わたしが用意した夕食は、彼の前で冷えていく。わたしは言葉少なに相槌を打つ。

頭の中では全然別のことを考えていた。たまたま預かった絵の中に、わたしの過去につながる要素を見つけたからといってそれが何だというんだろう。確かに二番目に出てきた男は、小杉によく似てはいた。でも偶然に決まっている。インコと女の子の絵から結衣子とのいきさつを思い出した直後だったから、神経過敏になっていたのだ。落ち着いて考えればばかげている。こんなことで震え上がるなんて。第一、蒲生秀衛があの絵を描いたのは、戦前のことだ。君枝でさえ生まれていなかったのに、なぜわたしの身に起こることが予測できただろう。

わたしがクスリと笑ったので、慶介はちょっと言葉を止めて「何?」というふうに視線を投げかけてきた。わたしは「何でもない」と首を振る。

「先生は、どう思っているかな。自分の絵が今売買されていることをさ」慶介はまた話しだした。須永画伯は、晩年は自分の絵をほとんど売らなかった。だからアトリエには画伯の絵がたくさん置いてあった。美大在学中に須永の絵に心酔した慶介は、押しかけていって無理やり弟子にしてもらった。気難しい須永が、なぜか慶介を気に入ってそれを許した。慶介は、師の絵をひたすら模写した。あんまり根を詰めてやるものだから、須永邸に一部屋与えられたほどだ。

須永が描く静物画や人物画を模写しながらも、慶介は自分の画法を確立していった。須永の紹介で少しずつ注目され始めた。有名な美術展で入選したのは、それでも美大を出て八年は経っていただろう。そんな時にわたしたちは出会ったのだった。同じ画廊に出入りする、新人画家と、画商に頼まれて絵画を直す修復士として。

「お袋に頼まれた絵の補修はどう？　進んでる？」

ふいに慶介があの絵のことに触れた。わたしは「ええ」とだけ答えた。慶介も、たいして実家の古い絵には興味がないらしく、それ以上は訊かなかった。彼はやっと食事に取りかかった。須永画伯の死後、遺族は絵を売りに出したらしい。それをまとめて買ったのが今度紹介された阿倍という画商だったのだ。いい縁なのかもしれない、とわたしは思った。

麻耶が大きなあくびをした。もう寝る時間だ。わたしは大急ぎで麻耶を風呂に入れる準備を始めた。麻耶はとろんとした目で、わたしにされるまま、服を脱がされた。ふっくらと太った体が愛おしく、脱衣所で一度ぎゅっと抱きしめた。わたしは決して子供を捨てたりしない。母のように――。

阿倍の口利きで、デパートでの展示即売会が決まったと、慶介は張り切っている。三月の展覧会と合わせて、その準備で忙しいようだ。アトリエでの制作よりも、外へ出て行くことが多くなった。話を聞いていると、阿倍はかなりのやり手らしい。売買する絵画の数も、今まで付き合っていた画商よりも格段に多い。阿倍に引き回されて、慶介の交際範囲も広がっている。

もともとあまり社交的ではないわたしは、そんな夫を尻目に家での作業に没頭している。塗り重ねられたタッチを見つけては、それを剝いでいく。少しずつ手前に移動してきて、二重塗りされた範囲も大きくなる。すなわち、遠景から近景に移って、隠された部分が大きくなっていく。

どうやら君枝の祖父は、描きこんだ何人もの人物を消していったようである。モデルの女性の右側、池のほとりである。柵に腰かけた人物の足から始め、腹、胸が出てきた。若い男のようで、とがった顎にまばらに髭《ひげ》が生えている。唇の片方だけが持ち上がって、薄い笑いをたたえている。そこまできて、わたしは溶剤を浸した脱脂綿を固く握りしめた。

そんなはずはない。そんなはずは――。

顔の上半分が、絵の具の下から出てきた時、わたしは小さく叫び声を上げた。わたしが絵画修復工房で修業を始めた頃、付き合っていた男。藤原恭平《ふじわらきょうへい》、まさにその人がそこにいた。わたしは道具を放り出して、部屋の隅にまで後退した。口に手を当てて百号の絵の右側を凝視した。何度見直しても間違いない。恭平もいつもああいう笑い方をした。

「どうせ画家くずれだからさ。俺たちは――」あの男の口癖まで思い出した。わたしたちの師匠が、「画家は芸術家だが、我々は技術者、あるいは職人なのだ。そこにこそプライドを持て」と言う言葉に対して、こっそり後で毒づいた。画家は想像力を発揮して絵を制作するが、修復士の仕事は復元なのだ。だから絵の作者の意図を読み取ってその筆使いに従うことこそが重要なのだ、決して創作的な力を働かせてはいけない、という師匠の忠告を最後まで理解しようとしなかった。

わたしとの付き合いも最悪だった。父親が美大の教授で、自身も画家を目指していたこともあり、常に不満と屈辱、苛立《いらだ》ちを抱えていた。その憤懣《ふんまん》は、わたしに向けられた。一緒に暮らしていた時期もあったが、わたしはいつも彼に殴る蹴るの暴力を受けていた。

歯を折られ、髪の毛を全部剃られたこともあった。殺される、と何度も思った。だが若かったわたしは、年上の恭平に心を支配され、操られていた。わたし自身も精神的に依存していたのだろう。なかなか別れることができなかった。彼に修復用の接着剤として使っていた熱い蠟《ろう》をかけられた時の火傷《やけど》の痕が、今も背中に残っている。

彼と付き合っていた頃に感じた恐怖が甦《よみがえ》ってきて、わたしの歯をがちがち鳴らした。

恭平は結局修復士にもなれず、工房を去っていったのだが、彼と完全に切れた後も、その記憶はトラウマとなってわたしを苦しめた。そのせいで数年間、わたしは心療内科に通わねばならなかった。

それから二週間というもの、わたしは絵に近づけなかった。自分のアトリエにさえ入れなかった。わたしの異変に、慶介は気づかなかった。それは、彼の仕事が順調にいっているということでもあった。展示即売会に先駆けて阿倍がよい値で何枚か絵を買い上げてくれたのだ。

わたしはそんな夫に、秀衛の絵に現れた怪異については語らなかった。自分の中でもこれをうまく理解することができなかった。わたしの人生を暗転させてきたものばかりが、絵の中から現れるのはなぜなんだろう？　すべて忘れてしまいたいものなのに。

慶介と結婚しなければ、わたしはあの洋館に出入りすることはなかったはずだ。もしわたしが修復士でなかったら、義母もわたしにあの絵を託すこともなかった。ここにどんな力が働いているのだろう。どんなに考えてもわからない。

――絵は見る人の心を映す鏡だから。

君枝の言葉が何度もわたしの耳に甦り、わたしを追い詰めた。

それでもまたわたしがあの絵に向かおうと思ったのは、麻耶のおかげだ。二週間、麻耶とべったりの時間を過ごした後、わたしは自信を取り戻した。母となったわたしはもう昔のわたしではない。恭平にされるがままに、身を縮めていた若い頃の弱いわたしでは――。

理由はもう一つあった。塗り込められた箇所がもう一か所だけあったのだ。これで終わりだ。ここを確認せずに怖がってばかりいるのは嫌だった。それは藤色のワンピースの女性の左側、イバラの繁みの中だった。一番近い場所なので、隠されているのがまた人なら、大きくははっきりと表情がわかるはずだ。

イバラに半ば足を没した男は恰幅《かっぷく》のいい初老の男だった。果樹の幹に片手を置いた男の顔ははっきりわかった。髪の毛は銀色で、色艶《つや》のいい顔に丸っこい目、横に広がった鼻翼。真っ直ぐこちらを向いたその男を、わたしはまじまじと見詰めた挙句《あげく》、深く息を吐いた。見たこともない男だった。

絵の右側には、相変わらず恭平がいる。小道を下りてくる小杉もいる。インコを肩にとまらせた結衣子らしき少女も。だが、一番手前に知らない男が描かれていたことは、わたしの心を落ち着かせた。少なくとも、これが何らかの悪意に満ちた巡り合わせではない、と思えるほどには。

極力、淡々とわたしは作業を進めた。早くやり終えて絵を君枝の許に送り返そう。そして、洋館に行くことがあっても読書室には一歩も足を踏み入れないようにしよう。この絵が怖かった子供時分の慶介に倣《なら》って。

阿倍が買い上げてくれた慶介の絵が、個人の収集家に売れたらしい。わたしたちは久しぶりに街へ出て食事をした。着飾らせた麻耶もはしゃいでいた。八時に店を出た。わたしは麻耶を車に乗せた。まだ阿倍と会う約束があるという慶介とはそこで別れた。

彼からわたしの携帯に電話がかかってきたのは、十時半を過ぎた頃だった。明らかに様子がおかしかった。

「すまない」と慶介は言った。「こんなことになるなんて……」そして啜《すす》り泣いた。酔っているのか？　わたしは冷静になろうと試みた。自分の意思に反して心臓は胸腔《きょうくう》で踊り狂っていた。不吉なことが起こったのだ。わたしの本能はすぐにそれを嗅ぎつけた。

「慶介？　どうかしたの？　今どこ？　すぐにそこに行くから――」

阿倍の画廊の事務所だという。行ったことはないけれど、場所は頭に入っていた。一度寝入った麻耶の様子を見にいった。熟睡している我が子の額に唇をそっと押しつける。すると今まで続いた幸福が、とんでもない奇跡だったように思われた。

　上着を羽織って車に飛び乗った。阿倍の画廊は中心街のはずれにあった。しゃれたビルの一階の画廊は、当然もうシャッターが下りていた。辺りのビルもたいていは灯りを落としていて、通りは静まり返っていた。わたしはシャッターの横の階段を上った。そこが彼の事務所だった。重いガラス扉の向こうは、なぜか薄暗かった。壁の際のダウンライトだけが灯っていた。慶介は、黒い塊のように来客用のソファにうずくまっていた。わたしは急いで駆け寄った。

「いったい、どうしたっていうの――？」わたしが彼の頭を抱き寄せると、慶介は小さな子供のように体を震わせた。慶介の怯《おび》えた視線を追う。床の上のものを見て、わたしはあやうく悲鳴を上げるところだった。そこに人が倒れていた。

「誰？」

「阿倍だ。もう死んでる。僕が殺した」

ああ、神様――わたしは呟いた。神に祈ったこともないくせに。

「落ち着いて。話して。何があったのか、全部」

言いつつも、慶介の震えがわたしにも伝わってくる。年下の夫は、わたしをそっと突き放して暗い目で見返してきた。

阿倍は、須永画伯の絵画を買い取った時、アトリエに投げ出してあった慶介が描いた模写も持っていった。須永の遺族もそれを咎《とが》めることはなかった。年若い弟子が描いたものなど、何の価値もないものだった。慶介自身も忘れていた。阿倍は、それに須永のサインを入れて地方の愛好家に売ったのだという。慶介の模写は、素晴らしい出来だった。目の肥えていない地方在住者なら、すぐに騙《だま》されるだろう。

本来、弟子などが勉強のために模写をする時には、サイズを変えて描くか、サインをしないというルールがある。もちろん、慶介もそれに従っていたはずだ。絵画修復士としてさまざまな種類の絵を目にしてきたが、贋作というのは、一見して何とも言えないいやらしさ、品のなさを漂わせている。似せてやろうという意図が垣間《かいま》見える。ところが純粋な模写にはそれがない。そこを阿倍は逆に利用したのだ。

そういうことを耳にした慶介がどれほどの衝撃を受けたか、わたしには手に取るようにわかった。反発する慶介に、阿倍は言った。彼の絵を買って肩入れしてやったのは、模写で儲《もう》けさせてもらったお礼だと。その口ぶりから、模写を須永のものだと売りつけた相手は一人や二人ではないと窺えた。強く抗議すると、そうでなければ、お前の絵など買うわけがないじゃないか、と阿倍は言ったのだそうだ。もうお前は俺たちの仲間なんだ、と。

「僕は贋作の作者にされてしまったんだ。知らない間に」

慶介は嗚咽《おえつ》した。心酔していた師の名声の尊厳を傷つけられ、その手先にされていたという事実。

「だから、かっとなって——、気が付いたら——」

わたしはそろそろと立ち上がった。恐る恐る阿倍の死体に近づく。血は流れてはいなかった。揉み合ううちに相手を倒して、夢中で首を締めあげたらしい。あまり背は高くない男だ。だが体つきはがっちりし、腹も突き出していた。ダウンライトがぼんやりと照らし出す阿倍の顔を覗き込んだ。

そして、今度は本当に叫び声を上げた。あの男だった。絵の背景に現れた、イバラの中に立つ男——。わたしたちは、運命に絡め取られている。

慶介が幽霊のようにふらりと立ち上がった。ドアに向かって歩いていく。

「どこへ行くの!!」

「警察さ。僕が殺したんだから……」

「いいえ！　だめよ！」

　これは罠なのよ。あの絵が仕掛けた、いや、あの洋館が、あるいは城を戴くあの山が。こんなことで才能のある慶介の未来を台無しにされてたまるもんか。

　わたしが乗ってきた車は、階段の下につけたままだ。わたしは慶介を促して阿倍の死体を二人で車のトランクに入れた。誰にも見られなかった。慶介は魂を抜かれたみたいに、わたしの言いなりだ。もう考えることを放棄してしまっているのだ。

　一度自宅に戻って、裏庭の物置からシャベルとブルーシートを持ちだした。一時間半ほど車を走らせると、以前行ったことのある森林公園に着く。そのさらに奥の真っ暗な林道をひた走った。自分でももうどこを走ったのかわからなくなるほどの、細くて頼りない道だ。車をようやく回せるくらいの狭い空き地で停車した。わたしたちは、阿倍の死体をシートでくるみ、木立ちの奥に運んだ。窪地を見つけ、その底をさらにシャベルで掘った。慶介とわたしは、交替しながら無言でおぞましい作業を続けた。

　阿倍の死体を埋めて家に戻った時にはもう、夜がしらじらと明け始めていた。わたしたちは疲れ果てて、麻耶の隣のベッドに倒れ込むと、気を失ったみたいに抱き合って眠った。

阿倍が突然姿を消したことに、不審を抱いた警察は捜査を始めた。幸いにもあの晩、慶介が阿倍と会う約束をしていたことは誰も知らなかった。

事務所の中で揉み合った痕跡は、注意深く消してきたつもりだが、綿密な警察の捜査で、どんな微細な証拠が見つかるかわからない。もしかしたら、わたしの車があの近くの防犯カメラに写っているかもしれないし、阿倍が贋作を売りつけた地方の愛好家がそれに気づいて、その線から慶介にたどり着くかもしれない。

何度かうちにも警察官が訪ねてきて事情を訊いた。慶介は何とか平静を装ったが、怯えきっているのは明らかだった。外へ出ることを嫌い、創作という名目でアトリエにこもったが、その実、何もせずぼんやりしているきりだった。

わたしのアトリエでは、蒲生秀衛の絵の隅っこから、阿倍がわたしを射るような目つきで見据えている。まるでわたしたちの犯した恐るべき罪を地の底から言いたてているようだった。これを慶介の目にさらすわけにはいかない。が、その前にわたし自身が死人の視線に耐えられなくなった。

とうとうある日、わたしは果物ナイフで絵を引き裂いた。ズタズタにキャンバスを切り刻んでしまったのだ。

「修復に失敗したですって？」君枝は電話の向こうで驚きの声を上げた。「で、あの絵はどうなったわけ？」

「申し訳ありません。もう処分しました。あんまりひどく損ねてしまいましたので」

わたしが答えると君枝は絶句した。背後で「どうしたの？　おばさん」と問うゆかりの声がした。わたしはそのまま受話器を置いた。はるか遠く、城の下の洋館で、大事な絵を勝手に捨てたわたしを悪しざまに罵《のの》るゆかりと、苦々しい思いでそれを聞いている義母との姿が見えるような気がした。が、そんなことはどうでもいいことだ。

わたしの心を今占めているのは——あの藤色のワンピースの女のことだ。あれはいったい誰なんだろう。わたしの生きざまを暗い方向に導く人々を背後に従え、想像が作り上げた三本指の動物を膝に載せた女は？　きっとある日、ふいにあの女はわたしの前に現れるに違いない。殺人という重罪を犯したわたしと慶介の上に、決定的な人生の転機を鉄槌《てっつい》のように振り下ろすために。

慶介はようやく筆をとった。描き始めたのは、今まで描いてきた絵とは全く印象の違うものだった。多くは風景画で、実際の景色や写真を見て触発されたものではなく、彼の心の奥にある心象風景のようなものだった。暗く濁った色調の中に、廃墟や奇妙にねじくれた植物や、表情のはっきりしない群衆が配されていた。遠くには山や湖や森があり、それは秀衛の絵の背景画にどことなく似ていた。

背景の山の上に、城に見えなくもない白い建造物が必ず描かれているのを見つけて、わたしは凍りついた。慶介は精神を病み始めているのかもしれない。三月になって友人との二人展が始まった。慶介が出展したのは、ほとんどがそういった風景画で、見に訪れた人々を困惑させた。

　君枝が展覧会を見るために上京してきた。委ねられた絵を破損して以来、わたしと義母との関係は最悪だったが、やって来た君枝はそんなことはおくびにも出さなかった。展覧会が終わった後、わたしたちの家に来て、麻耶にプレゼントをくれた。麻耶は四歳の誕生日を迎えたのだった。

　君枝はじっと慶介を見やった。母親の目はごまかせない。彼の様子が尋常でないことに彼女はすでに気づいている。賢明な君枝は、あれこれ問い質《ただ》しはしなかった。そういう意味では息子の気質をよくわかっているのかもしれなかった。些細《ささい》なことでもぽきりと折れてしまう純真で軟弱な気質を。

「少しの間、二人で旅行でもしてきたらどう?」君枝は提案した。「費用は私が出すから。温泉地に長逗留《とうりゅう》してもいいし、学生時代の友人に会いにいってもいいし。なんなら思いきってヨーロッパへでも行けばいい。その間、麻耶は私が預かるから」

　慶介はとまどったようにわたしの顔を見た。あれ以来、彼は一人でものごとを決められない。わたしが阿倍の死体を隠すよう、この人を導いてから。わたしは義母の申し出を頭の中で吟味《ぎんみ》した。いいことかもしれない。もうわたしたちの罪は消えやしない。今の状況を打開しなければならない。

わたしがそれを了承すると、君枝はほっとしたように言った。

「早いほうがいいわ。明日にでも旅行代理店に行ってきなさい」そして麻耶を抱き寄せた。「パパとママがゆっくりできるように、おばあちゃんのおうちで留守番をしましょうね」

麻耶は妙に大人びた顔で、こくんと頷いた。

この子は――何もかも知っているのかもしれない。あり得ないことだけれど、わたしはそんなふうに考えた。きっと本質を見抜く力を備えているのだと。

罪の意識と、いつ警察の手が伸びてくるかもしれないという恐怖とに押し潰されそうになっていた慶介は、二人で旅行代理店を訪れると、いく分気が晴れたようだった。

結局、わたしたちはパリとフィレンツェへ二週間の旅をすることにした。

「麻耶はおりこうさんで留守番をしているかな？」

「大丈夫よ。今だっておばあちゃんと楽しそうに遊んでいるんだもの」

「でも母さんの家へ連れて行かれたらどうだろう？　あんなだだっ広い家で寂しがらないだろうか」

帰りの車の中で慶介はしきりに麻耶のことを心配した。わたしにしても幼い子を残して旅行に行くのは、後ろ髪を引かれる思いだった。しかし今は夫のことを一番に考えたかった。以前のように躍動的で色彩に溢れた画調の絵を描かせたい一心だったのだ。そのためにわたしたちは越えてはならない一線を越えたのだから。

「心配いらないわよ」わたしは軽くハンドルを切った。麻耶の好物の洋菓子を買って帰るつもりだった。「子供は柔軟性があるもの。おばあちゃんにもおばあちゃんの家にもすぐ慣れて、わがもの顔で過ごすわよ」

もう読書室に怖い絵も掛かっていないしね、と心の中で呟く。君枝には悪いが、あの絵を処分してよかった。

信号が青に変わった。わたしはアクセルを踏み込んだ。交差点を過ぎて加速する。車の流れはスムーズだ。わたしたちの車の右車線を走りぬけていった四〇〇ccの二人乗りのバイクが、中央線に寄ったかと思うと、ふいに右折するために曲がった。反対車線を走ってきた白いベンツが、バイクを避けようと急ハンドルを切った。そのまま中央線を越える。まともにわたしたちの車の方向にやってくる。わたしは咄嗟《とっさ》にブレーキを踏んだ。が、もう遅い。

ベンツはスローモーションのように傾いて突っ込んでくる。タイヤが悲鳴のような高い音をたてる。相手の運転席がすぐ近くに見えた。目をいっぱいに見開き、体をこわばらせる若い女性の顔が迫ってくる。藤色の薄いワンピースが体にぴったりと貼りついている。

「ああ――」わたしは呻《うめ》いた。

あの女だ。あの絵の中の女。秀衛が描いた謎の女――。

慶介は気づいただろうか？　だが助手席を見る暇はなかった。激しい衝撃が体を貫く。エアバッグが開いたが、何の役にもたたなかった。ぐしゃりと潰れた車の前部がわたしの体にめり込んできたからだ。

麻耶――。

薄れていく意識の中で、わたしは娘の名を呼んだ。

あの子を誰か守って――。

最後に浮かんだのは、藤色のワンピースの女が抱いていた不可解な生き物だった。

それを見た瞬間に、なぜか安らかな気持ちになった。

わたしは深い深い暗闇の中にゆっくりと沈んでいった。

繭^{まゆ}の中

繭<ruby>繭<rt>まゆ</rt></ruby>の中

銀杏《いちょう》の大木から、次から次へと黄金の葉が落ちてきた。それは銀杏のすぐ根元の芝の上や、歩道に降り積もった。俺は大きく竹箒《たけぼうき》を動かして、その葉を掃き寄せる。掃いても掃いても追いつかない。風もないのに、銀杏が自ら身を震わせているのではないかと思うくらい、金の落葉《らくよう》は続く。

ザザザッ、ザザザッ、竹箒が半円形に動いた、その後にまた葉が落ちてくる。甲斐のない作業――。

女子学生が数人、その葉を踏みしだいて歩いていく。あやうく竹箒まで踏みそうになるが、俺の方を一瞥《いちべつ》もしない。おしゃべりに夢中になっているのだ。多分、清掃員の老人などは彼女らの目には入っていないのだろう。俺は手を止めて腰の手拭いで汗を拭きながら、女の子たちの後ろ姿を見送った。隣のテニスコートから、ボールを打つ単調な音と、若々しい掛け声が響いてきた。

大学の構内は、今日の授業が終了したようで、学生の数が増えてきた。スマホを耳に当て、何やら早口でしゃべりながら通り過ぎる者、自転車で人と人との間を巧みにすり抜けて行く者、道沿いのベンチに座って談笑する者。俺は竹箒を動かしながら、それらの学生の顔をそれとなく眺めた。俺が目で捜す、いつもの顔はその中には見当たらなかった。

図書館から四十代半ばの女性が二人、掃除道具を手に出て来た。一人は、どっしりと太り、一人はひょろりと痩せている。

「水口《みずぐち》さん、もうそろそろお終《しま》いにしない？　おやつ食べていきなよ」

太った方の女性が俺に声を掛けてきた。俺が首を振ると、下唇をちょっと突き出すようなしぐさをして去っていった。

片づけを済ませてから前を通った休憩所では、構内から引きあげてきたエビス・クリーンの従業員が椅子に座って話に花を咲かせていた。俺同様、大学に来る清掃員は、ほとんどがパート職員だ。市内のビルや公共施設、学校などの清掃を請け負っているエビス・クリーンでは、それらの施設にパート職員を送り込んでいる。知らず知らずのうちに俺は腹に手をやった。胃のすぐ下の大腸の辺りにしこりがあった。これは大腸が癌に巻き込まれている証拠だ。

スキルス性胃癌――。この街に来る前にかかった医者はそう診断した。

「手術しかないでしょう。それも緊急を要します」

精密検査の後、医者はそう言った。胃の入り口が硬く狭まったとっくり型になっているという。スキルス性胃癌は、胃の粘膜の下を這って広がるタイプの癌である。症状が出にくく、吐き気や痛みが出た時には、胃全体が癌細胞に侵されて、こちこちに硬くなってしまって、切除出来ないほど進行していることが多いのだ。そこまで説明しておいて、「切りましょう」と言う医者の言葉に、素直に従う気にはなれなかった。もうその頃には、既に吐き気も痛みもあったのだから。それでなければ、心配してくれる家族があるわけでもない俺が医者にかかるはずもない。

「先生、もし手術を受けなければ、後どれくらい生きられますか」

そう問いかけると、医者はいとも簡単にこう言った。

「そうですね。あと半年か——もっても一年というところでしょう」

まるでその日の朝食のメニューを聞かれたかのように答えたものだ。俺が手術を断るなどということは考えつきもしなかったのだろう。何しろ、患者本人の命がかかっているのだから。しかしそれこそが、俺の望むところだったのだ。俺はその言葉を聞いた途端、医者の前ですっと立ち上がった。

「わかりました。ありがとうございました」

医者に深々と頭を下げて、診察室を出た。医者も看護師も、あっけにとられた様子で、去っていく俺を見送っていた。もしかしたら、この中堅の病院に見切りをつけて、もっと大きな病院にかかると思われたのかもしれない。そういう患者も中にはいるのだろう。

しかしそれ以来、俺は医者にはかかっていない。しこりは日に日に大きく硬くなった。今や、素人の俺でさえ、容易に触ることが出来た。胃だけでなく大腸までしこりが広がったということは、腹膜転移を起こしていることを示している。今はなんとか仕事を続けているが、そのうちこれも続けられなくなるだろう。

死はもう受け入れている。が、怖いのは、それに至る過程である。直接的には、国民健康保険にも入っていないので、ひどい痛みに見舞われても痛み止めももらえないのではないかという懸念がある。一人暮らしをしているせいで、赤の他人に迷惑をかけてしまうのではないか、という心配もある。

俺は隣家に住む中年女のことを思った。パート職員の女性たち同様、必要以上に脂肪をまとった体軀《たいく》をしているし、どうも反応が鈍く、気が利くとは言い難い女だ。補聴器をつけているから耳も悪いのだ。家から出られなくなった俺の面倒をこまめにみてくれることは期待出来そうにない。

しかし俺が一番恐れているのは、福祉事務所やら何やらがしゃしゃり出て、死にかけた（あるいは死んだ）俺の身元を調べ上げられることだ。そのことを考えると、また生唾《なまつば》が込み上げてきて、軽いゲップをした。刑期をつとめあげたとはいえ、俺は殺人犯なのだ。息子殺しの――。

また四国のこの街に来ることになろうとは思ってもみなかった。生まれた街でもない。過去に住んだ街でもない。ただ息子が通った大学がここにあるのだ。そして今は息子の元妻と孫娘とがひっそりと生活している街でもある。

死が近いと知ったからといって、自分がこんな行為に走る人間だとは思っていなかった。たった一人の肉親に会いに行くような、情の深い人間だとは――。

むしろ、そんなものに背を向けて生きてきたからこそ、今日まで生き長らえてこれたのだと思っていた。なのに、あの日病院を出て家に帰り着いた時には、この街の真ん中にそびえ立つ城山が、頭の中に浮かんでいた。孫娘に会いたいと思ったわけではない。あの子と同じ街に住んで、同じ街で死にたいと思ったのだ。そう思わせる何かが、この街にはあった。

息子の龍平《りゅうへい》がここの大学に進学した時、俺は無職だった。息子を養うどころか、体がボロボロで、自分の生活さえ心許《こころもと》ない状況にあった。龍平は奨学金とアルバイトとでなんとか学費と生活費をまかなっていた。

我が家は代々、静岡県の焼津《やいづ》に住み、漁師で食っていた。俺も十七の時から遠洋漁業の船に乗り組んだ。一年のうち八か月は船に乗って太平洋、インド洋、大西洋、地中海までマグロを追いかけて航海した。生命の危険にさらされることもある。厳しい労働や長い間家族と離れるストレスを忘れるためにも酒は必要不可欠のものだった。海の上でも陸《おか》にいる時も浴びるほど飲んだ。皆似たようなものだった。誰も彼も早いうちから飲酒癖に染まっていた。

ただ俺はひどく酒癖が悪かった。一定の量を越すと見境がつかなくなって暴れた。アルコール絡みの問題を起こして、何度かは警察沙汰になった。当然の帰結として船から降ろされた。俺が三十八歳の時で、一人息子の龍平は小学生だった。

それまでも酔うとたまに妻や子に手を上げることがあったが、船を降りてからはその行為が日常茶飯事になった。昼間から飲んだくれ、やめさせようとする妻を殴る。泣き叫ぶ龍平が疎ましくて怒鳴りつける。龍平は生まれつき漁師の子らしからぬ繊細でひ弱な子だった。そこがまた俺の気に障るのだった。

飲んでは喚《わめ》き、また飲んでは殴る。地獄のような日々だった。妻はやがて愛想を尽かして出ていった。龍平は置いていった。その頃の俺には小学生の子供などお荷物以外の何ものでもなかった。妻が出ていって間もなく、俺は大量吐血して倒れた。龍平が隣家に知らせに走った。

もしあの子がいなかったら俺は死んでいたに違いない。俺が救急車で運び出された後、龍平は気を失ったそうだ。極度の緊張状態で精神の糸がぷつりと切れたのだ。母親に去られ、その上に父親が死んでしまうのではないかという恐怖が彼をとらえて離さなかった。

ところが俺はというと、息子のことなどかまいもしなかった。肝臓は長期の大量飲酒で痛めつけられていた。その時点で慢性アルコール性肝炎は相当進行していた。著しい肝臓腫大、黄疸《おうだん》、むくみ、腹水、吐血に下血など、あらゆる症状が俺を苦しめた。俺の入院は長引き、龍平は遠縁の家に預けられた。その家では、龍平は妙におとなしく達観した子供だったという。

俺はそんな体になってもすっかり酒から足を洗えずにいた。病院を抜け出してこっそり酒を飲んで強制退院させられた挙句、また別の病院に担ぎ込まれるていたらくだった。

この頃、中学生になった龍平がこっそり俺に会いに来たのだという。それを俺は憶えていないのだった。禁断症状の一つで、病室の隅から小さな虫が湧き出してくるという幻覚に悩まされている時期だった。自分の子供を「子鬼が来た！」とひどく怖がったのだと後で聞いた。そんなことがあってある病院の院内断酒セミナーに参加した。そういったグループにすがらないともうどうにもならないところまできていた。

遠縁の家の好意で、龍平は大学にまで進学できた。俺もなんとか酒と縁を切って自分自身の身の振り方を模索し始めた。ただもう龍平の前で父親面することはできないと思っていた。あの子と別れて生きることが最良の選択肢だと自分勝手に思い込んでいた。龍平の心の内を推し量ることがなかった。あいつの人生に、どれほど父親という存在が影を落としていたかなど、愚かな俺には知る由もなかった。

銀杏は、全部の葉を落とし尽くした。

年が明けた。腹部のしこりは、より硬くなったような気がする。だが、体調にはたいした変わりはない。吐き気と痛みは相変わらずだが、以前よりひどくなったという感覚はない。しいて言えば、食欲がなくなってきたということぐらいか。食欲がないというよりは、吐き気に襲われるのが嫌で食べない、といった方が正しいだろう。食べないせいで体力は落ちたが、かろうじて仕事は続けられている。もうじき医者が宣告した一年が来ようとしているが、俺は生きている。自分が死ぬなら肝臓癌だと思っていたが、皮肉なことに断酒が功を奏して肝臓は持ち直した。だが死神は俺を捨てて置いてはくれないようだ。人生は、最後にきちんと帳尻が合うようにできている。

一輪車を押しながら、構内のあちこちにある丸いゴミ箱から、ゴミを集めて回る。業務用廃棄物である印の黄色いゴミ袋に入ったゴミを引っ張り出し、新しいゴミ袋を入れていく。

前から四、五人の女子学生が並んでやって来た。その中に未玖《みく》の顔を認めて、手を止めた。こうやって毎日毎日、大学の構内で働いていても未玖に会えるのは、一週間に一度くらいだ。会う、といっても一方的に俺が見かけるだけなのだが。未玖は今、父親が卒業した大学に通っている。

俺のそばを通り過ぎながら、未玖は弾けるような笑い声を上げた。

「それ、本当の話なの？　マリコ」

「本当だって。え？　もしかして未玖、疑ってる？」

そう答えた友人は、学生らしくない濃い化粧を施《ほどこ》している。清楚な雰囲気の未玖とは大違いだ。彼女は自分をじっと見つめている祖父がいることなど、夢にも思わない。それでいいのだ。俺がここにこうして生きていることは、誰にも知られたくない。

龍平が縁もゆかりもない地方都市の大学に進学したことを、俺はむしろ喜んだ。クズみたいな父親にしてやれることは何もない。遠縁の家から連絡があったのは、龍平が大学三年生の時だった。内容を聞いて肝をつぶした。龍平が酒浸りになっているというのだ。きっかけは失恋だという。なんでも付き合っていた高校生の恋人が急に心変わりしたらしい。どこにでも転がっている話だ。

「あの子はもしかしたらそういうきっかけを待っていたのかもしれませんよ」

龍平を親身に世話してくれていた遠縁の女性が俺にそう言った。子供に恵まれなかった彼ら夫婦は十年以上も龍平を預かってくれていた恩人だ。

「何のきっかけを?」俺は釣り込まれるように尋ねた。

「壊れるきっかけを――」

「あなたのようにね」と続けるところを、その女性はすんでのところでこらえた。その代わり「あの子の心はガラスみたいだった。光を何もかも吸収して、その上脆くて。ぎざぎざしたところでいつも自分を傷つけているみたいな気がしたわ」と言った。

断酒会で耳にした事柄が甦ってきた。実の親がアルコール依存症の子供の四分の一が依存症になるデータがあるというものだった。遺伝的素因のうえに環境要因がプラスされるからだ。アルコール依存症の親の許で育った子供は、常に飲酒をめぐる家庭の緊張感にさらされ、耐えることを身につけ、人に嫌われることを極端に恐れていい子の振りをする。このような性格の者は、アダルト・チルドレンと呼ばれて自己表現が苦手で人間関係がスムーズに築けないという。

まさに龍平はこのタイプの人間だった。

俺は何とかこの悪の連鎖から息子を救い出してやりたかった。ようやく父親としてのまっとうな感情が湧いてきたのだった。養い親に背中を押されるようにして、俺は四国にまで龍平に会いにいった。初めて足を踏み入れた土地は、箱庭みたいな小さな都市だった。

真ん中に作りつけたようにこんもりと木々の繁る山がある。山頂の城の白い漆喰《しっくい》壁が青い空に映えていた。都会的な建造物の中に空気が違う異物が紛れ込んだような妙な感じがした。

酒浸りといっても、その年になるまでほとんど酒を口にしていなかった龍平は、身体的にはそれほど深刻なダメージを受けているわけではなかった。

「失恋なんか誰でもすることさ」

俺はありきたりなことしか口にできなかった。どんなふうに息子に接していいのかわからなかった。

結婚したいとまで思っていた相手の女子高生は龍平を裏切って、中学時代の恩師に熱を上げたのだという。その後、彼女は不可解な失踪を遂げた。恩師と駆け落ちしたのか、気まぐれに龍平の前から姿を消したのか、詳しいことまでは訊かなかった。人生に幾度もありがちなこんな小さな困難を、うまく処理する術《すべ》を龍平は持ち合わせていなかった。

突然に恋人を失った龍平は、一番身近なもの、すなわち自分の父親がすがった酒に逃避したわけだ。確かに少女のしたことはひどいものだが、それを責める資格は俺にはない。彼女はただボタンを押しただけなのだ。養母が指摘したように龍平が壊れる素地は俺が作ったものだから。

それでも龍平は、「大学だけは卒業してくれ」と陳腐な言葉を繰り返す俺に素直に耳を傾けていた。「俺みたいになるな。お前の父親はろくでなしだ。もっと軽蔑していいんだ」と言うと、ひどく傷ついた顔をしたが。

もう酒は飲まないと約束した龍平を残して、俺はそそくさと四国を後にした。本音を言うと怖かったのだ。自分の息子が醜い俺自身を映し出す鏡になったような気がした。俺にとっては、龍平は子鬼のままだった。こんなになってもまだ息子は父親を求めているのだと感じたことも俺を震え上がらせた。

龍平は大学を卒業して、生まれ育った街に帰ってきた。養父のコネで地元の小さな広告代理店に就職した後もたまに会ったが、俺たちはぎくしゃくしたままだった。親子関係を修復するには龍平はもう大人になり過ぎていた。だから彼が結婚すると聞いた時には心底ほっとした。たった一人の肉親である父親にもう拘泥することもなくなるだろうと思った。きっと新しい家族とうまくいくと、その時は信じたのだ。

龍平の妻となった藍子《あいこ》は大学時代の同級生で、偶然にも四国を遠く離れた土地でばったりと出会ったのがなれ初めだったという。式も挙げずに一緒になった二人には、すぐに子供が生まれた。それが未玖だ。

またしくしくと痛みだした腹部に手をやりながら、去っていく未玖の後ろ姿を見送った。別れた時には、未玖はまだ一歳だった。つかまり立ちを始め、片言の言葉をしゃべりだした、可愛い盛りだった。だから祖父のことなど憶えているはずもないだろう。多分、父親のことも。

医者に癌を宣告されてから、俺はすぐに藍子と未玖のことを想った。未玖の年を数えてみると、大学に通う年頃だった。龍平が死んだ後、二人が藍子の実家に身を寄せたことは知っていた。

俺はただ死に場所を息子龍平が四年間暮らした城山のある街、孫娘が住む街に求めただけで、未玖に会おうなどとは夢にも思わなかった。だが移住後、求人雑誌で見つけた清掃会社が龍平や藍子の母校にも清掃員を派遣していると聞いて、未玖も父や母と同じ大学に通っているのではないかと漠然と考えた。

そして、その推測は当たっていた。

清掃会社は、望んだ通りに大学での勤務を廻してくれた。そこで未玖を見つけたのだった。新入生歓迎のためのざわざわした一か月が過ぎた頃だ。風が強く、埃っぽいキャンパスで、俺は母親そっくりの穏やかな笑顔を浮かべる未玖を見つけた。彼女に呼びかける友人の声や、未玖がベンチの上に無造作に投げ出したノート類に書かれた名前から、確かにそれが俺にとってかけがえのない肉親であることを確かめた。経済学部にいた龍平とは違って、人文学部で英文学を勉強しているのだった。

俺はこの僥倖《ぎょうこう》を神に感謝した。

死ぬ前に最愛の孫娘と過ごせるとは、何という幸せであろうか。たとえ相手は気づかなくても。藍子の姿もひと目見てみたいと思ったが、それはあまりに虫がよすぎるというものだ。ただ藍子と未玖は、この街で幸せに暮らしているのだ。それで充分に満足すべきだろう。

何も知らず通り過ぎる未玖の頬にそっと手を触れてみたい、という欲望を抑えつつ、俺はその冬を過ごした。胃癌の方は、有り難いことに小康状態を保っていた。とはいえ、症状が安定しているというだけで、細胞単位ではもの凄いスピードで癌細胞が増殖しているはずだ。それは食欲に如実に現われていた。さらに食が細り、体に力が入らなくなった。

この街で俺が住まいに選んだのは、大学にも近い城山のすぐ下のオンボロ棟割り長屋だった。四畳半と六畳だけの部屋だ。四畳半の方には、申し訳程度の流しが付いていて、ここが台所も兼ねている。後はトイレと押入れ。風呂はないから銭湯に行かなければならない。今どき学生でもこんな借家には住まないだろう。

長屋の南側に城山が迫ってきているせいか、暗いしじめじめしている。畳は湿気を吸ってぼこぼこと浮いている。床下から湿り気が這い上がってくるのだ。以前、電灯の調子が悪く、配線の具合を見るために押し入れの上の天井板を持ち上げて、天井裏にもぐり込んだことがあった。そこの方がカラッと乾燥していて、よほど居心地がよかった。安普請のせいでどこかに隙間があるらしく、空気の流れもあった。

「あんた、絶対どっか悪いよ。病院行かなきゃだめだよ」

大家の森岡さんが言って、試供品のドリンク剤を何本かくれた。彼は近くの大通りで薬局を営みながら体が不自由な奥さんの面倒をみている苦労人だ。俺たちは年が近いせいで、時折立ち話くらいはする。仕事仲間以外で俺に口をきいてくれる貴重な人だ。

「この借家もそのうちぶっ壊して新しい家を建てて、こっちに住もうかと思うんだ」

と森岡さんは言う。都会でやっぱり薬剤師をしている息子さんに薬局を譲る計画を立てているようだ。俺は黙って聞いている。おそらくその計画が実行に移される頃には俺はもう死んでいるだろう。

俺が今一番恐れているのは仕事が続けられなくなることだ。限りあることとはわかっていたが、キャンパスを歩き回り、友人と笑いあい、噴水のそばで一人たたずむ未玖の姿をなるべく長く見ていたかった。

それにその冬の終わり頃から、未玖が同年輩の男子学生と二人でいるところを見かけるようになっていた。そうなると現金なもので、もういつ死んでもかまわないと思っていたものが、もう少し生き長らえてこの二人の恋の行く末を見てみたいと思うようになった。そう思うと、消えかけていた生命の青白い炎がぽっと勢いを増したように体調が持ち直したりするのだった。

龍平が結婚してからは、俺はほとんど彼らのところへは行かなかった。もう気づかってくれる人ができたのだから、その必要もないだろうとたかをくくっていた。断酒して病院とも手が切れた俺は、臨時雇いや短期アルバイトのような形で零細企業を渡り歩くようになっていた。

が、龍平の心の闇は深かった。養母が指摘したように、彼にはちょっとしたことで堰を切ったように崩れていく賦質《ふしつ》があった。人間関係がうまく構築できないアダルト・チルドレンの彼は、会社の中でかなり無理をしていたのだった。結婚すらも本当は龍平にとって救いではなく苦行であったのではないか。とにかく大学時代の失恋以来、龍平は酒が手放せなくなっていた。それに俺は気づかなかった。

未玖が生まれてしばらくして、こちらもかなりの決心をして、いくばくかの祝い金を包んで孫の顔を見にいった。出迎えた藍子の顔は暗かった。

ひどいありさまだった。

子供を授かったばかりだというのに龍平は、三か月も前に広告代理店の仕事をやめていた。入社後わずか数年しか経っていなかった。そしてかなり重症のアルコール依存症に陥っていた。無精ひげを伸ばし、どろんと濁った目で私を見上げた龍平は、かつての俺そのものだった。

俺は逃げていたのだろうか？

無理やりにでも龍平と向かい合い、関係を修復しておくべきだったのか？　救世主のように現われた藍子にすべてを押し付けずに？　わからない。今も俺はその答えを持たない。

「自分がどうしたらいいのか、わからないんだ」酒がきれて、ごくまれに頭が清明としている時、龍平は言った。「この家の中で藍子と暮らし、未玖を抱き上げる自分がすごく滑稽な芝居をやっているような気がする」と。

最初から、新しい家庭に違和感があった。藍子に不満があるのではない。多分、誰と結婚しても一緒だったろう。とにかく落ち着かないんだ。おかしいだろ？　自分の家で落ち着かないなんて。未玖が生まれた時、僕は震え上がったよ。自分は、とうてい子の親としてやっていけないって。

龍平の紡ぐ言葉を聞きながら、俺は目の前にいきなり緞帳《どんちょう》が下りてきたような気がした。膝がガクガク震えて、どうしても立っていられなかった。人が聞けば、支離滅裂に聞こえるであろう龍平の説明が、いちいち心に沁みた。暗鬱な空から落ちてくる黒い雨のように。俺が小さな龍平を怖がったように彼もまた自分の血を引く娘を怖がっていた。

酔った時の龍平は、子供のようにこう言って泣いた。

「お父さんは、僕を捨てたんだろ？」

そうじゃないと、あの時百万遍《ひゃくまんべん》言ったとしても龍平の心を慰めることは出来なかっただろう。でもその一言で、あれからの長い年月、彼は波の荒い渚で家庭という砂の楼閣を作り続けていたのだということがわかった。記憶を頼りに作り上げた龍平の砂の城は、作るそばから波にさらわれていたのだ。

この子は――俺は絶望的な呻き声をあげた。この子は母に去られ、父親が死にかけて救急車に担ぎ込まれた時に気を失ったままなのだ。成長できない子供のままだ。この子をこんな矮性《わいせい》植物のような人間にしたのは外でもない父親の俺なのだ。俺はアルコールで身を持ち崩した自分の人生をなぞってみた。龍平も同じように妻に去られるのではないか。そしてどこへもぶつけられない苦い怒りを身の内に溜めながら、地を這いずるような人生を送るのではないか。

そうなったら未玖はどうなる？

俺は煩悶《はんもん》しつつも龍平一家を救えなかった。龍平はもう行きつくところまで到達してしまっていたのだ。彼は大学時代、酒に溺れた際に暴力に訴えることによって心の均衡を保つことさえ覚えていた。高校生の恋人が心変わりした時に彼女をさんざん叩きのめしたのだと龍平自身の口から聞いた。俺の喉の奥から酸っぱい塊がとめどもなく溢れてきた。

酒により自分をコントロールできなくなった龍平は、藍子にも同じことをしていた。

おそらく次に未玖にも手を上げるはずだ。俺は巻き戻された映像を見ている。父の人生をそっくりそのまま受け継いで破滅へとゆっくり傾いていく息子の人生は、俺の前で回り続けていた。

しかし龍平は俺とは違った道を選んだ。もっと悪い方の道を——。

ある晩遅く、藍子から電話があった。土砂降りの雨の晩だった。

「龍ちゃんが——」後は続かない。何とか龍平が救急車で病院に担ぎ込まれたのだということだけを聞きだした。自分の経験と照らし合わせて、彼が吐血でもしたのかと急いで病院に駆けつけた。だが、そこで突きつけられた事実は過酷《かこく》なものだった。龍平は自殺を図ったのだった。

寝室で首を吊っている龍平を、藍子が見つけた。すぐに首のロープを切って下ろしたそうだ。発見が早かったせいで龍平は死にはしなかった。だが意識はなかった。すぐに病院で処置が施されたが、自発呼吸は戻らず、人工呼吸器が取り付けられた。俺は言葉もなく、ベッドのそばで我が子を見下ろした。規則正しい人工呼吸器の音が、静かな病室に響いていた。龍平は、なぜだかとても平穏な表情をしていた。こいつは自分で自分を殺すことによって苦界からようやく逃れられたのか。

隣人に未玖を預けてきたという藍子は茫然《ぼうぜん》自失していた。

「龍ちゃんは私と結婚したくなかったんです。本当は——」藍子の体の震えはまだ収まっていなかった。「怖がってた。結婚って話が出た途端。でも私が押し切ったの。龍ちゃんが――好きだったから」

「違うんだ」俺は藍子の言葉をさえぎった。「違うんだ。あんたが悪いんじゃない。悪いのはこの俺なんだ。こいつはこうするしかなかったんだ。こうするしか――」最後の言葉は絞り出した。

龍平は、植物状態のまま生き続けた。四国から藍子の両親がやって来た。彼らに心配をかけまいと、今までのいきさつを藍子は話していなかったのだ。両親は、すべてを知って仰天した。当然だ。娘がアルコール依存症の夫から暴力をふるわれていたことを聞いて、憤慨した。こんな男の面倒をみることはない、と父親は言った。藍子と未玖は自分たちが引き取ると。

俺はそれを承諾した。医者からは、意識が戻ることは限りなくゼロに近いと言われていた。一生こうして生き続けることを覚悟しておいてくれとも。二人の将来のことを思うと、四国に帰って、新しい人生を構築してもらいたかった。龍平の人生には、俺がとことん付き合うつもりだった。これが俺に残されたたった一つの仕事なのだ。

だが藍子は、頑《がん》として言うことを聞かなかった。両親を追い返すと、龍平に付き添った。目すら開けない夫に話しかけ、体をマッサージしてやった。背中に未玖を括《くく》りつけたまま、藍子は毎日病院に通ってきた。だが、医者の言う通り、龍平は何の反応も示さない。ただ機械に生かされているだけだった。絶望と後悔が、藍子を損ねていった。見るも無残に痩せ細り、未玖のための母乳も止まった。ほんの一か月で、十年も年をとったようだった。

最初の医療費は、藍子が貯金を取り崩して払ったが、金銭的な面もいずれ行き詰るだろう。何もかもが破滅を意味していた。

生ける屍《しかばね》となった息子を見下ろして、俺は決心した。龍平も死を望んだのだ。こんな姿で生き長らえるのは本意ではないだろう。なにより、藍子と未玖とをこの地獄から解放してやらねばならない。

藍子がいない時に、俺は人工呼吸器のチューブを切断した。龍平は苦しまなかった、と思う。苦痛さえ、もう表現できなくなっていたのかもしれないが。彼がこと切れても、俺はじっと枕元に座り続けていた。藍子が戻って来て、そんな義父を見つけた。はっと息を呑んだが、彼女も今度は夫の死を受け入れた。

近寄って来ると、ポケットから何かを取り出した。そして俺に冷たくて小さな物を握らせた。よく見ると、それは茶色い二ペンス硬貨だった。ずっと昔、マグロ漁船に乗り組んでいた時、立ち寄ったイギリスで手に入れたものだ。これを幼い龍平にやったことを思い出した。あまりに遠い記憶だった。

「これ、龍ちゃんの宝物だったんです。ずっと大事にしていたの」

俺は二ペンス硬貨を握り締めて泣いた。咆哮《ほうこう》のような泣き声を聞いて、看護師が飛び込んできた。俺は警察に出頭する前に、苦しめて申し訳なかったと藍子に頭を下げた。そしてもう縁が切れたのだから、二度と連絡を取ろうとしないでくれと頼んだ。裁判では俺には情状酌量がなされて、四年の実刑判決が下された。たった四年だ。子供の人生を台無しにして、挙句命を奪ったにしては軽すぎる刑だ。

藍子は未玖を連れて実家のある四国に帰ったと聞いた。城山のある古い街に——。

あの虫を見つけたのは、再び春が巡ってきた大学の構内でだった。

いつものように中庭の植え込みの下草を引いていた俺は、ある木の枝に大きな幼虫がとまっているのに気がついた。体長が七、八センチもある大きな芋虫で、色は明るい黄緑色だった。体側に沿って白い線が走っていて、体は九つほどの節に分かれている。その節の一つ一つの背中側に肉質の突起があり、黒色の毛が生えていた。

俺はその美しい虫をうっとりと眺めた。多分、ヤママユガの一種の幼虫だろう。そいつは、すぐ近くで息をつめて見つめる俺のことなどおかまいなしに、その木の葉をせっせと食べていた。よく見ると、その低木の下部の葉は、すべて食べつくされていた。今の俺にはうらやましいほどの食欲だった。

翌日も同じ木にその虫はいた。その木は鳥の糞で運ばれた種が芽を出したものらしく、あまり見たことのない野生の木だった。この勢いでいくと、もう二、三日中にはこの木の葉を食べ尽くしてしまうだろう。俺はふと思いついて、木の枝ごとその虫を折り取ると家に持ち帰った。

家の中で大きめのボール箱にその虫を入れ、折ってきた枝をその上に載せてやった。持ち帰った時は、そのまま城山にでも持って行って放してやるつもりだった。城山にならさまざまな木が生えているから、好みの木の葉に移るだろうと思ったのだ。けれども幼虫の動きは非常に緩慢で、体の下に連なった短い脚を使っても、動く範囲は限られていた。

俺はこの頃はもうほとんど何も食べられず、便秘と下痢とを繰り返すようになっていた。今まで手をゆるめてくれていた癌細胞が、また体の中で侵略を開始したのだ。

なぜ俺があんなにあの虫にこだわったのかわからない。キャンパスを歩き回ったが、同じ種類の木を見つけることはできなかった。葉を見つけてやらないとあの幼虫は死んでしまう。俺は城山に登った。登ろうとすると足が前に進まない。息がきれてしかたがなかった。それでも三分の一ほど登った時、あの木と同じ葉を森の中に見つけた。剪定《せんてい》バサミで、持てるだけの枝を切り取って家に戻った。

緑の濃いギザギザした形の葉をボール箱の中に入れてやると、幼虫はさっそくそれに取り付いた。頭を振り振り、口器《こうき》を巧みに動かして葉に穴を開けていった。俺は飽くことなくそれを見つめた。採ってきた葉は、三日ほどしか持たないので、俺はまた体をかがめ、休み休みあの低木の群落のある場所まで登っていった。そして、この前より多くの枝を切り取った。

力がないのでズルズルとその枝を引きずって家に帰って来ると、隣人の戸川という中年女が、「何してるんです？」と問いかけてきた。いかにも不審げな表情だ。無理もない。枯れ木のように痩せ細った老人が、木の枝を引きずって歩いているのだから。

「いや、なに。虫の餌にするのさ」

「虫の？」

戸川は、気味悪そうに眉をひそめた。

俺の腹部のしこりは、もうあれ以上は大きくならなかったが、今では背中まで痛むようになってきた。腹に手を当てて畳の上に寝転がっていると、旺盛な食欲を発揮する幼虫が葉を食べる、サリサリという音が耳に届いてくる。絶え間なく聞こえるその音に、俺はむくりと身を起こした。そしてボール箱の中を覗きこむ。幼虫は、盛んに口器を動かしていた。

それをしばらく見つめた後、俺は木の葉に手を伸ばした。一枚の葉をむしり取って、目の前にかかげる。シソの葉に似ているが、もっと厚く葉脈がくっきりしている。シソのような匂いはない。口に入れてみた。くちゃくちゃと嚙んで飲み込む。何かを少しでも食べると胃が痛み出し、吐き気が強くなるのにその気配はなかった。葉はすっと胃の中に流れていった。もう一枚、葉を口に入れた。ボール箱の中のサリサリという音を聞きながら、俺は葉を口に運び続けた。

他のものは口に出来ないのにその葉だけはいくらでも食べられて、俺は青い息を吐いた。俺は幼虫と自分のために城山の葉を採り続けた。しだいに森の奥深くまで足を踏み入れるようになった。有り難いことに名も知らぬその低木は森の中にたくさんあった。

幼虫は丸々と太った。俺もあの葉を食べだしてから、自分でも体力が少しずつ戻ってくるのがわかった。腹部のしこりは相変わらずだったが、痛みは和らいだ。緑の色濃いあの葉は、俺にとっては清い食物だった。幼虫が葉を食《は》むように、俺はむしゃむしゃと葉を頬張った。うまいとは思わなかったが、それが確かに命を支えてくれているという気がした。

大学の図書館で幼虫のことを調べてみた。似たような蝶や蛾の幼虫は載っていたが、全く同じものを見つけることは出来なかった。ヤママユガの幼虫の体内を示したカラー図が出ていた。体内のほとんどは、食べた葉を吸収する消化管で出来ている。背中には、体液を送る背脈管《はいみゃくかん》がまっすぐ通っていて、腹側の中央部には、糸を作る絹糸腺《けんしせん》があった。俺は腹のしこりに手をやった。もし俺が芋虫なら、この辺りに絹糸腺があるはずだった。

　回復とはいえないまでも、俺が元の生活を営むことが出来るまでに体力を取り戻していくのとは逆に、未玖はふさぎ込むようになった。例の恋人と別れたということはなかった。たいてい二人は一緒にいたが、その彼のそばにいながら未玖の表情は曇りがちだった。何があったのか、俺には知りようがなかった。ただちりちりと気に病んだ。

　今までそんなことはしたことがないのに、二人の後をつけたりした。驚いたことに未玖の恋人のワンルームマンションは俺の住まいの近くだった。まだ真新しいその三階建てのマンションの一階に、その男は住んでいた。

　郵便受けのネームプレートから、その男が藤本《ふじもと》という名だということはわかったが、俺に出来ることは何もなかった。龍平が死んでからの俺の人生には何の意味もない。ただ藍子と未玖が、今幸せに生きているということだけが、あの時の私の行為の正しさを裏付けてくれる。だから未玖には何としても幸せになってもらわなければならないのだ。

　春も深くなった時、未玖の暗さの理由がわかった。陽射しが強くなっても長袖のままだった未玖が、一人腕まくりをして手を洗っているのを見かけた。その白い腕に、目立つ紫色の痣《あざ》を見つけた時、俺は既視感に襲われた。十九年前、藍子の体に浮き上がった数限りない擦り傷や痣――龍平によって刻まれた恐怖の刻印。

藤本のマンションは、裏手に喬木《きょうぼく》と低木とを組み合わせたしゃれた植え込みがあった。日がすっかり落ちて暗闇に包まれると、俺は三軒長屋の借家から出て、その繁みに身を潜めた。毎日未玖が来ているとは限らなかったが、根気よくその行為を続けた。未玖が訪れて二人で夕食を作り、楽しく語らっていることもあった。かすかに睦言《むつごと》が漏れ聞こえてくることもあった。しかし一週間もしないうちに、俺の懸念は、確たる形を持って現われた。

風を入れるために細目に開けられた窓の向こうから、藤本の押し殺した低い声がし、未玖のなだめるような声がそれにかぶさった。何かがフローリングの床に叩きつけられたようなドサッという音の後、未玖の短い叫び声。そんな未玖をののしる男の声。俺はそろそろと繁みから出て窓に近寄った。

これもまた既視感。据わった目つきの男が、何の抵抗も出来ない女を思うさま殴る図。俺は、声を出さずに泣いていた。かつて藍子に感じた薄幸の影を未玖もまとっていたのだ、と今気づいた。この母娘が背負った星回りの悲しさと、その根源はひとえに俺にあるのだという絶望感。

俺は這うようにして家に帰ると、またあの緑の葉を食べた。嗚咽とともに、よだれとも胃液ともつかぬ液体を俺は吐いた。ねばねばしたそれを顎にまとわりつかせながら、ボール箱の中を覗くと、幼虫は箱の隅でじっとしていた。繭を作って蛹化《ようか》する準備をしているのだ。

幼虫は葉を食べることをやめ、糸を吐き始めた。口器のすぐそばにある吐糸管《としかん》から、美しいきらきら光る細い糸を吐く。最初、木の枝の間で足場を固めるように糸を吐いた後、頭部を8の字型に動かしながら米俵型の繭を作った。俺はその天然の造形をじっと眺めた。そして葉を食べた。繭から発蛾《はつが》するまでに二週間ほどかかった。その間、俺は藤本と未玖を見張り、自分のために城山から木の枝を採って来た。その葉を食べて体には力が満ちた。

藤本の暴力は日ごとに激しさを増してきていた。未玖はもう抵抗したり、人に助けを求めたりする気力を失ってきているようだった。時には泣きもしないで藤本の為すがままになっていることもある。かつて藍子に見た没人格化、無力化に襲われているのだ。顔をゆがめて未玖をいたぶった後、藤本自身も茫然自失になって座り込む。二人の抜け殻が、暗い部屋の中に離れてうずくまるのを、俺は何度も目にした。

家に帰ると繭の一部が破れていた。成虫は尾部から茶色い液を出して、それで繭を溶かして出てきた。成虫は全身を白い毛に覆われていた。今までこんなに美しい蛾を見たことがなかった。前翅《ぜんし》と後翅《こうし》に薄い褐色の目玉模様が付いている以外は真っ白で、後翅に長い尾状突起を持っていた。ヤママユガ科は、その大きさと優美さで皇帝蛾と呼ばれるそうだが、まさにそういった風格があった。

深夜にその成虫は羽ばたき始め、部屋の中を飛んだ。蛍光灯の周囲を飛ぶと、大きな影を見上げる俺の上に落とした。俺は部屋の電灯を消し、窓をそっと開けてやった。蛾はひんやりした夜の闇の中に飛び出した。白い体は、その闇の中でもしばらくは見えていたが、やがて城山の方へ消えていった。

虫の世話をしたのはほんの一か月ほどの間だった。しかしそれがなくなった時、俺にはそれがはっきりとした契機に思えた。蛾を放した翌日、また藤本のマンションを訪れた。この頃、藤本は毎晩のように未玖に暴力を働いていた。なぜ藍子は娘の心と体の変化に気づかないのだろう。多分、未玖は必死の思いで母親に隠し通しているに違いない。あの卑劣な男は、顔だけは殴らないようにしていたから。

窓からまたあの音——男の唸り声、未玖の薄い肉がいわれのない暴力を受け止める音、未玖のすすり泣く声、小さな物が壊れる音——が漏れてきた時、俺は躊躇《ちゅうちょ》することなく植え込みから飛び出して、窓を外から大きく開けるとそれを乗り越えた。

藤本は窓に背を向け、フローリングの上に倒れ込んで身を縮めている未玖を足蹴にしているところだった。そんなありさまなのに、俺に気がついたのは未玖の方が早かった。視線が合うと、未玖ははっとしたように大きく目を見開いた。それがまた藍子の表情に酷似していた。

藤本が振り向きざま、「何なんだ!?　お前」と言った。今、自分が行っている行為とはうらはらに狼狽し、怯えともとれる声だった。藤本はひょろりと痩せてはいるが、背が高かった。奴が俺の方に向き直り体勢を整える前に、俺は手にしたタオルを藤本の首に掛けた。そしてそれを自分の方に引き寄せる要領で絞め上げた。藤本の口から、「グウッ!!」という声が漏れた。

「翔太!!」

身を起こした未玖の声がしたが、俺は力を緩めなかった。あの葉のおかげでまた力が湧いてきたことを天に感謝した。一人だけ絞め殺すだけの力さえ与えられれば、もう俺は呼吸する力もいらないと思った。そうして、藤本に背を向けて肩越しにタオルを引き続けた。体格的に勝る相手には、「地蔵背負い」というこの方法しか思いつかなかった。

その時だった。

ガツンッ!!という大きな音がした。俺はひどい衝撃を受けて倒れ込んだ。痛みは感じなかった。朦朧《もうろう》とした意識と視界の中で、未玖が手にした重々しいクリスタルの花瓶を床に放りだすのが見えた。花瓶は俺のすぐそばで砕け散った。藤本がひどく咳き込み、ゲーゲーとえずいている。その声を聞きながら目を閉じた。

多分気を失っていたのは数分、もしかしたら数十秒だったろう。意識は戻ったけれど、目を開けることはできなかった。体も動かなかった。未玖がしきりに藤本のことを気遣っていた。どうやら藤本は、たいしたダメージを受けなかったようだ。やがて二人の注意は俺の方に向いた。

「その人、死んだ？」

「いや、息はしてる」

「でも血が出てる」未玖は震えているようだ。「その人、知ってる」

「うん、大学で見たな。清掃員だろ」

もう少しだったのに。なぜ未玖はその男を助けたのだ？　女を殴るクズのような男を。

「おい、大丈夫か？　未玖」

藤本は未玖を抱きしめたらしい。未玖のくぐもった声がした。

「よかった、翔太。殺されなくて。私、翔太がいなくなったら、生きていけないよ」

「うん、わかってる」

未玖のすすり泣く声。

「悪かった。未玖、もう殴ったりしないよ。だから――」

そんな言葉は嘘だ。今までも未玖をひどく痛めつけた後、はっと我に返った藤本が何度も口にしていたではないか。だが俺は指一本動かすことが出来なかった。

「ほんとだよ、翔太。絶対、私から離れないで。私を一人ぼっちにしないでよ」

「うん、大丈夫だ。そんなことはしないよ」

「一人は嫌だ。死ぬほど怖いよ。寂しくて、寂しくて……。それでお母さんも死んじゃったんだもの。お父さんが死んで、一人ぼっちになったから」

恐ろしく冷たい塊が、俺の上に落ちてきて、固い床に体をめりこまされたような気がした。

「うん、いつか聞いたな。お前のお母さん、自殺したって。お父さんの後を追って」

藤本の声が続く。俺の体はびくとも動かないまま下へ下へと沈み込んだ。

「ごめん、悪かったよ」

「だから言ったでしょ？　私にはもう、翔太しかいないんだよ」

俺は慟哭《どうこく》した。が、唇がかすかに動いたきりだった。

この母娘を助けたと思っていたのに、それは俺の思い込みに過ぎなかったのだ。

寂しかったのか——藍子は。それとも疲れ果てたのか。あまりに目まぐるしく惨《むご》い運命に。

「どうするの？　この人。警察を呼ぶ？」

「いや——」藤本は俺のそばで、しばらく思案しているようだった。「俺、この爺さんの家、知ってるんだ。前、出て来るところを見たから。このすぐ近くの借家だ」

二人の声は遠ざかった。ドアを開けて外を窺っている気配がする。どうやら俺を家に連れて行くことに決めたようだ。いきなり大学の清掃員の老人が窓から入って来たことにとまどっているのか、警察を呼んで調べられると、自分の未玖に対する暴力が知られると思ったのか。

「おい、未玖。こいつを俺に背負わせてくれ。今なら人が見ていないから」

「でも……」

「早くしろよ！　こんな所でこの爺さんが気がついたら面倒なことになるんだ。家の前にでも放り出しておけば、自分でなんとかするだろ。たいした怪我じゃないんだし」

とうとう意を決したらしい未玖が俺の後ろに回って来て、俺の体を支えた。大学のキャンパスで未玖を見かける度《たび》、ちょっとでいいから触れてみたいと思っていた孫娘が、俺にぴったりと寄り添い、力を入れて持ち上げた。俺は藤本の背に体を預けた。

夜気に包まれた。ここから俺の家まで数分しかかからない。痩せ細った俺の腹部が藤本の背に押し付けられている。軽々と俺を背負った藤本は早足で道を行く。そのリズミカルな足取りに合わせて、俺の腹が彼の背にくっついたり離れたりした。腹のしこりが、ぐにゅりとのたうって軽い吐き気が込み上げてきた。

「ここだ」

「どうすんの?」

未玖が引き戸に手を掛けたようだ。もとより鍵など掛けていない。

「あ、開いた」

「しっ!」

そろそろと引き戸を開ける音。俺は玄関口の板間に投げ出された。

「行こう」

「大丈夫なの? この人」

未玖の声は震えている。そんな未玖を藤本は強引に外へ連れ出した。引き戸がまた閉められた。

静寂——。

街の中心部なのに、山と森がすべての音を吸い取るこの場所は静かだ。

十九年前、俺は息子を手にかけた。それがこの親子のために一番いい方法だと思ったし、それができるのは自分しかいないと思っていた。しかし藍子はとうの昔に自らの命を断ち、残された未玖は、祖父や父と同じようにパートナーに暴力を振るう男を選んだ。藍子と未玖の幸福のためという俺の大義名分は消え去ったのだ。

もうこの世界にいたくない。これ以上、息をし、ものを食い、人と関わりたくない。

俺は力を振り絞って体を反転させた。奥の六畳間まで這いずっていくと頭がふらついた。押入れの襖《ふすま》を開ける。また腹のしこりが動いて、苦い液体を喉元まで押し上げてきた。何とか自分の体を押し入れの上段に引き上げた。四角く切り取られた天井板を持ち上げる。

頭を天井裏に差し入れると、とうとうこらえきれずに口から得体の知れない液体を吐いた。それは口から出て空気に触れると、細い糸になって天井裏や俺の体にまとわりついた。俺は粘着性のあるその糸を頼りに、天井裏へ這い上がった。そこは乾燥していて、適度な温度と風があり、心地よかった。三角形になった天井裏の隅にたどり着くと、俺はようやく安らかで満たされた気持ちになった。腹のしこりは盛んに動いて、透明な糸を俺の口から吐き出させた。

このしこりは癌ではなかった。俺の絹糸腺だったのだ。

俺はあのヤママユガの幼虫に倣って糸を吐き続けた。その糸は優しく絡み合い、やがて俺の体を包み込んだ。

俺は繭を作る。それは外の世界と俺とを隔絶してくれる。

ただし、ヤママユガのように俺はこの繭を破って出て行くことはないだろう。

俺はようやく気がついた。

繭の中という閉じた世界にいるということが、どれほど幸福なことか。

ぼくの友だち

僕は顔を上げてきょろきょろとあたりを見回した。くすくすと笑い声が頭の上から降ってきた。

「先生、何してんのー?」

窓から顔を出しているのは千穂《ちほ》と郁夫《いくお》だ。

「花壇の土をね、入れ替えするんだよ。これから」

僕はそう答えて、手にしたシャベルに力を込めた。教師でも保育士でもない僕はただの臨時職員なのだが、「わかあゆ園」の子供たちにすれば皆〝先生〟ということになる。この児童養護施設へ配属されて日の浅い僕は、まだその呼称に慣れない。

父親のコネで何とか県の臨時職員として雇ってもらえたのはこの春のことだ。大阪の大学を出て一時は製薬会社の営業マンとして就職したのだが、ノルマの多さと医療関係者との付き合いの派手さに音をあげて、一年と五か月で辞めてしまった。

「田尾《たお》先生!」

所詮、僕は都会向きじゃなかったのだと思い直して故郷へ舞い戻ったわけだ。

ここには酒やゴルフでの接待もサービス残業もない。子供と接することに最初はとまどいもあったが、慣れればどうってこともない。父は「臨時採用期間の二年間だけ我慢すれば、また別の職場に回してもらえるだろう」と言うが、今では城山の西の麓のわかあゆ園での仕事が結構気に入っている。

チューリップの球根を掘り出して縁石の上にずらりと並べた。僕は花壇の土を取り出してふるいにかける。球根を取り出した後に残った根っこや小石を取り除いた土に、園芸店で買ってきた赤玉土を混ぜ込んだ。城山の木立ちの間から吹いてくる風が汗ばんだ額に気持ちいい。

いつの間にか千穂と郁夫が二階から下りてきて、僕が土を花壇に戻すのをじっと見ていた。花壇の中に消石灰《しょうせっかい》を撒き始めると、それを自分たちもやりたがった。僕が消石灰の袋を開けてやると、小さな手を突っ込んで少しばかりの白い粉を握って土の上に撒いた。

「先生、今度は何植える？」

「そうだなあ、何がいいかなあ」

利発な千穂が次々に花の名前を言い、郁夫はそばでにこにこ笑っていた。

今年地元の小学校にあがったのは、この二人を含めて五人いた。ロータリークラブから寄付された真新しいランドセルを背負って元気に学校に通っている。

「郁くん、こうやるのよ。こう、こう」

千穂が、撒いた消石灰を土の中に混ぜ込むやり方を郁夫に教えている。郁夫は一生懸命千穂の手つきを真似ている。郁夫はダウン症児である。学校では特別支援学級に入っている。

門の方がにわかに賑やかになって、高学年の子らがぞろぞろと帰ってきた。遊具で遊んでいた小さな子たちが何人か駆け寄っていく。この園には兄弟で入所している子供もいるのだ。郁夫が花壇から顔をあげて「あ、あれ!」と何かを指差した。門の方に気をとられていた僕と千穂がその方向に顔を向けると、ブロック塀の下にうずくまっている灰色の猫が目に入った。

「猫ちゃんだ!」千穂が声を張り上げた。猫はびくんと身を震わせはしたが、逃げはしなかった。

「あ、あの猫か」

黄色い首輪をした猫が四、五日前から園の周辺をちょろちょろしていた。わかあゆ園と城山の中を行き来しているようだ。迷い猫なのか、警戒心が強くて人間には寄ってこない。千穂は固まったまま目だけを動かして、今しも園舎に入ろうとしている痩せっぽちの男子をそっと呼んだ。

「あっくん、猫、捕まえてよ」

呼ばれた五年生の顕《あきら》は、ランドセルを玄関のすのこの上に下ろして、僕らの方にやってきた。花壇の向こう側に回ってちょっと立ち止まる。静かに腰を下ろして猫の方に片手を差し出した。柔らかに指先を動かすと、それにつられるように猫がむくりと体を起こした。低い姿勢のまま、ひと足、ふた足、近づいてくる。用心深い野生のネコ科の動物を思わせる動きだ。

顕は辛抱強く猫がやってくるのを待った。やがて灰色の猫は、顕の指先に鼻づらを押しつけた。そのまま頭を下げて首の後ろを手のひらに擦りつける。顕は片手でしばらく背中を撫でた挙句に、ひょいと抱き上げた。

「あっくん、すごい！」

千穂が柔らかな花壇の土の上に足跡を残して、顕と猫に駆け寄った。顕の腕の中で目を細めている猫の頭をおそるおそる撫でた。

「さすが、あっくんね」

見物していた子供たちが、魔法が解けたみたいにそれぞれの動きに戻った。その中に森岡先生が立っていた。郁夫が猫を抱かせてもらって、得意げな顔をこちらに向けた。

「どこの猫かしら？　きっと飼い主の人は捜しているでしょうね」

五十年配の森岡先生は、ベテランの保育士だ。森岡先生は顕たちのそばに寄っていった。猫はすっかりリラックスして、郁夫がコンクリートの上に下ろすと、腹を上にして寝そべった。

「お、お腹が、す、すいてるのと違う？」

顕が森岡先生を見上げて言う。

「ミルクをあげてみる？」森岡先生の言葉に「あたしがもらってくる！」と千穂が駆けだしていった。

猫は皿に移してもらったミルクを一心に飲んだ。灰色の地に黒い縞模様。僕は猫には詳しくないが、ペットショップで売っているような高価な猫ではないかと思った。そういうふうに見ると、ミルクを飲むしぐさも何となく優雅なものに思えた。猫の背中に地模様とは違う茶色っぽい染みがあるのに森岡先生が気づいた。

「あら、これは血じゃないの？　どこか怪我をしているのかもしれない」

ミルクをたいらげて舌なめずりしている猫を抱き上げて、先生は猫の全身をくまなく調べた。が、傷を負っている様子はない。

「せ、先生、こ、この猫、どうする？」顕が不安げに尋ねる。

「そうねえ」森岡先生はちょっと考え込んだ。「あっくんになついちゃったから、外に出してもきっと戻ってくるわね。飼い主が見つかるまで預かっていいか、園長先生に訊いてみようか」

顕は嬉しそうに猫を受け取ると頬ずりをした。森岡先生を真ん中にして、猫を抱いた顕と千穂と郁夫が園長室の方に歩き去ると、僕はまた花壇に向き直った。

土の入れ替え作業を終えて園舎の中に入った。猫は全身を湯で濡らした布で拭いてもらい、すっきりとしていた。猫好きの若い保育士、安井詩織《やすいしおり》先生の話によると、これはアメリカン・ショートヘアという種類の猫らしい。縞模様が背中でくるりと渦を巻いている。

園長先生からお許しが出たので、しばらくは園内で飼えることになった。ただし、飼い主が見つかるまで、子供たちの部屋には連れ込まない、世話はきちんとする、という条件付きである。

雌《めす》猫だったので、千穂がチコという名を付けた。チコはプレイルームの一角に寝床を作ってもらった。トイレの躾《しつけ》もきちんとできていた。ただしばらくは神経をとがらせていて、物音にも敏感だった。子供たちはのべつまくなしチコに触りたがったが、チコはそれを嫌がった。小さな隙間や暗がりに隠れて随分長いこと出てこなかった。ただ顕に対してだけは別で、彼の足音を聞き分けて、どこからともなく飛び出してくる。顕が座るとすかさず膝の上に跳び乗った。プレイルームでも食堂でもピロティでも、いつもチコは顕を追いかけていた。

顕には軽い知的障害があった。〝軽い〟というが、実際の程度のほどはわからないのではないかと僕は思う。彼は郁夫と同じ特別支援学級に籍を置いている。吃音《きつおん》があるせいで、うまく他人と意思の疎通がはかれない。僕はまだまともに顕と口をきいたことがない。

彼が心を通わせる相手はヒトではなく、動物だった。園で飼っている金魚やハムスターの世話も当番を決めているのに結局顕の役目になってしまう。顕は動物たちと昵《じっ》懇《こん》になる生来の能力を持っているのだと森岡先生は言う。

「あの子があまりしゃべらないのは、その必要がないからかもしれない」と森岡先生は続けた。

「動物たちと話ができるから?」

冗談めかして僕がそう問うと、森岡先生はしごく真面目な顔で頷いた。

「気づいた? 動物の方もあの子の意を汲んだように動いている。それだけじゃない。顕は鳥やケモノを頭の中で好きなように組み合わせて新しい生き物を作り上げるの。そんな空想遊びに夢中になってるわ。私、そういう生き物が本当にいるんじゃないかと思う時もあるの」

顕が自分の殻に閉じこもってそんな遊びにふけっているのなら、その素材にはこと欠かないだろう。城山には数多い野生の生物が棲みついている。野鳥類や昆虫類のみならず、野ネズミ、タヌキやイタチ、ハクビシン、蛇やトカゲ。山の中のどこかにコウモリの塒《ねぐら》があるらしく、夕方になると園の周辺を小さな黒いコウモリが飛び交った。城山のそばにあるわかあゆ園にはこうした動物たちが容易に入り込んでくる。子供たちも放課後は、登山道や堀之内公園を遊び場にしていた。

市街地のど真ん中に城を戴く山とそれに伴う深い森があるという景観は、なんとも不思議な有りようである。県庁舎やデパートを含むビルの群れからさほど離れていないのに、夜になると城山は漆黒の闇と不気味な静寂が支配する異界と化す。

夜の闇の領域は深く根を張り、そこで蠢《うごめ》く小動物の気配はいっそう濃くなる。人通りも極端に少なくなり、男性の僕でさえ宿直の晩には外に出るのがはばかられる。そんなだから去年には城山近辺で女性を狙った暴行事件が数件起こったという。僕がまだ大阪で働いていた頃の話だ。

チコが来てからは、この猫の存在が顕にとって大きなものとなってきた。顕は、チコや他の生き物たちが形作る閉じた世界に生きているようだった。彼を空想世界から引きはがして日常生活に向かわせるのは、至難の技だ。特に僕のようなにわか先生にとっては。顕は森岡先生の言うように、言葉を介さずにチコたちを操っている。唯一彼の心に響く言葉を持っているのは、猫の飼い方を教えた安井先生で、彼女は顕とチコの風変わりな関係を他の大人のようには心配していなかった。

「あの子には動物が心の拠《よ》りどころなんですよ、きっと。全身全霊で受け入れてくれる存在があるという時期が誰にでも必要だと思う。それがたまたまあっくんにとってはチコだっただけ。いつかあっくんは猫から卒業するわ」

僕とそう年の変わらない安井先生の言葉に僕は妙に感動した。確かに顕は人間世界では孤独だった。夏休みのような長期の休みには、親元で過ごす子も結構いたが、顕はどこへも引き取られなかった。親族が会いに来たこともない。顕とチコとは、お互いの境遇をわかって、いたわりあうように肌をくっつけていた。

しかし安井先生の言う「猫からの卒業」は唐突に訪れた。チコの飼い主が見つかったのだ。森岡先生は城北地区で薬局を営むご主人と暮らしているのだが、そこからそう遠くはない場所に住む夫婦の飼い猫がいなくなったらしいということを、ご主人が聞きつけてきた。確認すると、やはりアメリカン・ショートヘアの猫であるということがわかった。

夫婦はチコを引き取るために飛んできた。猫の本当の名前はアリスだった。

ところがさっきまでいたはずの顕とチコが見当たらない。どうやら顕がチコを離したくなくて城山へ逃げ込んだらしい。安井先生と森岡先生と僕とで手分けして山の中を捜し回った。日が暮れかけた頃、ようやく僕は顕を見つけた。顕はチコを抱いたままセンダンの根元で眠りこけていた。すぐ近くの岩の裂け目から無数のコウモリが湧きだしてきて、顗の周りをぐるぐる飛んでいた。いったいどんな夢を見ているのだろう。

「かわいそうに」いつの間にか安井先生がやって来て顗の頭を撫でた。汚れた頰には涙が流れた跡があった。僕は痩せた少年を背負って山を下りた。

園に帰った顗は素直にチコを飼い主に返した。

二学期が始まると、わかあゆ園では問題が起こった。郁夫が学校に行きたがらなくなったのだ。どうやら普通学級の子にいじめられているらしい。体に傷や痣が目立つようになり、郁夫が本来持っていた陽気さが影を潜めてしまった。千穂の話などからいじめを繰り返すグループの見当はついたのだが、巧妙ないじめ方をするので教師の目にはとまらない。リーダー格の六年生の男児の保護者と話し合いを持とうと試みたが、逆に親の方が「何の証拠があるんだ」と園に怒鳴り込んで来る始末だった。

森岡先生は、顗に「郁くんを助けてあげてね。いつもそばにいるのよ」と言い聞かせた。顗はじっと唇を嚙んでいるきりだった。年上の健常児に立ち向かうなど酷な話だ。とりわけ体格も劣り、言葉も充分でない顗にとっては。

そんな時、チコの飼い主からまた猫がいなくなったと連絡が入った。今回は園には来ていないと返事をするとひどく落胆した様子だったという。アメリカン・ショートヘアという猫は、独立心が強くて野性の本能が濃く残っているとはいうが、あのチコが野良で生きていけるとはとても思えなかった。チコはどこにも姿を現さなかった。

しばらくは郁夫へのいじめもおさまっていた。特別支援学級の児童六人で、郊外の陶芸窯《がま》へ行く体験学習があったりした。郁夫も勇んでバスに乗ってでかけた。彼らは陶芸教室でそれぞれ作品をこしらえた。数日後、窯から焼きあがったものが送られてきた。顗の作品に誰もが釘付けになった。それは彼の作りあげた架空の生物だった。

「これ、チコじゃないのー？」

食堂に飾られた陶芸を指差して千穂が言うと、他の子供たちは笑った。確かに体の縞模様はチコのそれだったが、顗はどう見てもコウモリで、開いた口の中に長細い牙《きば》を生やしていた。おまけに前足の指は三本で、猿のように上体を起こして座っていた。

題名が付いていて、カードには『ぼくの友だち』とあった。チコを手放さなければならない日、猫を抱いたまま眠りこけていた顗を思い出した。あの時の顗の夢の中を垣間見た気がした。こんな生き物がいれば、郁夫を守ってやれると顗は空想しているのかもしれない。力のない自分に代わって。

翌日、郁夫は校舎の二階の窓から転落した。

二階という低さが幸いして、郁夫は左足の骨折だけですんだ。学校側の説明では、二階の窓に腰かけて遊んでいた郁夫が足を滑らせたのだというものだった。だが、怖がりの郁夫が、そんな危険な遊びをするとは到底思えなかった。

「あ、あいつだよ！　あいつが背中を押した」

学校では言えなかったのか、わかあゆ園に帰り着くなり、顕はいじめグループのリーダーの子のことを言い募った。それを聞いた森岡先生と僕とは顔を見合わせた。僕にはどうしていいのかさっぱりわからなかった。本当のことを言うと、障害のある顕の言葉を全面的には信じられなかったのだ。

しかし森岡先生は憤然と立ち上がった。園長先生とともに学校に出かけていって抗議したのだ。もちろん相手側は認めない。郁夫は怯えきって口を閉ざすし、顕の言語能力にも限界があってうまくいかなかった。リーダー格の男児は佐藤陸《さとうりく》という名だった。陸の父親は逆に顕をひどく罵倒《ばとう》したという。

ギプスで固めた足で登校を始めた郁夫に付き添うのが当面の僕の仕事になった。再び寡黙になった顕がまとった暗い影が気になった。彼の中で育っているものはなんだろう。僕はそれをずっと考えていた。

秋も深まった頃、今度は佐藤陸が事故にあった。城山の中で遊んでいて、崩れかけた石垣から落ちたのだ。怪我自体はたいしたことはなかったのに、陸はなかなか退院してこなかった。原因不明の高い熱が続いているらしかった。何らかの感染症が疑われた。陸は「山の中で、小さくてすばしっこい生き物に追いかけられて引っ掻《か》かれた」としきりに訴えているというが、それが本当のことなのか、高熱による意識障害のせいなのかは判然としなかった。

陸は髄膜炎に罹《かか》って危うく死にかけた。だが何とか回復したとのことだった。元の学校には戻って来なかったので、その後の様子はわからない。

郁夫は冬にはギプスもとれて元気に学校へ通いだした。


僕は家からわかあゆ園までバイクで通っていた。お城山のすぐ下をぐるっと回って城北地区にある大学と高校の間を抜けて帰る道々、迷い猫を捜す小さなチラシが塀や電信柱に貼ってあるのを見かけた。「アリス」という名の猫を捜すチラシだ。添えられた写真には見覚えがあった。まぎれもなく、わかあゆ園に一時居ついていたチコだった。あの猫はまだ見つからないらしい。

もしかしたら、顕がチコを城山のなかでこっそり飼っているのかもしれないと言いだしたのは安井先生だった。時折顕が食べ物を運んでいるようだと言う。問い質したが、顕は首を振るばかりだった。わかあゆ園は、城山の西面の二の丸公園のすぐ下にある。二の丸公園からは、黒門口《くろもんぐち》登山道が頂上まで続いている。この登山道は藩政時代の正面登り口で、明るく登りよい道だ。鬱蒼とした感じはなく、気持ちのよい雑木林に囲まれている。二の丸公園とこの登山道入り口は、子供たちの恰好の遊び場になっている。

「だけどね、あっくんが行くのは古町口登山道の方みたい」

安井先生は僕にこっそり耳打ちした。そういえば、前に顕がチコを連れて逃げ込んだのは城山の北西に位置する古町口登山道の方だった。クスノキやホルトノキ、エノキなどの大木が空を覆い、その下にはアオキやシロダモ、モチノキといった陰樹が茂っている。要するに深い森林の中を行く道である。こちらの登山道には近寄らないよう園長先生も子供たちに注意してるのだが、猫を隠れて飼うにはちょうどいい場所ではある。

それとなく全職員が顕のことを気にかけだしたので、顕は城山に登らなくなった。そのうち、誰もが迷い猫のことなど忘れてしまった。

冬の寒さが緩み出した頃、その事件は起こった。

安井先生が城山に連れ込まれて暴行されたのだ。あまりに衝撃的な事件だったので、職員一同が言葉を失った。遅番の帰りで、雨降りの寒々とした日だった。

昨年、数件続いたレイプ事件の犯人がまだ捕まっていなかったのだと僕は初めて知った。場所は城北地区の城山の麓の駐車場で二件、古町口登山道からさらに森の奥深くに分け入った所で一件。一年以上、なりを潜めていた犯人が春を前にまた犯行に及んだということか。安井先生は休職願を出した。すぐに補充の保育士が県から派遣されてきた。子供たちには事件のことは伏せられた。安井先生は病気でお休みするのだと伝えられた。が、職員の間に広がった動揺は、子供たちの間にもじわりと広がった。特に顕の様子が変化したことに森岡先生も僕も気がついた。チコと離れてから、彼が浸りきっている独特の空想世界は、さらに彩りを増して、顕を現実世界から遠のかせているようだ。彼の理解者であった安井先生の身の上に起こったことも顕は正確に把握しているのではないか、と何の根拠もなく僕は思った。森岡先生も同じような感触を持ったのか、顕を何かと気にかけた。園から自宅が近いこともあって、先生は勤務時間が終わってからも顕のそばに付き添っていた。

しかし安井先生と猫を失った顕は、もう容易に人を寄せつけなかった。

ひと月後、安井先生は現場復帰することなく、辞表を出した。「またどこかの園で保育士をやりたい」とは伝わってきたけれど、わかあゆ園に挨拶に来ることはなかった。安井先生が言った「いつかあっくんは猫から卒業するわ」という言葉が僕の頭の隅っこに引っかかっていた。障害があり、自分の殻に閉じこもって、大人になることも拒否した顕が、もし猫から卒業することがなかったら？　ばかばかしいことだが、僕はそんなことを考えた。そうしたら、チコは何になるんだろう？

その答えを見つけたのは、やはり城山の中でだった。

男性で独身で、身軽な僕は週に一回は宿直を引き受けていた。安井先生が去った次の宿直の晩、小さな物音に僕は目を覚ました。二階から裸足で下りてくる密やかな足音。子供たちのうちの誰かが寝ぼけて部屋を抜け出したのだろうか？　僕は寝床の中で耳を澄ました。かすかな気配は、建物の内側から鍵をはずして外へ出ていく。僕は驚いて飛び起きた。

ジャージの上に上着を引っ掛けて懐中電灯を手に外に出た時には、小さな黒い影はもう門の向こう側だった。ありがたいことに満月の晩で、夜目がきいた。はっきりとしないのに、その人影が顕であるという確信が僕にはあった。一度も立ち止まることなく顕は古町口登山道の入り口に向かう。割れた笠を被った心許ない街灯の下を通った時に、僕の推測が正しかったことがわかった。

顕の後を追って登山道に入る前、道路が大きく湾曲した場所に一台の黒っぽい車が停まっているのに気がついた。車高が低くて太いマフラーのついた改造車だった。嫌な感じがした。それでも僕は登山道をたどらないわけにはいかなかった。入り口の街灯を過ぎると、あとは灯りというものは皆無である。それこそ穴の中に落ちたような、濃くねっとりとした闇が満ちていた。もはや顕の姿はどこにもない。

僕はちっぽけな懐中電灯だけを頼りにおそるおそる足を踏みだした。狭い山道はごろた道で、そのうえ両側から伸びてきた木の根が縦横に這っている。ここを明かりも持たずに行った顕は、夜道に慣れているということか。

——キリキリキリキリ

夜を引き裂くように鋭い鳴き声が聞こえてきた。いったいどんな鳥がこんな真夜中に鳴くのだろう。冷たい風と自分自身の妄想とに身震いした。

いくら登っても顕に追いつけない。懐中電灯の光の輪は、周囲の闇を一層際立たせるのみだった。不安になりだした頃、森の中から物音がした。下草のガサガサいう音と、数人の人間が揉み合うような気配。何かを考える前に体の方が動いていた。顕の身に何かが起きたのだと思った。

道から逸れ、腰までのヒサカキの群落を掻き分けて森の奥へ踏みこんだ。しだいに人の気配が濃くなってくる。斜面の下に大きな岩が出っ張っていて、その向こうがコシダの繁る開けた場所になっている。下にいる人物は僕に気づいていない。そっと懐中電灯を消した。月と星の光だけが、シダの繁みとその中にいる三人の大人を照らし出していた。顕はいなかった。

目が慣れてくると、彼らがどういう状況にあるのか呑み込めて、僕は凍りついた。コシダの中に半ば没しているのは若い女性で、一人の男がその上にのしかかっていた。もう一人の男は、女性の頭の方に回って両腕を押さえつけるか、口をふさぐかしているらしい。男二人が女性に乱暴しようとしているのだった。女性は激しく抵抗していた。くぐもった悲鳴も上げた。だがこの時間、この深い森の中、僕以外には誰も聞く者はいない。

僕は躊躇した。女性を助けるべきだ。きっと奴らは安井先生を襲った犯人なのだ。だが今度は体が動かなかった。

「ばか、ちゃんと押さえてろって！」

「早くやっちゃえよ！」

男たちの緊迫した声に足がガクガク震えた。叫べばいいのだ。あるいは懐中電灯で照らせばいいのだ。だが相手は二人だ。もし凶器を持っていたら？　逡巡したのはわずか数十秒だったと思う。とうとう僕は決心して足を一歩踏み出した。

目を上げた時、男たちの向こうの灌木《かんぼく》の中に顕が立っているのが見えた。彼はさっきからそこにいたのだ。はっと思った瞬間、顕のそばの木々を揺らせて何かが飛び出した。小さな黒い生き物だ。そいつは見事な跳躍を見せて、女性の上の男に飛びかかった。最初背中に飛び乗ったそれは、素早く駆けあがって男の首筋に食らいついた――ように見えた。

「ギャッ!!」男は短い叫び声を上げて身を起こした。上半身をねじって得体の知れない生物を振り落とそうとしている。

「いったい何だってんだ？」

もう一人の男がシダの中から懐中電灯を拾い上げて相棒の頭部を照らした。

「こいつを離してくれ！」

郁夫をいじめた佐藤陸のことを思い出した。あの子が城山の森の中で出くわした生き物のことを。しかし、深く考えている暇はなかった。

「おい‼ そこで何をしているんだ！」

僕の声は上ずり、点灯した懐中電灯の光は定まらず、あちこち踊り回った。それでも効果はあった。黒い生き物は後ろ足で男の背を蹴って、木々の間に消えた。

——キリキリキリキリ
あれはあいつの鳴き声だった。あの得体の知れない生き物の。

男たちはシダの群落から出ていくところだった。二人とも泡を食って坂道を駆け下りていった。視線を戻した時、向かいの灌木の中に顕の姿はなかった。僕は茫然自失してその場に突っ立っていた。シダの中から起きあがった女性の方がよほどしっかりしていた。仕事帰りに車の中に押し込まれてここへ連れてこられたという女性は、車のナンバーさえちゃんと憶えていた。

それのおかげで暴行犯はすぐに逮捕された。去年の事件、そして先日安井先生に乱暴したのもその二人組だということが判明した。車の持ち主である主犯格の男は、三日後に警察官が見つけ出した時にはもう発病していた。ひどい悪寒に吐き気。すぐに高い熱に見舞われた。佐藤陸と同じ症状だった。結局、彼は脳炎を発症した。死んだのは事件から二週間以上経った頃だった。

僕は何もしゃべらなかった。

仲間が主犯格の男に光を当てた時、一瞬だけ僕は見たのだ。あの小動物の姿かたちは、以前顕が陶芸でこしらえたものとすっかり同じだった。短い体毛を生やした胴体はアメリカン・ショートヘアの特徴である縞模様で、ムチのようにしなる長い尻尾は無毛だった。コウモリにそっくりな頭部がくるりと回って僕の方を向いた途端、そいつはくわりと真っ赤な口を開いたのだった。男の項《うなじ》から引き抜かれたばかりの異様に長い牙は、彼の血でぬらぬらと光っていた。

一秒にも満たぬ間に見た動物の姿は、僕の脳に焼き付けられた。そして悟った。顕の中で、あの純真な少年には馴染みのない感情が育っていた。それは憎しみであり、悪意や邪気、嗜虐《しぎゃく》性であった。その暗い情念をすっかり写し取って、あのケモノが生まれた。顕の空想力が紡ぎ上げた産物は、チコの体を借りて具現化してしまった。こうして彼の忠実な僕《しもべ》、孤独を癒す友人、暗く歪んだ正義感を実行するための仲間は生まれた。

奴は顕に代わって郁夫を守り、安井先生の復讐を成し遂げたのだ。

あの晩、園に帰り着くと、顕は既に寝床の中だった。彼の靴は山土と草切れにまみれていた。僕は顕を揺さぶり起こして問い質したい衝動にかられた。だがやめた。僕が「あれはいったい何なんだ？」と問い詰めたら、顕は答えただろう。「ぼくの友だち」と。

春が巡ってきて顕は六年生になった。彼は少なくとももう夜に園を抜け出すことはなくなった。

その代わり、顕の身の上に変化が起きた。実の母親が引き取りたいと言ってきたのだ。彼女が顕を産んだのは十六歳の時で、その時には生活力がなくて手放さざるを得なかったのだという。その後は県外で働いて生活をたて直し、三年前に年の離れた男性と結婚した。夫婦で相談してこの地に戻り、顕を引き取って暮らすことにした。

児童相談所が中に入り、顕を家庭に戻すべきかどうかの検討が始まった。安定した家庭が築ければ、預かっていた子供をそこに返すのが最良の方法である。子供たちにとって、肉親の愛情に溢れた場所が本来の居場所なのだから。両親である大野《おおの》義之《よしゆき》と栄子《えいこ》は何度も面会に来た。児童相談所の指導で、家族の許での外泊も行われた。

相談所が唯一問題視しているのは、新しい父親に職がないことだった。当然のことながら収入もない。今は母親がパートに出て暮らしを支えているとのことだった。そもそも夫婦が妻、栄子の出身地に戻って来たのは義之がリストラにあったからで、新しい土地で職を捜すつもりなのだという。義之と栄子とは二十近くも年が離れていた。栄子はまだ二十代で、髪を金色に染めて派手な化粧をしていた。パート仕事は夜の仕事らしい。職を捜しているという義之はくたびれた中年男で、就労意欲は全く感じられなかった。

当然、わかあゆ園の職員はこの夫婦に不信感を抱いた。いったい全体、自分たちの生活もままならない中で、なんだって急に障害のある顕を手元に置こうとするのかよくわからなかった。園長先生は顕を渡すことに難色を示したのだが、結果からいうと児童相談所は顕を両親の許に返す決定を下した。

両親のそばでは緊張を強いられているふうな顕は、しかし自分の意思をうまく伝えられず、新しい生活に踏みだした。小学校も転校した。最後に児童相談所がＯＫを出した理由は、義之が警備員という職を見つけたからだ。主任保育士の森岡先生は、最後まで顕を心配していた。偶然にも顕一家の住まいが僕と同じ町内だったので、森岡先生は顕の様子を知りたがった。だから僕はそれとなく顕の生活ぶりに注意を払っていた。相変わらず無表情で口数の少ない顕は、一人で学校へ通っていた。城山から遠ざけられた顕は孤独で虚《うつ》ろだった。

夏休みの間に園に入ってきた子が何人かいて、僕は日々の業務に忙殺された。二年目になってまかされる仕事も増えてきたし、宿直も多くこなしていた。去っていった子供のことにかまけている暇がないというのが実情だった。最初は寂しがっていた千穂も郁夫も顕がいないことにしだいに慣れていった。

だから——顕一家のことには目が届かなくなっていた。僕は知らなかったが、義之は警備員をとうに辞めていた。仕事が長続きしない男だったのだ。木造二階建ての古い借家に住む顕の家から火が出た時、僕はたまたま休みで家にいた。昼間だった。消防車のサイレンが鳴り響いて初めて火事だとわかった。嫌な汗がみぞおちを滑り落ちていった。僕は何も持たず、サンダルをつっかけて町のはずれまで走った。秋が深まった頃で、風の強い日だった。

激しい火に包まれているのが顕の家だと知って、腰が抜けそうになった。

「誰もいないよ」近所の人が言った。「夫婦は朝出ていったきりだ。子供も学校だろう」

僕は大急ぎで家にとって返すと、わかあゆ園に電話をかけた。また走って現場に戻った時には、消火活動が本格化していた。園長先生と森岡先生がタクシーで乗りつけてきた。

「顕の学校に電話したんだ」園長先生の目は血走っていた。「あっくんは今日、風邪で学校をお休みしたらしいの」森岡先生が後を続けた。

「で、でも家の中には誰もいないって——」

唇がカラカラに乾いていた。火で炙《あぶ》られた背中が熱い。その時、野次馬たちがどよめいた。

「あっくん!!」

僕が振り向くより先に森岡先生が叫んだ。二階のガラス窓が開いたのだ。黒い煙がもの凄い勢いで吹き出した。その中に顕が立っているのが見えた。顔は煤《すす》で汚れていて、窓から身を乗り出して大きく喘いだ。

「あっくん!!」もう一度森岡先生が叫んだ。その声が聞こえたのかどうか、ちらりとこちらを見たような気もする。しかし、そのまま真っ黒い煙に呑まれてしまった。最後に窓枠をつかんだ手がするりと内側に落ちるのを、僕ははっきりと見た。

森岡先生が群衆から飛び出したのは、その時だった。園長先生の手も、消防隊員の手もかわして、家の方へ走っていった。折しも玄関のガラス戸が打ち破られて放水が始まったところだった。誰も森岡先生を止められなかった。

森岡先生が玄関から家の中へ飛び込んだ直後にガラガラと大きな音がした。二階の床が抜け落ちたのだ。園長先生が「ああ……」と呻いて膝をついた。僕はその場で情けなく震えているのみだった。

何人かの消防隊員が意を決して突入した。放水が玄関に集中する。一階の火の勢いはやや収まった。煙の色も黒から灰色に変わった。その中で銀色の防火服が蠢いているのが見てとれた。ずぶ濡れになった彼らは森岡先生を引っ張りだしてきた。すぐさま救急車が横づけになって先生を収容した。気を取り直した園長先生が同乗していった。

僕は火事現場に残るよう指示されて、四十分後に鎮火するまでそこにいた。応援に来てくれた児童相談所の福祉士と僕とで、顕の小さな遺体を確認した。顕の体は、床が落ちた時に大きな梁《はり》の下になったせいで、それほど損なわれてはいなかった。

彼の両親には、夜になるまで連絡がつかなかった。風邪をひいた息子をほったらかしにして出歩くなんて非常識な話だ。しかも出火の原因はガスコンロの消し忘れらしい。強風のため火のまわりが早く、二階で寝ていた顕は逃げられなかったのだ。

そういう事情を伝え聞いた森岡先生は、病院のベッドの上で泣いた。先生は焼け落ちた階段とともに落下して、脊髄《せきずい》を損傷した。下半身が不随になって一生自分の足で歩くことができなくなった。顕の葬式に出たがったが、それもかなわなかった。

あのいい加減な夫婦に引き取られなかったら顕は死なずにすんだのだ。あの子には城山の麓での静かな生活が合っていたのに、大人の都合でこんな結果になってしまった。森岡先生は腸《はらわた》が引きちぎられる思いだったに違いない。先生は失意のうちに退職して、平和通の自宅にこもりっきりになった。ご主人がかいがいしく先生の世話を焼いた。

警察と消防とでしつこいくらいに出火原因の調査がなされた。近所の家にまで聞き込みが回った。

「あの子には保険金がたくさん掛けられていたらしいよ」

僕の母が、誰が聞くでもないのに声を落として言った。

「誰に？」

「顕くんにだよ。あの焼け死んだかわいそうな子」

僕はゆっくりと顔を上げて茶をすする母をまじまじと見詰めた。話を呑み込むのにしばらくかかった。父親がつい口を滑らせたのを、近所の誰かが耳にしたのだと母は続けた。

つまりこういうこと？　顕を大野夫婦が引き取ったのは、彼を故意に死なせて保険金を手に入れるため？　まさか――。

「まさかね」

母も同じことを思ってぼそっと呟いた。

保険会社の調査員がわかあゆ園にもやって来た。それで顕に多額の保険が掛けられていたことが本当だとわかった。あまりにも不自然だ。かつかつの生活をしていた夫婦がそれだけの保険料を続けて支払っていく能力があるとは思えなかった。

――顕は殺されたんだ。

僕の中で揺るぎない思いが結実していった。

慎重な調査が積み重ねられ、保険金はなかなか支払われなかった。業を煮やした大野義之が園に来た。

「息子に死なれたうえに保険金ももらえないなんて、こんなひどい話はありませんよ」園長先生に義之は言い募った。「おまけにあたしらが、あの子を手に掛けたんじゃないかと疑われているんですからね」

顕を引き取りに来た時と違って、血のつながらない父親は饒舌《じょうぜつ》だった。「家内は火事があってからこっち体調を崩して寝込んでるんですよ。あたしらの生活はめちゃくちゃですよ。これで保険金が下りないなんてまっとうじゃないですよ」

パーティションで仕切られた応接セットから漏れ聞こえてくる義之の声に、僕たち職員は耳をそばだて、そして不快感を覚えた。父親は顕が死んだことよりも、自分たちの身の潔白だけを主張して保険金が支払われない理不尽さを訴えている。少なくともこの男は顕を亡くしたことを悲しんではいない。

障害はあったけれど、心優しく年下の者をいたわり、動物たちと魂の交感をしていた顕が一人火の中に取り残され、怖い思いをしながら死んでいったことこそ理不尽なことなのに。いったいこの男は何をしに来たのだ？　園長先生をはじめ、職員たちが訝《いぶか》りだした頃、義之は用件を切り出した。

「顕を助けようとしてくれた先生のところにお礼に行きたいんです。ご住所を教えてもらえませんか？」

少しばかりのやりとりがあった後、園長先生は僕に森岡先生の家まで彼を案内するように命じた。僕は憤然として義之の前に出た。こいつは周囲から向けられた疑惑を払拭《ふっしょく》するための工作を始めたのではないか。森岡先生にお礼を言いに行くのは警察や保険会社の心証をよくするためではないのか。

僕の思いも知らず、義之は「すみませんねえ、お忙しいのに」などと言いながら、ついてきた。森岡先生にしたって、とても平常心で顕の父親に会うことはできないだろう。城山の麓をぐるりと回って城北方面へ向かいながら、僕の足取りは重かった。空はどんよりと曇っていて、今にも雨が降りそうだった。古町口登山道の登り口まで来て、僕は立ち止まった。

「城山の中を通って行きましょうか。その方が近いから」

嘘だ。だが県外から来た義之は疑いもせずに僕の後から山道へ足を踏み入れた。僕は黙ってずんずん歩いた。頭の上で差し交わした木々の枝がざわざわと揺れている。ますます天気は悪くなって寂しい山道は足下もおぼつかないほどの暗さだ。だらしなく太った義之は早くも息があがって妙な汗をかいている。

「先生、もう少しゆっくり歩いてくれませんかね」

僕はそれを無視してさらに足を速めた。義之が石につまずいて無様によろけた。くねくねと曲がった細い道に彼を残したまま、僕は真っ直ぐ前を向いて登っていく。じっとりと湿った風が吹き下りてきた。

——キリキリキリキリ

風の中に僕は聞き分ける。あのケモノの鳴き声を。

「先生！　待ってくださいよ」

下の方から義之の声がする。周囲の森が風にうねる。ざわりざわり——。たわんだ枝を伝い、下草を掻き分けて奴がやってくる。

「うわっ!!」義之の叫び声。「何だ、こいつ！」

僕は振り向かない。足も緩めない。はあはあと息を弾ませて一心に山道を登った。しまいに駆け足になっていた。

登山道を登り切った乾門のところでしばらく時間を潰した後、僕はそろそろとまた坂道を引き返した。義之は、道端の石柱に腰をおろしてぼんやりしていた。彼は僕の顔を見るとふらりと立ち上がった。何のためにここに来たのかも忘れてしまった様子だ。そのまま道を下って行く。僕は彼の後を追い、麓で言葉を交わすことなく別れた。

結局、大野義之は森岡先生のところを訪問することはなかった。顕の保険金も受け取れなかった。頭痛や高熱、吐き気などを訴えた義之が病院に担ぎ込まれたのは一週間以上も経ってからだった。

病院では物音に敏感でひどく怯えている様子だったというが、すぐに全身状態が悪化してものが言えなくなった。化膿性髄膜炎との診断が出たらしい。息を引き取ったのは入院してから四日後だった。髄液の中に細菌が発見されたが、それがどこからきたものかはとうとうわからなかった。

顕の死が事件として警察がのりだすところまできていたという噂をまた母が聞いてきたが、栄子もよそへ行ってしまったから、その後のことは誰も知らない。

――キリキリキリキリキリ

――キリユーイ!

宿直の晩には、今も時々あいつの鳴き声を僕は聞く。眠ろうとして目を閉じれば、あの日、義之の後ろをついて山道を下りていた時のことが思い出される。彼の項には、小さな赤い点が二つ並んでいた。ケモノがあそこに細い牙を立てたのだ。注意して観察しなければわからないほどかすかな傷だ。

あいつはまだ城山の森の中に棲んでいる。

二度と帰ってこない飼い主を待っている。顕の空想力の産物は、これからもずっとあそこで生き続けるに違いない。

もしかしたら顕の魂が時折、あのケモノに命じるかもしれない。この世の理不尽さに憤り、無力な子供を助けるようにと。不正や不実を為した大人に復讐するようにと。

顕が陶芸で作った作品は、今もわかあゆ園の玄関ホールに飾られている。

七一一号室

私を呼ぶ声がする。声の主はわかっている。姉だ。姉の声は特に大きいとか高いとかいうのではないが、よく響く。学生時代にコーラス部にいたせいかもしれない。私は、深い深い水の底からふわりと浮かび上がる。水面に光が射しているのがわかる。水面は絶え間なく形を変える光の網目模様でいっぱいだ。私はその網目模様を突き抜けて、水面に顔を出した。はっきりではないが、美しい音楽を聴いたような気がした。

「あっ、気がついたみたい」誰かが私の顔を覗き込んでいる。「ちいちゃん、わかる？　私よ」

私はぼんやりと二人の人物を眺めた。二人ともおかしな格好をしている。割烹着《かっぽう》みたいな白い上っ張りと、頭にはシャワーキャップを思わせる白い帽子。

「ああ、よかった。手術、成功したって。よかったね。ちいちゃん」

そうやって、しきりにかがみ込んで私に話しかけてくるのは姉の晴子《はるこ》だ。それだけはよくわかった。私の頭の中の回路は、まだよくつながっていない。何でこんなところに横たわっているのか。姉の後ろに立っているのは誰なのか。

私は目を閉じた。とてもまぶしくて、長い間目を開けていられない。

「ああ、また眠ったわ。まだ麻酔が効いているのよ」

姉が背後の人物にそう話しかけている声を聞きながら、私はまた水の底に沈んだ。

次に目覚めた時は誰もいなかった。やたらとまぶしくて目を瞬《またた》いていたら、看護師がやって来た。

「ご気分はいかがですか?」

しゃべろうとするのに言葉が出てこない。向こうもそんな患者の反応に馴れっこになっているのか、にっこり微笑《ほほえ》みかけると私の脈を取り、クリップボードの用紙にそれを記入している。声は出ないが、辺りの様子を見渡す余裕はできた。

視界に入ってくるのは無機質な白い天井がほとんどで、やっとの思いで首を少し動かすと、他のベッドに横たわっている患者や、ゴチャゴチャした医療器具、それらの間を巧みにすり抜けて立ち働いているスタッフの姿が見えた。私自身の心電図のモニターからの電子音が耳障りだ。

「ここ、どこ?」ようやくそう声を出すと、看護師は私の耳に口を寄せて、

「ここは、集中治療室です」

と噛んで含めるように言った。その声があまりに大きくて私は顔をしかめた。そんなに耳のそばで声を張り上げなくてもいいじゃない、と言いたかったが、言葉は出てこない。

私の頭は少しずつはっきりしてきた。私は、腹部に動脈瘤《りゅう》が出来て開腹手術を受けたのだ。動脈硬化の症状があると言われ、念のため大動脈の超音波検査をしていて、腹部動脈瘤が見つかった。脊柱《せきちゅう》に沿って下降してきた大動脈が、臍《へそ》のすぐ下辺りで二本の腸骨《ちょうこつ》動脈に分かれる。私の動脈瘤は丁度その分かれ目の所にできていた。既に四センチの大きさになっていた。動脈瘤は症状として現われないことがほとんどなので、破裂する前に見つかって幸運だったと医師は言った。

私のその部分の大動脈は切り取られ、ポリエステル繊維で出来た人工血管に置き換えられた。極めて安定した人工臓器は、死ぬまで私の腹の中で働き続ける。

私は再び白い天井を見上げながら、靄《もや》のかかったような自分の頭の中を検索した。すると、突然にさっき姉の後ろにいたのは、夫の克也《かつや》だと気がついた。思わず笑ってしまった。自分の夫の顔もわからないなんて。夫は気を悪くしただろうか。だが、あの場合仕方がない。私が目を開けていたのは、ほんの数分間だったし、でしゃばりの姉が、あんなに私の上にかがみ込んでいたのだし。夫の出る幕はなかったのだ。

姉は私より十も年上で、私は小さい時から姉に頼りがちだった。彼女は、県外の病院で看護師をしている。だから今回の病気や手術のことも、よく相談にのってもらっていた。克也も、そんな私たちの関係を十分理解しているはずだ。

さっきの看護師が、私の主治医を連れて戻ってきた。

「手術はうまくいきましたよ」

彼は続けて簡単に手術の首尾を語るのだが、うまく頭に入ってこない。これは麻酔のせいじゃない。私はもともとこんな難しい話が苦手なのだ。術前の説明も、わざわざ姉に来てもらって夫と三人で聞いた。医師は図を描いて、ここところをクリップで止めて、などと丁寧に説明してくれたが、もうほとんど憶えていない。その時も専《もっぱ》ら質問をしていたのは姉で、しまいには、医師は姉に向かって熱心に説明をしていた。だからさっき姉が、「手術、成功したって」と言っただけでもう安心してしまった。姉がそう言うなら、間違いはない、と無条件に思ってしまう。それは子供の頃からの癖だ。

姉は普段は遠くで子育てをしながら忙しく働いているから、日常生活においては克也だけが頼りだ。結婚して七年、三十五歳になるまで子供を授からなかったということが、私のそういう性格的傾向に拍車をかけている。

先生が行ってしまうと、看護師は、ベッドのそばに吊り下げられている点滴の量を確認し、滴の落ちる速さを調節した。それで初めて、自分の腕に点滴の針が刺さっているのに気がついた。私もじっと、その透明な液体がぽたりぽたりと落ちてきて、私の体に入っていくところを見ていた。私はいつだってこんなふうに受け身だ。外から入ってくるものは、何だって「よりよきもの」「誰かがもう既に吟味してくれているもの」として受け入れてしまう。

夫は口数が少ない。銀行で融資の仕事をしているのに、そんなに寡黙で大丈夫なのかと思うほどだ。しかし仕事は仕事できちんとこなしているから、内と外では違うのだろう。自分の仕事のことは、あまり話さないからわからない。私も尋ねない。見舞いに来ても、「今日はどう?」と聞くぐらいで、私がその日の具合と、受けた治療、先生や看護師に言われたことなどをしゃべってしまうと、後は二人してぼんやりと窓の外を眺めていたりする。

第二外科の病棟は七階にあるので、見晴らしがよい。特に夜になるとライトアップされたお城が、城山の上に浮かび上がるさまがきれいに見える。だがそのことも、この部屋に移って来てすぐに夫に話したから、そう度々話題にすることもできない。

「洗濯物はない?」

それが夫が帰るという合図だ。私は夫に下着の洗濯を頼むことに申し訳なさを感じる。

「ごめんね。早くよくなって退院するからね」

ロッカーの中からビニール袋を取り出して、夫は病室を出ていった。こんな病気になってしまった自分の不甲斐なさをまた思う。私は姉のように外で働いたことが一度もない。大学を卒業して、夫と見合い結婚をするまでは、両親と一緒に暮らしながら花嫁修業的な習い事をしていた。

私はいつも誰かの庇護《ひご》のもとで生きてきた。だから社会性もないし、人付き合いも悪い。その代わり、自分に与えられた役割だけは完璧にこなそうと心がけてきた。あいにく子供に恵まれず、「母親」という役割は振られなかったが、「妻」としては、夫に不自由をかけまいと家事だけはきちんとしてきたつもりだ。けれども姉のように働く主婦からすれば、私の小さなこだわりや、実際家の中でやっている家事なんて、笑ってしまうほど瑣末《さまつ》なことに違いない。

夫が出て行った後、また私はライトアップされた城を所在なく眺めた。

私の術後の経過は順調だった。個室に移った三日後には、導尿のためのカテーテルが抜かれ、自分でトイレに行くように言われた。もう縫合痕からの出血の危険は去ったということか。看護師に促され、私は点滴スタンドを押しながら、廊下を少しずつ歩いた。さすがに手術痕が痛んだ。もともと体を動かすことが嫌いな私は、ベッドで横になっていたかったが、そうすると今度は血管の中に血栓ができて、心臓や脳の血管を塞《ふさ》ぐことがあって危険だと言われた。そのうち傷の痛みも薄れ、あと二週間ほどで退院できると、主治医は私に告げた。

夫にそれを伝えると、彼もほっとしたような表情を浮かべた。朗報を伝えられたことで、私の方も穏やかな気持ちになれた。私は誰かの反応を通して、自分の中の基準を決めるようなところがある。きっとずっと両親や姉や夫に頼って生きてきたせいだろう。そういうふうに、私の基準点となる人が一人か二人、そばにいてくれればいいのだ。そうでなければ、私は混乱してしまう。それが、私が器用にたくさんの人と付き合えない理由なのかもしれない。

私は市内の高校、大学に通ったが、友人は少なかった。私は人にあまりうち解けられない。容姿も劣っているし、女子高生や大学生が興味を持つようなものにも疎かったから仕方がないと思う。いじめの対象にするほどにも面白味がなかったろうけれど、無視されるということもなかった。一部のクラスメイトは、私がぼんやりしていると、ひそひそ話をして笑いあっていた。

あまり活動的ではない夫の克也は、そういう意味では、私にとっては最良のパートナーだった。

個室もすぐに追い出された。このような大学病院は、次々に重篤《じゅうとく》の患者がやって来て治療を受ける。術後が順調な者は、彼らに個室を明け渡さなければならないのだ。私は同じ病棟の二人部屋に移った。

七一一号室だ。

窓際のベッドが私のために空けられていた。その部屋に入っていった時、手前のベッドはカーテンが閉められていた。看護学生の一人が荷物を運んでくれた。同室になる患者さんに挨拶をしなければとは思ったが、カーテンは、そよとも動かなかった。眠っているのかもしれない。看護学生もそのことには一言も触れなかった。実習に精一杯で、すべての病室の患者のことを把握しているわけではないのだろう。

私はベッドに横になり、看護学生としばらく言葉を交わした。

「この部屋からも、お城がよく見えるのね」と言うと、彼女は、「夜、青白いライトで照らされたお城って、ちょっと怖いですよね」と答えた。

看護学生が出ていくと、私は寝たまま雑誌をぱらぱらとめくっていた。雑誌は、二、三日に一回ほど夫が差し入れしてくれる。女性雑誌を買っている夫の姿を想像して、私はちょっと笑ってしまう。

そうしていると、するするっと隣のカーテンが開いた。私は手を止めて半身を起こした。隣には私より少し年上の四十そこそこの女性が、ベッドから足を垂らすようにして腰掛けていた。

「こんにちは」彼女は言った。

「ごめんなさい。さっきこちらに移ってきました。ご挨拶が遅れちゃって……」

と私が言うと、「いいのよ」とその人は笑った。ちょっと寂しそうな笑い声だった。

そして、遠藤友紀《えんどうゆき》という名前を名乗った。私も自分の名前を名乗り、改めて「よろしくお願いします」と頭を下げた。

その間、私は遠藤さんの顔をずっと見ていた。彼女は美しい人だった。くっきりとした二重瞼《まぶた》に、カールした長い睫毛《まつげ》が印象的だった。すっと通った鼻筋に、しゃべる度、品よく動く唇も形が整っていた。肌が透き通るように白いせいで、何の化粧も施していないはずなのに、唇が異様に赤く見えた。

けれども私の視線を遠藤さんの顔に釘付けにしたのは、彼女の頭をぐるぐる巻きにしている包帯だった。その包帯は右目も包み込んでいたので、その美しい顔の半分近くは隠れてしまっていた。私はまず自分の病名や、手術を終えたばかりだということをしゃべり、おずおずと遠藤さんの病名を尋ねた。

「私、脳腫瘍《しゅよう》なの」こともなげに遠藤さんは言った。言葉を失っている私に対して、「悪性グリオーマっていってね、繰り返し、繰り返し手術をしても、何度でも再発してくる悪性の脳腫瘍なのよ。私、もう三度目の手術を受けたの」と話した。

遠藤さんはもうそういうことを話し馴れているのか、すらすらと自分の病状を説明した。右の前頭葉に血腫があって、その奥に腫瘍が隠れていたのだ、と遠藤さんは言った。腫瘍のある位置のすぐ内側に視神経が通っていて、二度目の手術の時にそれを傷つけてしまい、もう右目は見えないのだと。

「ここの――」と、遠藤さんは、自分の右耳の上を指した。「ここの頭蓋骨を開けて、そこから深い部分にある腫瘍を取り除かないといけないの。出血を抑えながら腫瘍を取りきらないと、あっという間に再発してしまうの」

私はその時、どんな顔をしていただろう。きっと自分の頭蓋に穴を開けられるような気になって、気持ち悪そうな表情を浮かべていたに違いない。

「でもね、無理して深く入ってしまうと、左の手足を動かす神経がそこにあって、左半身に麻痺が出るおそれがあるんですって」

遠藤さんは、他人事《ひとごと》のように言った。もしかしたら、わざとこんな物言いを誰にでもして、気味悪がらせて面白がる、悪趣味な人ではあるまいか、と私は彼女の様子を窺った。けれども、遠藤さんは、さらりと言い切った挙句、ちょっとはにかんだように笑った。

「こんなみっともない格好でごめんなさいね」と、包帯に手をやる。

「いいえ、そんな――」と、私は慌てて答えた。「もう腫瘍は全部取れたんですか?」

こんな質問もすべきではないのかもしれない、と思った時には、もう口をついて出ていた。

「三度も手術したんだから、そう願いたいわね」

遠藤さんはそう言ったが、その口ぶりからは、再発の可能性が高いことが窺えた。この人はもう長くはないのかもしれない。だってあまりに美しすぎるもの——。何の脈絡もなく、そう思った。

七一一号室での私の病院生活は、術後の体力回復と確認のための検査に費やされた。術前にもやった血管造影検査をまた行った。局部麻酔をした右の鼠蹊部《そけいぶ》に針を刺し、動脈に造影剤を注射する。何ともいやらしい、押されるような感じ。太い注射針が動脈を探って、私の肉の中をうねうねと動いている。その結果も良好だった。

またそのことを夫に告げ、私自身も安堵する。夫が来る時は、遠藤さんはカーテンを閉め切っていて、顔も覗かせない。

「こんなおかしな姿、男の人には見せたくないのよ」と、遠藤さんは言った。

だから私もわざわざ夫に遠藤さんを紹介するようなことはしなかった。夫も隣のベッドのことには触れなかった。心の中では遠藤さんが気にするほどみっともなくはないのに、と思っていた。むしろ、あの白い痛々しい包帯が、遠藤さんのはかなげな美しさを引き立てているんじゃないかとすら思った。けれどもすぐに遠藤さんが患った絶望的な病のことに思い至り、自分の不謹慎な思いを戒《いまし》めた。

私は生まれてこのかた、およそ美しいとかかわいらしいとかという言葉からは無縁だった。太ってスタイルも悪かったから、きれいな人を見ると、羨ましいというよりも諦めの気持ちが先に立った。あまりに整った顔立ちの人は嘘っぽく見えるなどと、客観的に考えたのもそのせいかもしれない。とうてい自分には及ばない美は、遠くから鑑賞するしかないのだ。

しかし、遠藤さんの完璧な美しさには強く惹きつけられた。若く、生き生きしたそれではなく、年齢を刻んだがゆえの浄妙《じょうみょう》とでもいうべき美しさだ。しかもこの美しさは、病によって近いうちに消えてしまうのかもしれない。

とはいえ、体が回復してくるにつれ、同室者がいて話が出来るということの有り難さを思い知った。遠藤さんのところには誰も見舞いに来なかった。遠くに兄が一人いるだけなのだと彼女は言った。結婚も一度もしたことがないし、この大学病院の先生を頼って田舎から出てきたので、友人もなかなか来られないらしい。

「じゃあ、寂しいでしょう」と私が言うと、「いいえ、ちっとも」と遠藤さんは笑った。笑うと、赤い唇の両端が形よく持ち上がった。

「あなたが来るまで一人だったでしょう？　いろんなことを空想して過ごしていたわ。これ、私の特技なの。もう三度も長い入院を経験したから」そう言ってまた遠藤さんは笑った。「脳腫瘍がどんどん大きくなって脳を圧迫するでしょう。人は頭痛がしたり、吐き気がしたりするんですって。でも私は違うの。私は幻を見るの」

「幻を——？」

その時、看護師が入って来た。遠藤さんは、するするっとカーテンを引いてまたその中に閉じこもった。カーテンの向こうでベッドに横になる遠藤さんの影が見えた。もしかしたら、彼女はベッドで安静にしていなければならないのかもしれない。でも今のところ頭を痛がったり、具合が悪そうにしているふうにはない。

「今日からシャワー、ＯＫですよ」

「本当ですか？」

「今、浴びられますか？」

私は洗面道具を持って浴室へ行った。そしてシャワーを浴びながら、自分の下腹部を見下ろした。傷の消毒をしてもらう時に、もう何度も見ているが、こうして立って見下ろすと、引き攣《つ》れが目だってやけに大きいように見えた。腹部の中心線上を、臍の丁度上から臍をよけて、恥骨の辺りまで切開してある。

私は、そっとその傷痕を指でなぞってみた。

夫、克也はこんな大きな傷が出来た私を抱いてくれるだろうかと思った。私の病気が発覚する大分前から、正確に言うともう二年ほど、私たちの間にセックスは存在しなくなっていた。夫はまだ四十前だ。男盛りの年齢ではあるが、それとて個人差があるだろう。世の中にはセックスレスの夫婦も増えていると聞く。

友人のいない私は、誰に問うこともできない。姉にもこんなことは言えなかった。きっと仕事が忙しすぎるのだ。ストレスの多い仕事だから。それか、夫にとってはセックスは純粋に生殖活動に過ぎなかったのか。子を産まない私と交わることの虚しさに気がついたのかもしれない。

夫がいいのなら、私はそれでかまわない。その実、この傷痕を夫に下から上へ舌で舐め上げられたら、などと想像し、体の芯を熱くしたりした。脱衣所の大鏡で見た自分の姿は、あちこちの皮がたるみ、ひどく老けて見えた。やはりもう、夫に抱かれることはないだろうと私は寂しく思った。

廊下を歩くという私の運動も続いていた。もう点滴もはずれたので、スタンドを押して歩く煩《わずら》わしさもなく、何度も廊下を往復した。気がつけば、そういうふうに歩いている人はたくさんいた。以前の私のように、点滴スタンドをゴロゴロ押している人もいたし、歩行器につかまってようよう歩を進めている人もあった。私はそこで谷岡《たにおか》芽衣《めい》に会った。

二十歳そこそこの芽衣とは、それまでにも検査室の前などで出くわして、顔は見知っていた。彼女も術後の運動らしく、つまらなそうな顔をして、ぶらぶらと歩いていた。並んで歩いているうちに口をきくようになった。

芽衣も腹部動脈瘤の手術を受けたのだと知って、急に親近感が湧いた。普段、私はあまり気安く人としゃべったりはしない。が、病院という特殊な環境がそうさせたのだろう。私たちは、いずれここを出て、別々の人生に戻って行く。ほんのひと時だけの、かりそめの親交であるということが、私の心を軽くしていた。

「あなたのように若い人でも動脈瘤になるのね」と私が言うと、芽衣は、これは自分の家系なのだ、と言った。

「私のお婆ちゃんはクモ膜下出血で死んじゃったし、お父さんは、胸部動脈瘤の手術を受けたの。でも、胸部より腹部の動脈瘤の手術の方が簡単なんだって。知ってた？おばさん」

私は、「おばさん」と呼びかけられて思わずたたらを踏んだ。二十歳のこの子から見れば、三十五なんておばさんなのだろうか。それとも、私があまりに老けて見えるのだろうか。

しかし、あくまでも陽気な芽衣は、悪びれもせずよくしゃべって冗談を言った。高校を中退してフリーターをしているという芽衣のような若い子とは、こんな状況でもなければ、私は絶対に口をきくことがなかっただろう。

芽衣は、金色に染めた髪が伸びて、地の黒い色が頭のてっぺんに出てきたことをひ

ど く気にしていた。芽衣の病室は、ナースステーションを挟んだ廊下の向こう側にあった。もう退院が近いこともあって四人部屋に入っていた。時々、芽衣の恋人らしき、若い男が見舞いに来ていた。鼻や唇にまでピアスを施した、もはや私には理解不能な男の子だ。

その男が来ると、芽衣はひどくはしゃいで大声を上げるので、同室者のひんしゅくを買っていた。そうかと思えば、病棟の休憩室でその男とひそひそ話し込んで泣いていることもあった。恋人がエレベーターに乗って下りていくと、歩いている私のそばに来て、また陽気にしゃべり始める。感情の起伏の激しい子だった。

「あの子はもうすぐ死ぬわね」

七一一号室の前の廊下を通り過ぎた芽衣を見て、遠藤さんはそう言った。あまりに不吉な言葉だ。この場所で口にするには最もふさわしくない言葉。けれども、死に限りなく近い遠藤さんにだけは許されるのかもしれない――そんなことを私は思った。

しかし、にわかには信じられない言葉でもあった。芽衣は若いだけあって、どんどん回復していた。気分もすこぶるいいらしく、先ほどまでこっちがうんざりするほど昂揚《こうよう》して、賑やかにしゃべっていたのだから。

「それは、遠藤さんの幻ですか？」わざと明るく私が問うと、「そうね。私の幻――」と、遠藤さんは答えた。

その三十分後、芽衣は病院の屋上から飛び下りた。

しばらく私は遠藤さんと口をきかなかった。

怖かったのではない。遠藤さんが気にしているのではないかと気遣ったのだ。彼女が不用意に口にしたことが偶然に起こって、ふさぎ込んでいるのではないかと。

偶然——偶然に決まっている。

あるいは情緒不安定になっている芽衣の心を、遠藤さんは敏感に感じ取ったのかもしれない。芽衣の体の中に埋め込まれたポリエステル繊維の人工血管はどうなったのだろう。術前の説明の時に、主治医が見せてくれた蛇腹の白い人工血管が、私の夢の中でうねうねと蠢いた。私はうなされていたのだと思う。真夜中に遠藤さんが私のベッドのそばに来て、私を起こした。私は、ひどく寝汗をかいていた。

「大丈夫?」

「ええ。すみません」

私は枕元の湯呑みから、白湯《さゆ》を飲んだ。遠藤さんはゆっくりと自分のベッドに横たわると、今までに見た幻の話を始めた。

最初に見たのは、陽炎《かげろう》のように揺らいだようなものだった。それは人の右肩の上の中空に浮かんでいた。誰も彼もの肩の上にそれが見えるというのではなかったが、それは確かにあった。そして、それはしだいに形が定まってきた。「カッチリした氷の塊のようなもの」と、遠藤さんは言った。

そのアイス・キューブを右肩の上に載せた人が、雑踏の中を行ったり来たりしていた。目を凝《こ》らすと、それは透明ではなくて、中で何か色彩のあるものがちらちらと動いているようだった。当然のことだが、遠藤さんは目がおかしくなったのだと思った。そして眼科にかかった。別の診療科を紹介され、さまざまな検査を経て、遠藤さんの脳に腫瘍が見つかった。そのおかしな症状は、脳腫瘍による視覚障害だと言われた。一回目の手術を受けた。医師は「取れるだけの腫瘍は全部摘出した」と言った。が、そのおかしなアイス・キューブは、その医師の右肩の上の宙にも浮いていた。

「じっとそれを見ていると、その先生のことがよくわかったの。その先生が、不登校になった息子のことをひどく気に病んでいることが」

それらはそのアイス・キューブの中に詰まっていて、中身が溢れ出してくるように、遠藤さんの前で非常に短い瞬間的な映像となって現われるのだという。それを遠藤さんは、「その人の物語」と呼んだ。

二回目の手術の後、遠藤さんのその能力は、ますます冴えてきた。遠藤さんは人の肩の上のアイス・キューブを自在に解凍し、その中の物語を読んだ。

それと並行して、遠藤さんの悪性グリオーマは何度も再発した。出血をきたすような脳腫瘍は悪性のものが多いが、遠藤さんの腫瘍は見つかった時にもう六センチほどの大きさに育って、袋状の嚢胞《のうほう》に包まれていた。癌細胞は、脳の線維を伝わって転移するのか、手術の時に散った癌細胞が髄液の流れに乗ってたどり着くのか、再発を繰り返すのだった。

神経膠腫《グリオーマ》はこうして脳内に発生した後、浸潤性に発育する。腫瘍を摘出するということは、正常脳細胞も摘出するということになりかねない。

「だから三度目の手術では、腫瘍に侵された脳自体を取り出してしまったのよ」

遠藤さんは笑って自分の前頭部を叩いた。右の側頭葉というのは、たいした働きはしていないとされ、前頭葉や側頭葉を腫瘍とともに切除してしまうことは、しばしばあることらしい。

「ここ、からっぽになってるの」私は遠藤さんの頭にきっちりと巻かれた白い包帯を見つめた。「でも、その空洞にはね――」遠藤さんは、さもおかしそうに小さな笑い声を上げた。

「私の見た幻がいっぱいつまっているってわけ」私たちは黙った。

どこか廊下のはるか向こうで、患者の呻き声がした。

脳腫瘍の症状には、幻覚とか錯乱もあるという。遠藤さんの幻の話は、そういう類いのものではないだろうかと私は訝しんだ。それなのに私は遠藤さんにこう尋ねた。

「私の肩の上にも、それはある？」

「いいえ」即座に遠藤さんは答えた。「あなたの肩の上には見えないわ」

私は、ほっと体の力を抜いた。

「私の経験からいくと、たいてい深刻な問題や秘密を抱えている人の肩の上にだけ、それは載っているの」

芽衣はあんなに明るくしていたのに、一人で悩んでいたのだろうか。私はまた遠藤さんの幻に引きずり込まれた。遠藤さんは続けて言った。

「でも、あなたのご主人の肩の上には載っているわ」

私はぐるりと首を回して窓の方を見た。少しだけ開いたカーテンの隙間には、漆黒の闇が広がっていた。城を照らすライトは、とっくに消えていた。


私の体力は回復していったのに、食欲が落ちたのを、看護師は気にした。

「とにかく、もう少し頑張って食べてくださいね。今は、お薬よりも食べ物からの栄養の方が大事ですよ」

私は視線をさまよわせた挙句、隣のベッドの閉め切られたカーテンの上で止まった。看護師は、私の視線を追ってやはりそのカーテンを見つめた。カーテンの中では、人の動く気配がなかった。

何でこんなにずるずると時間を引き延ばしているのか、自分でもわからない。自分でものを決めるということに馴染まないせいかもしれない。今まで何でも夫や姉に相談してきたから。私には、決断力も判断力も欠如している。

昨日、私は遠藤さんに訊いた。

「私の夫の肩の上の氷の塊を覗いてみた?」

私はこう問う前に、遠藤さんの幻なるものの真偽を吟味しなければならないのだ。いや、答えはわかっている。こんなことがあり得るはずがない。遠藤さん自身も幻だと言っているのだから。

なのに、私は遠藤さんの話に引き込まれ、すっかり取り込まれてしまっている。憑《つ》かれていると言ってもいい。現実離れしたこの話を裏打ちしているのは、遠藤さんの美しさだ。こんなにきれいな人の言うことが、嘘であるはずがない。以前、美に対して抱いていた考えとは逆のことを私は思った。遠藤さんの美しさが死に瀕《ひん》して、凄艶《せいえん》というほどの輝きを発していたからかもしれない。

「いいえ。まだ見ていないわ」

夫の肩の上のアイス・キューブからは、何が流れ出してくるのだろう。そんなにたいしたことではないのかもしれない。多分、仕事上の悩みやトラブルなど、私の与《あずか》り知らぬことなのだろう。

「心配しないで。ここまでしゃべったんだから、勝手に解凍したりしないわ」

そう言って遠藤さんは、それとなく私の決心を促している。

私がこの七一一号室、遠藤さんのそばにいられる時間は後わずかだ。退院間近の患者は、もっと大きい病室に移るのが常だった。もうすぐ夫が見舞いに来る時間だ。私はとうとう夫の秘密を覗くことを決意した。それがよかったのかどうか、今もわからない。だが、どのみち私はそれから孤独への道を歩き始めることになるのだ。

私は、遠藤さんの後ろについて、一階のロビーに下りた。

夜のロビーは、閑散としていた。ずらりと並んだ長椅子に座っているのは、数人の入院患者ばかりだ。夕食も終わり、くつろいだ雰囲気で静かにおしゃべりをしている。受付も会計も、カーテンを引き、灯りを落としてある。

私たちは、入り口からうんと離れたところにある廊下の長椅子に座って待った。

夫が入って来た。後ろから、見知らぬ女性がついて来た。夫が「じゃあ」というふうに目配せすると、その女性はロビーの椅子の一つに腰を下ろした。夫は、エレベーターホールの方へ歩き去った。

私は黙ったまま、その女性を観察した。私とそう年は変わらないように見えた。けれども、彼女は長身で手足もすんなりと長かった。化粧も薄く、髪も後ろで一つに束ねただけの飾り気のないものだが、どことなく艶《なまめ》かしい感じがした。彼女は文庫本を取り出すと、それを熱心に読み始めた。

その姿を見て、私はとうとう遠藤さんの言いだした、突拍子もない話を全面的に信じた。夫も本が好きで、よくこんなふうに文庫本を広げて読んでいた。ああ、やはり私より、こういう知的な人の方が、夫にはふさわしいのだと、私は思った。夫に女がいることは、びっくりするほどすんなり受け入れられた。私が真に恐れているのは、私が一人で放り出されることだ。夫がこの女《ひと》と一緒になりたいから別れてくれと言い出すことが、一番怖かった。

私は打ち合わせ通り、別のエレベーターで自分の病室に戻った。遠藤さんはそのままそこに残った。遠藤さんは、その女の右肩の上のアイス・キューブを解凍して、その中の彼女の「物語」を読み取るのだ。

私は、七一一号室に入って行った。夫は、ベッドのそばのパイプ椅子に座って待っていた。「どこに行ってたの？」咎《とが》めるでもなく、夫はそう問うた。

「ごめんなさい。ちょっとトイレへ」私は、夫の右肩の上の空間を凝視したが、私には何も見えなかった。

夫が本屋の紙袋を差し出した。私はそれを受け取った。ようやく腑《ふ》に落ちた。夫がこうして気の利いた女性雑誌を買ってくる訳が。私の下着を洗っていたのは、あの女だったのだろうか。

「あなたのご主人は、いつも女の人と一緒にこの病院に来ているわ」

そう遠藤さんは私に教えてくれた。それは、彼女の持つ不思議な能力には関係なく、ただ偶然に遠藤さんは連れ立って来る二人を見かけたのだった。

「あなたがご主人の『物語』を知りたくないと言ったなら、こんなことは話すつもりじゃなかったのよ」

でも、私は夫の何もかもを知る方を選んだのだ。もう後戻りは出来ない。

私たち夫婦が普段から饒舌でなかったのは、幸いだった。普段通りの湿りがちな会話を不審がることもなく、夫は帰っていった。早くあの女と二人きりになりたかったのかもしれない。女の家に行くのだろうか。それとも私たちの家で、あの二人は交わるのだろうか。私は、そっと腹部の傷跡に手をやった。夫は、あの女のすべすべしたきれいな腹の上で果てるのだろうか。この数年間、私に指一本触れることがなかったのに——。

夫が帰っていって大分経ってから、遠藤さんは七一一号室に戻って来た。そして、あの女の「物語」を語りだした。

私はまず、あの女の名前を知った。小倉洋子《おぐらようこ》という名だった。洋子は、夫の銀行が融資をしている鉄工所の経営者の妻だった。夫が融資の仕事で度々、鉄工所へ出入りするうちに二人は親しくなり、経営者である小倉の目を盗んで男女の関係になったという。夫、克也の方は、私の目を盗むなどという面倒なことはせずにすんだだろう。愚鈍な私は、夫の微妙な変化になど気づきもしなかった。

しかし、夫がそんな複雑な不倫関係を選び取るとは意外だった。夫を持つ女性と深い仲になるなどということは、夫の性格からして考えられなかった。が、私に何がわかるだろう。男女の心の機微などに最も疎いのが、この私だった。

女子高に通っている時も、城山の北側にある私立大学に通っている時も、恋人などと呼べるものはいなかった。のみならず、私の容姿やしんねりむっつりした陰気な性格を嫌って、男子学生は、私との交遊を極力避けているようなところがあった。

しかし相手の女性に夫があるということは、少し私を安心させた。両方の家庭を清算してまで、この二人は一緒になろうとするだろうか？　いくらお互いに惹かれているとはいえ、それは大変なエネルギーを要する作業だ。このまま私が知らんぷりをしていれば、そのうち自然消滅してしまう関係なのかもしれない。私がそう口にすると、遠藤さんは言った。

「それがそうではないの。小倉洋子の夫は、もう亡くなってしまったの」

「えっ⁉」

「工場の経営がうまくいかなくて自殺してしまったのよ」

遠藤さんのたった一つきりの左目が、私を射すくめた。

私は言葉を失った。消灯後に点けた枕元灯が、遠藤さんの白い顔を下から照らしていた。

「そうでなけりゃあ、あんなに毎日、あなたのご主人にくっついていられるわけないじゃない」

遠藤さんの異様に赤い唇が、おかしなふうにゆがんだ。かすかに笑っているように見えた。その時、私は初めて彼女の悪意のようなものを感じとり、慄然《りつぜん》とした。

夫は、下のロビーでしばらく洋子と話してから、連れ立って病院を出たという。その間に遠藤さんは、夫のアイス・キューブも解凍したのだ。私は、唇を噛んだ。それを望んだのは誰でもない。この私なのだ。それから、遠藤さんは、ゆっくりと夫と洋子とが共有する恐ろしい秘密を語り始めた。

洋子は酒も女関係も派手な夫、小倉を嫌悪していた。それでも鉄工所の経営が順調なうちは、多少のことには目をつぶっていた。小倉は鉄工所で得た利益で、宅配の弁当店を始めた。その時に融資を受けた関係で、銀行の融資係の夫、克也が鉄工所に出入りするようになった。すべてのことがどんぶり勘定の小倉は、経理全般を洋子にまかせていたので、夫と洋子は親しく口をきくようになった。

弁当店の経営はうまくいかなかった。そっちの方に大きな焦げ付きができて事業を畳んだ時、弁当店をまかせていたのが、小倉の愛人だということが知れた。弁当店に入る日銭を、その愛人が自分と小倉の贅沢な生活に流用していたこともわかった。弁当店の失敗は、鉄工所の方にも大きな負債として残ったが、愛人は何の責めを負うこともなく、小倉と別れて気楽な生活に戻っていった。

鉄工所の経営も日に日に悪化していった。従業員を何人か辞めさせるなどして規模を縮小するという提案も銀行の方から行ったが、それでも追いつかなかった。すっかり酒浸りになった小倉を見放した洋子と夫は、とうとう一線を越えてしまった。二年半ほど前のことだという。もともとまじめで融通のきかない性格の夫は、洋子にのめり込んだ。洋子の方も、もう小倉も鉄工所も投げ出して銀行員の妻になることを望んだ。

多分、私以上に手強いのは小倉の方だろう。世間知らずの私なら、夫から離婚を切り出されたら、どうしていいかわからず、おどおどしたり泣いたりした挙句、結局は夫のいいようにされるだろうから。

「だからとりあえず、あなたのことは置いておいて、小倉の方をどうにかしようと思ったわけ。あの二人は」

「別れてくれるように頼んだの？」

いずれ私にも向けられるであろう非情の言葉を予期して震え上がりながら、私は尋ねた。遠藤さんは、首を横に振った。

二人は全く別の手段を取った。夫は、小倉の鉄工所への大口の融資が決まったと告げた。絶望の淵にいた小倉は小躍りして喜んだ。そして夫に感謝した。自分の妻を寝盗った男とも知らず——。それだけの融資を受けられれば、鉄工所を立て直すことが可能だった。

小倉はその日から酒を断ち、本来の仕事に打ち込んだ。新しい受注先を得るために、工作機械を新しく導入することに決め、技術工も雇い入れた。古くからの取り引き先が、それならばと仕事を回してくれることになった。

小倉は人が変わったように張り切った。洋子にも、もう不自由な思いはさせない、浮気もしない、などと誓った。そんな小倉を洋子は冷ややかに見つめていた。何もかもが順調にいくと見えたそんな矢先、夫は小倉に融資の話がだめになったと告げた。

その日の夜、小倉は鉄工所で首を吊った。

最初から融資の話などなかったのだ。二人は直接手を下さずに小倉を始末したのだった。

「次は私ね？」しんと静まり返った病室で私は遠藤さんにそう尋ねた。「もし、私が離婚に応じなかったら、私も殺される。そうでしょ？」

「わからないわ」遠藤さんは言った。「私は過去の物語をひもとくだけなの。これからのことはわからない」

それだけ言うと、包帯に包まれた頭を枕に載せ、遠藤さんはすうすうと寝息をたて始めた。

それでも、私は遠藤さんに感謝しなければならないのだろう。いきなり夫から離婚してくれと言われたら、私はそれこそ錯乱《さくらん》状態になったろうから。しかも愛人のことを教えてくれただけでなく、二人の背負った罪状まで私に物語として語ってくれた。夫とその愛人は、阿修羅《あしゅら》になったのだ。

だから、七一一号室から、もっと大きな病室に移るように言われた時、私は遠藤さんに丁寧にお礼を言った。

「いいのよ」遠藤さんは、それだけしか言わなかった。

「余計なことを言ったかしら」とも「これからどうするつもり?」とも言わず、静かに私を見送ってくれた。

私も「早くよくなって下さい」などと言わずにおいた。もうその頃には、遠藤さんの陥っている深刻な病状のことがよくわかっていた。私は、遠藤さんの包帯の下の頭の空洞のことを想った。そして、そこに詰め込まれたたくさんの人の幻のことを想った。遠藤さんは私が同室であった間、何も食べなかった。彼女は自分の頭の中の幻を食べて生きていた。

私が移った六人部屋は、七一一号室やその前の個室とは反対の側にあったので、城を見ることはできなくなった。

夫は、私がそろそろ退院出来そうだと聞いてうれしそうにしていた。いつ、それを言い出すのだろう。これからの夫の人生に私が含まれていないことを。退院した日か、それとも一週間後？　一か月後？　どちらにしても私と別れて洋子と一緒になれる日が近づいてきたと感じたのは確かだろう。

「早く家に帰りたいわ。やっぱり家が一番ね」と私が言うと、「そうだね」と答えて部屋を出て行った。下のロビーで待たせている愛人の元へ。

私はしばらくして、ぶらぶらとエレベーターホールの方へ歩いて行った。そして夫の乗ったエレベーターが下りて行くことを示すランプが、一階まで順に灯っていくのを見つめていた。エレベーターホールのすぐ隣は、ナースステーションになっている。夜勤の看護師だけになったナースステーションは静かだった。

「あの七一一号室から大部屋に移った患者さんがいたでしょう？」

ふいに一人の看護師がそう言った。窓口のすぐ近くでしゃべっている。すぐそこに当の本人が立っていることに気がつかない。

「ええ」少し離れたところでもう一人の看護師が答えた。

「あの人、術後《じゅつご》譫妄《せんもう》じゃないかしら」

術後譫妄——これも看護師の姉から聞いていた。大きな手術を受けた後に、一時的に頭が混乱し、自分の置かれた状況が把握出来ずにわけのわからないことを口走ったりすることだ。手術から時間が経てば、しだいにおさまってくるから心配はいらないと姉は言った。

「うん。その症状は確かにあったたって、看護記録にも書いてあるよ」

「そうでしょ？　やっぱり」二人の看護師の会話は続いている。「隣のベッド、誰もいないのに、よくそっちに向かって話しかけてたもんね」

「でも大部屋へ移ってからは、そういうことないでしょ」

「結構、長かったよね、あの人の術後譫妄」

私はそろりとナースステーションのそばを離れた。そしてエレベーターホールを横切って長い廊下を歩いた。

七一一号室は、まだ消灯の時間でもないのに灯りが消えていた。私はドアを開いて病室の中に入ると、壁のスイッチに手を伸ばした。白々とした蛍光灯が部屋の中を照らし出した。私が出た後の窓際のベッドには、まだ誰も入ってないらしく寝具がきちんと畳まれて置いてあった。手前のベッドは、いつものようにぐるりとカーテンが引かれていた。

「遠藤さん」

声を掛けた。返事はない。私はつかつかと歩み寄ると、さっとカーテンを引いた。誰もいなかった。窓際のベッド同様、シーツのはがされた寝具が、次の患者を受け入れるべくきちんと三つ折りにされて置いてあるばかりだった。私は、そのベッドに腰を掛けた。

私は術後譫妄などではない。それは自分でもよくわかっていた。私は小さい頃から時折、この世のものではないものを見るのだ。ふとそういう存在と波調が合ってしまう。悪性グリオーマを患った遠藤さんは、とうにその病によって亡くなっていたのだ。なのにあまりに鮮明で、あまりに美しかったから、私は自分の天性の特質をすっかり忘れてしまっていた。私はこの七一一号室で遠藤さんと交わした長い長い会話を一つずつ思い出していた。白い包帯、それに時折手を持っていく彼女のしぐさ。赤い唇が落ち着いた言葉を紡ぎ出すさま。何もかもがこの世のものではなかったのだ。けれども、やはり私は遠藤さんの「物語」は信じていた。

夫が離婚を申し出たのは、退院から半年も経ってからだった。夫には自信があったのだろう。小倉の時のような手荒な手段を選ばなくても、私に離婚を承諾させることなど、赤子の手をひねるくらい、簡単なことだと思っていたに違いない。

「他に好きな人ができたんだ」夫は、なかなか正直だった。「君には申し訳ないと思うけど」

そう急いで付け加えた。多分、私が泣き崩れるか取り乱すかして、収拾がつかなくなることを覚悟していたと思う。

「いいえ」私は落ち着いて答えた。まるで手術の後の麻酔から覚めた時に感じた、静まり返った湖の水面下にいるような声で。「いいえ、離婚はしません」

夫は泣き笑いのようなとまどった表情を浮かべた。あまりに予想に反する反応を私が示したものだから、唖然《あぜん》としたのかもしれない。

「でも、もう僕は君と暮らす気はないんだ。悪いけど」

「それでもかまわないわ。でも離婚はしません」

夫は黙り込んだ。

この半年の間、特にこのことに関して思い悩んだり、自分の今後の人生を考えたりすることはなかった。ただ淡々と私は暮らしてきた。そして自然に出た答えがこれだった。私は夫ににっこりと笑いかけた。夫は、気味悪そうに目を逸らせた。

私の意外な反応を踏まえて、次に夫が申し出てきたことは洋子に会って欲しいということだった。ショック療法というわけだ。私はそれを了承した。

夫が洋子を家へ連れて来たのは、十月に入ってすぐの日曜日のことだった。私が手術を受けるために大学病院に入院したのは、春先のことだ。季節をあまり感じることなどなかったが、気がつけば二度の衣替えが過ぎているのだった。

私の前に座った洋子は、品のよいからし色のニットのアンサンブルに小花模様のスカートを着ていた。以前、遠藤さんと病院で見た時よりも、丁寧でくっきりとした化粧をしていた。私よりきれいに見られたいのだろうか。そんな気遣いは不要なのに。私は、相変わらず垢抜けず、口下手だった。ふてぶてしく開き直った夫とは違い、洋子は私の前で手をついて頭を下げた。

「奥さま、申し訳ございません」彼女はそう言った。「でも、どうしてもお許しを頂きたいんです。私たちのこと」

「私たち」という言葉を口にする時、かすかな優越感が感じられた。洋子は、自分自身の身の上にからめて夫との出会いや、夫と一緒になりたいと強く思うようになった理由などを語った。もし、あらかじめ遠藤さんの「物語」を聞いていなかったら、私はそれに心動かされたかもしれない。夫が自分を捨てて、この女と一緒になりたいと思うのも道理だと。

「夫は自殺したんです」洋子は言った。「工場の経営がうまくいかなくて追い詰められたんです」洋子は、涙をぬぐった。本当に泣いていた。

「辛かったです。その時に力になって下さったのが、克也さんでした」

またきれいに折り畳んだハンカチを目に当てた。

「ええ、そうでしょうね」私は答えた。「わかります」

夫がほっとした表情を浮かべたのがわかった。

「ご主人は、鉄工所で首を吊っておしまいになったのね。入り口を入ってすぐ左手の鉄骨の梁にロープを掛けて。そこは新しい工作機械を入れるために空けておいた場所でしたものね」

私の前に並んだ二人が、はっと息を呑んだ。私は、遠藤さんの物語から知り得たことを静かに口にした。

「ご主人は、融資の話にだまされて絶望されたんでしょうね。亡くなられた時、あなたが買っておあげになったシャツを着てらした。まさか奥さんが、自分を追い詰める策略に与《くみ》しているとも知らずに――」

洋子の顔からさっと血の気が引いた。そして小刻みに震え始めた。夫が横から支えてやらねばならないほどだった。その夫も、紙のように真っ白な顔をしている。

「どうしてそんなことを――？」やっとのことで、洋子はそう言った。

私は優しく微笑んだ。

「だって、あなたの後ろにいますよ、ご主人。首にまだロープが巻きついたままですけど」

洋子は気を失った。

いくら私でも、そう都合よくこの世ならぬものが見えるわけではない。洋子の背後に死んだ夫がいると言ったのは、はったりだ。そんなことをしなくても、遠藤さんが私に話してくれたことは、全部本当のことだともうわかっていたのだけれど。

けれども、私の脅しは二人を震え上がらせるのには充分だった。夫は離婚のことを口にしなくなった。洋子との間も続いていた。私はもう何も怖くなかった。夫が私から離れていくことによって生じる孤独も、離婚を拒否したことによって、私の身の上に恐ろしいことが起きるかもしれないという予感も。

夫は洋子の所へ泊まって来る回数が増え、しだいに家へは帰らなくなった。その心境は理解できた。洋子とどうしても暮らしたいというのではない。私といるのが気味が悪いのだ。

だからその秋の夕暮れ、買い物帰りの私が、新築中の家のそばを通った時に、鉄製の足場が私の上へ倒れかかってきた瞬間も、特に驚きはしなかった。逃げようという気もなかったから、足も動かなかった。

久々に家に帰って来た夫が鍋が食べたいと言い出して私を買い物に出したことも、足場が倒れてくる前に、夫を見たような気がしたことも、気のせいだと思うことにした。二階建ての家の周囲に巧妙に組まれていた重量感のある足場が、雪崩をうって私の方へ倒れてきた。私は歩道とその鉄パイプの固まりとの間に挟まれた。ひどく頭を打った。

足場の下から助け出された時、かすかに意識はあった。両耳から、どろりと血が流れ出してきたのがわかった。

私は死ななかった。

夫は、洋子と暮らし始めたが、もう離婚を迫ることはなかった。夫は、私にはきちんと生活費を払ってくれたが、二度と会おうとはしなかった。

あの事故のせいで、私はまた二か月も入院しなければならなかった。頭を打ったので聴力が落ちた。補聴器を誂《あつら》えてもらったが、いつも調子が悪い。

それ以来、私の耳の中には蟹が棲みついている。

酔芙蓉《すいふよう》

「アリス、アリスちゃん！」

わたしはウッドデッキに向かって開くフランス窓を押し開けて、庭に向かって叫んだ。苦い塊が喉の奥からせりあがってくる。嫌な予感――。飼い猫のアリスは、自分から庭に出ることは滅多にない。しかしどこを捜しても家の中にはいないのだ。デッキから庭に下り、木々の下や花壇の花の陰、物置の後ろなどを見て回った。やっぱりいない。土の上に足跡でも残っていないかと這いつくばるようにして眼を凝らすが、それもない。わたしは唇を噛んだ。さっき掃除機をかけていてうっかり花瓶を倒してしまった。ちょうどその下に猫がいたのだ。

体が濡れることを極端に嫌うアリスは、花瓶の水を浴びて「ギャッ！」というような鳴き声を上げて飛び上がり、ソファの下にもぐり込んでしまった。そのままそこにじっとしていると思い込んだのが間違いだった。床に叩きつけられて粉々になった花瓶の始末をしている間にアリスはどこかに行ってしまったのだ。

怯えきったアリスは掃除の間開けていた窓から外に出て、そのまま庭を横断して……。

「アリス！」

わたしはアイアンの門扉から外に出た。自転車に乗ってやってきた男子高校生が、あわてて軽くハンドルをきった。血相を変えた中年女の様子に驚いたのだ。まだそう遠くへは行っていないはずだ。小走りに住宅街の中を行きながら、生垣の下や看板の後ろを覗いていく。猫の姿を見かけては走り寄るが、アメリカン・ショートヘアのアリスとは似ても似つかない野良猫だ。

かなり家から遠ざかってから鍵も掛けずにきたことを思い出した。が、かまうものかとさらに足を速める。とうとう幹線道路まで出てきた。もうその頃には絶望的な気分に支配されていた。いったい猫はどこに行ってしまったのだろう。四車線の道路を前に、今度は立ちすくむ。

いきなり「キーッ!!」というブレーキの音がした。自転車に乗った老人が横断歩道でない場所で道路を渡ろうとしたらしい。トラックの運転手が罵声《ばせい》を浴びせかけた。わたしは膝をガクガクさせながら操り人形のようなぎこちない動きでその場を離れた。もしアリスがここまで来ていたら？　道路に飛び出して車にはねられることも充分考えられる。恐ろしい想像に指先が冷たくなった。

もう一度自分の不注意さを呪い、うわ言のように「アリス」と名前を呟きながら来た道を引き返した。定位置のクッションの上で丸まっているアリスを見つけるのではないかという淡い期待を抱いて家の中に入った。が、クッションは猫の形にへこんだまま主《あるじ》のない寒々しい姿をさらしていた。

もう一度丁寧に家の中を見て回り、とうとうわたしはソファに座り込んだ。開け放ったままの窓から秋の夕暮れの気配が流れ込んでくる。かすかに黄金色《こがねいろ》が混ざった宵《よい》闇《やみ》が部屋の中に沈殿するのを、わたしはぼんやりと眺めた。ふと首を巡らせて庭に目をやると、今を盛りに濃いピンクの花をいくつもつけた酔芙蓉の木が立っていた。

「そのうち戻って来るんじゃないか」芳洋《よしひろ》は夕刊に視線を落としたまま言った。

「そんな――」夫の呑気な言葉にわたしは絶句した。「猫は迷子になりやすいのよ。それにあの子、いい猫だから誰かが連れていってしまうってこともあるでしょ!?」

芳洋と話す時は特に猫を擬人化してしゃべってしまう。一人息子の聡一郎《そういちろう》は、県外の中高一貫の私立高校にやっている。年に数回しか帰ってこないが、帰ってきてもパソコンやゲーム機にばかり向かっていて、ろくに母親と口をきこうとしない。男の子なんてこんなものだろう、とわたしももう諦めている。だからわたしにとっては、アリスは幼い娘のような存在だった。

「どこかで怪我をして動けなくなっているのかも……」

声を荒らげたかと思うと今度は涙ぐむ私を、芳洋はため息まじりに見やった。

「とにかくもう二、三日様子を見てみたらどうだ？」

「そうね」何とか気持ちを落ち着けてわたしは食器を片づけた。「前いなくなった時もよそで面倒をみてもらっていたものね」

自分に言い聞かせるようにそう言う。芳洋は返事をせず、また夕刊の紙面に戻った。二人分の食器を食器洗い機の中に納めながら、わたしはダイニングテーブルからリビングへ移動する夫を目で追った。

アリスは二人の結婚十五年を記念して、芳洋がプレゼントしてくれたものだ。もっとも気のきかない夫は自分からそういうことを言いだすたちではないから、わたしの方からねだったというべきだろう。夫を無理やり引っ張り出して、何軒ものペットショップを回り、ようやく気に入ったアメリカン・ショートヘアの子猫を見つけたのだ。

芳洋は特に猫に興味を示すふうもなく、アリスが家に来てからもさして生活態度が変わるということはなかった。わたしの方はすっかり猫中心の生活になってしまったのだが、そんな妻を苦笑まじりに傍観しているという感じだった。中学の理科の教師をしている芳洋は愚直なほど真面目一本の性格で、妻の目から見ても融通がきかないと思うことも多々あった。

それを自覚しているのか、わたしが言いだしたことには、よっぽどのことがない限り反対しない。もう二十年近く続いているこの関係がわたしには心地よかった。夫は活動的ではない。軽い色覚異常があるので車の運転免許も取らずにいるから、当然ドライブもできない。仕事だけが生きがいのような芳洋は妻と口論するエネルギーも惜しいのかもしれなかった。

しかし、それにしても——とわたしは思う。

この前にアリスがいなくなった時にはもっと身を入れて捜してくれた。自転車で近所を廻ってくれたし、フリーペーパーの「たずね犬、猫」のコーナーに掲載してもらったのも、彼の提案だった。今度は二度目だからか、えらく落ち着いている。そんな夫が不満だった。何度目だろうとアリスがいなくなったことに変わりはない。前のようにすんなり戻ってくると芳洋はたかをくくっているようだが、わたしは心配でたまらなかった。今となっては猫のいない生活など考えられなかった。

五日経ってもアリスは戻って来なかった。相変わらず芳洋の反応は鈍い。とうとうわたしは我慢できなくなった。近所の住人に尋ね歩いたので、そのうちの一人がパソコンで「捜しています」というビラを作ってくれた。正確にいうと、その人のお嬢さんがそういうことが得意で、アリスの写真を取り込んで上手に作ってくれた。

「うちの娘のところの飼い犬もこれで見つかったのよ。アリスちゃんは可愛らしくて目立つ猫だもの、きっと見かけた人が電話をくれると思うわ」

三十枚ほどのビラを近所に貼る作業も手伝ってくれた。が、芳洋はそのビラを見て眉をひそめた。

「うちの電話番号をこんなに不用意に公にするもんじゃないよ——」

当然のことながら、ビラの下の部分には目立つように「有田」という名前と電話番号が入っている。夫がぼそりと呟いた一言にわたしはカチンときた。

「じゃあ、どうやって見つけてくれた人が連絡をくれるわけ？　前だってフリーペーパーに電話番号を載せたじゃない」

わたしの剣幕に芳洋はちょっと口の端をゆがめるようにして黙った。フリーペーパーを見る不特定多数の人々はたいてい流し読みするだけだが、ビラを貼ったりすると地域の注目を浴びる。それは物騒だとか何とか彼なりの理屈があるのだろう。だが今はそんなことにかまっていられない。

それきり口をきかない夫から目を逸らすと、わたしはまたもの思いにふけった。不吉なことばかりが頭の中を過《よぎ》っていく。車に轢《ひ》かれてしまったのではないか、野犬に追いかけられて息も絶え絶えになっているのではないか、悪質なペット業者に捕まえられて転売されてしまったのではないかとか、そういうことだ。もしどこかでひっそりと生きているとしても、ずっと家の中で飼われていたのだから、野良猫と一緒に暮らしていけるはずがない。アリスは成長しても体は小ぶりだった。そこがまた可愛いところでもあったのだが、今は貧弱な体軀が心配の種だ。

この街には平べったい土地の真ん中に結構な高さのある城山がそびえ立っている。街は城を中心に発展していって今日にいたっている。我が家を建てた時、夫は城山に歩いて行ける距離というところが気に入っていた。野鳥観察が趣味といえば趣味の彼は、よく城山にも登っている。あの深い森の中に迷い込んだとしたら？

芳洋は「城山の中では野良猫でさえ一匹も見かけないよ」と言うけれど……。わたしはため息をついた。

ビラの効果はそこそこあった。翌日から早速電話がかかってきた。しかし六件ほどの電話はすべて「〇〇で見かけた」だの「近所の家で飼われている猫にそっくり」だとかいう不確かな情報ばかりだ。それでもわたしは礼を言っていちいち書きとめた。実際に見かけた場所や飼われている猫のところに行ってみたりしたが、今はもういなくなっていたり別の猫だったりした。

そういう情報に接するたびにはかない期待を抱き、それが打ち破られるということの連続だった。しだいにわたしは肉体的にも精神的にも疲弊してきた。猫の情報が寄せられるからと電話のそばに貼りついているわたしに芳洋が、「もう一匹別のを買えばいいじゃないか」と言ってきた時には思わず食ってかかった。

「別の猫じゃだめなのよ！　アリスじゃなきゃ！」

芳洋は肩をすくめて離れていってしまった。自分でも狂気じみていると思った。しかし夫がこんな態度だから自分が不安定な気持ちになるのだ、とも思う。どうして夫は「別の猫を」などと安易に口にするのだろう。前の時は、どうしてもアリスを見つけないと、という意気込みが感じられたのに。芳洋も自分と同じくらいアリスに思い入れがあると思っていた。その落差もわたしを打ちのめす原因の一つだった。

猫に関する情報の電話がかかってきたのはほんの四、五日で、あとはぷっつりと途絶えた。ビラの効果もここまでかとあきらめかけた頃、一本の電話がかかってきた。

「もしもし、有田様のお宅でしょうか？　実は迷い猫のビラを見まして――」

えらくはきはきしたもの言いの男の声だった。

「はい、ありがとうございます。どこかで見かけられたのでしょうか？　あの、うちのアリスを――」

「いいえ、そういうことではないんです」

男は、自分はペット捜し専門の業者なのだと名乗った。

「ペット捜し専門の――？」

そんな職業があることも知らなかった。男は「もしかしたらお力になれるかもしれないので、一度お伺いしたいのだが」と控えめに申し入れてきた。わたしはちょっと考えた挙句、自宅の住所を教えた。また夫には軽はずみだと言われるかもしれないが、彼が非協力的な今は藁《わら》にもすがる思いだった。

やってきた業者の男は、玄関で名刺を差し出した。「いなくなったペットをあなたに代わってお捜しします」といううたい文句が印刷された下に『ミッキー・ペットサービス』とあった。

「私、行方がわからなくなったペット捜しに専従しております高橋《たかはし》と申します」

男は胸に刺繍された名前を指差しながらそう言った。制服らしきものは、ワークショップに吊り下がっているただの作業着にしか見えなかった。わたしは高橋を応接間に通した。まだ半信半疑だったので、話を聞くだけ聞いて胡散《うさん》臭いようなら断ろうと思っていた。ソファに腰を下ろすなり、わたしは尋ねた。

「で？　お宅の捜索の方法というのはどういうんですか？」

高橋の説明では、まず当該の犬猫の死体が持ち込まれていないか、市のゴミ焼却場やペット葬祭業者に問い合わせることから始める。縁起でもない話だが、彼によるといなくなったペットのうちのかなりな割合が、事故や病気で死んでいるのだという。無駄な労力を省くためには効率のよいやり方だということはわかった。アリスがそんな目に遭っているかもしれないという想像はわたしを震え上がらせたが。あとは動物愛護センターから引き取ってきた動物の里親をやっているＮＰＯを当たったり、かなり広範囲に聞き込みにも廻ってくれるという。

「実際そういうことで見つかるんですか？」

「もちろんです。わが社はかなりな実績を上げています。こういう仕事をしておりますと、ボランティアで迷い猫の世話をしている人や個人的に猫の餌づけをしている方のリストを持っておりますからね。行方不明になった猫は案外そういう場所で見つかるもんなんですよ」

「わが社」というほど大きな会社ではないだろう、もしかしたらこの人一人きりで起ちあげた会社なのかもしれないと思いつつも、わたしの心は動いていた。動物愛護センターならまだしも、殺処分の行われている市の施設やゴミ焼却場などに一人で赴くのはごめんだった。高橋が料金の説明を始めた頃にはもう依頼しようと決めていた。

「それではアリスちゃんのお写真を何枚かお借りできますか？」

料金も納得して了解の返答をすると、高橋は言った。わたしは既に用意していた写真を手渡した。

「この、背中のこの部分がうず巻き模様に見えるでしょ？　それがこの子の特徴なの」

水を怖がるという性格も話し、それが今回の行方不明につながっていると説明した。

高橋はそれを律儀にメモした。

「いなくなったのは今度が初めてですか？」という問いには「この五月にも一度いなくなったことがある」と答えた。高橋は、その時のことを詳しく聞きたがった。それが捜索の手掛かりになるかもしれないと言うのだ。

「あの時も心配しました。だって二か月も帰って来なかったんですもの。でもお城山の向こうの児童養護施設に迷い込んでいてそこで保護してもらっていました」

今回もそうであって欲しかったのだが、あそこにアリスは行っていない。それはもう確認済みだった。わたしは記憶をたどった。あの時もフリーペーパーを見た人からかなりな情報が寄せられていたのだが、確かな情報を仕入れてきてくれたのは夫の芳洋だった。

彼が時折立ち寄る小さな薬局で、ふとアリスのことを口にした。するとその猫のことなら心当たりがあると店主に言われたのだ。彼の奥さんが城山の向こうにある「わかあゆ園」に勤めていて、そこに迷い込んできた猫がどうもアメリカン・ショートヘアらしいという。すぐに園に電話してみると、アリスに間違いないということで飛んでいったのだった。

ところが二か月もそこで飼われているうちに、アリスは一人の子になついてしまい、困惑したものだ。少し知能に遅れがある男の子だったが、夫と二人で引き取りに出向いてみると、男の子がアリスを連れて城山の中に逃げ込んでしまい、ヤキモキした。そうだ。特に頼みもしないのにあの時は芳洋も一緒にわかあゆ園に行ってくれたのだ。ようやく返してもらえたアリスの体をそれとなく検《あらた》めて、痩せていないか、怪我をしていないか気づかっていたようだった。全く今回とは大違いだ。

「その時も水をかけられたんですか？」

高橋の問いにわたしは「え？」と顔を上げた。

「今回、アリスちゃんは水を全身に浴びてしまって驚いて逃げ出したんだと言われましたよね。その時も同じような状況だったんでしょうか」

「いえ、あの……」

そこのところは詳しくわからないのだと答えた。何せアリスがいなくなった時、わたしは家にいなかったのだから。あの時は大学時代の友人と二泊三日の温泉旅行に出かけていたのだ。帰ってみたら芳洋が青い顔をしてアリスがいなくなったと告げたのだった。

多分夫は責任を感じていたのだろう。だから前回は必死になって捜し回ってくれたのだ。高橋に言われて記憶の底を探ってみると、わたしが家に戻った時、芳洋はひどく憔悴《しょうすい》しているように見えた。きっと一人で気をもんでいたに違いない。わたしはショックを受けつつも、あまり夫を責めてはならないと自分に言い聞かせたことを思い出した。

猫の捜索に専門業者を雇ったと告げた時は無反応だったのに、前回アリスがいなくなった時のことを根掘り葉掘り尋ねると、芳洋は目に見えて不機嫌になった。

「あの時もアリスに水をかけてしまったの？」と訊いた時には「それが今度のこととどんな関係があるんだ!!」といきりたって怒鳴った。それからはっとしてわたしの顔をまじまじと見た。わたしが呆気《あっけ》にとられていたからだ。二人はしばし黙ってお互いの顔に見入った。

「別にあなたを責めているわけじゃないわよ」弱々しく首を振りながら言うと、芳洋も「すまん」と謝った。

「ただね、そういうことが役に立つんですって。今度の捜索に」

「水なんかかけてないよ。ただ気がついたらアリスがいなくなっていたんだ」

それだけ言うと、「仕事が残っているから」と断って、芳洋は書斎に入ってしまった。七年前、少々無理をしてゆったりとした間取りの家を建てた。庭の面積も広い。四季折々に楽しめるように花や実のつく樹木を芳洋が選んで植えてある。インテリアも夫の好みに合わせた。壁紙や家具もいちいち彼が注文をつけて二人で捜したり、業者に頼んだりしたものだ。

あの頃は楽しかった。聡一郎もまだ幼く無邪気だった。聡一郎の受験に向けて準備を始めた時期でもあった。やがて息子が家を出てしまうと急に気が抜けた。しばらくして芳洋の方にも変化があった。二年半前に新しい中学校に異動したのだ。そこでは教頭先生と全く合わなかった。教頭も理科を教えていたとかで、芳洋の教育方針についてかなり否定的なことを言われ、勤務評定は最低のランクに落とされてしまったらしい。

教頭は独善的で胆汁質《たんじゅう》な性格で、彼と衝突して辞めていった教師もいると聞いた。だが根が真面目でおとなしい芳洋は、そこまでする気概はなかった。現実的なことを言えば、家のローンが何十年も残っている状態で、職を失うわけにはいかなかったのだ。そういう事情で、かなりストレスが溜まってイライラしていたことは事実だ。あれほど仕事一辺倒だった夫が、急に教えることに熱意を失ってしまった。

それをまぎらわすために芳洋は足繁く城山に登って野鳥観察に没頭した。これも気分転換の一つだろうとわたしは口を挟まずにきた。今はようやく落ち着いたようだが、思い詰めた夫は妻であるわたしにもよそよそしかった。その時の不安や寂しさも、アリスが埋めてくれていたのに――。

ダイニングテーブルの上で携帯電話が鳴りだした。着メロを聴いて誰だかわかった。大学時代の友人の多香子《たかこ》だ。

「もしもし？」

「幸代《ゆきよ》？　猫ちゃん見つかった？」

多香子にはアリスがいなくなったことをもう伝えてある。心配してかけてきてくれたのだ。

「まだなの」

「そう。いったいどうしちゃったのかしらね」

遠くに住む彼女とはしょっちゅう電話でやりとりする。お互いに悩みを打ち明け、愚痴を言い合い、笑いあえる貴重な存在だ。わたしはもう一度アリスがいなくなってからのことや夫の投げやりな反応ぶり、専門業者に頼んで捜してもらっていることなどをしゃべった。多香子は辛抱強く耳を傾けてくれる。これで少しは気が晴れるだろう。

「そうだ。この前アリスがいなくなった時のことを憶えてる？　ほら、五月に薫《かおる》と三人でD温泉に行ったでしょう？　あの後のことなんだけど」

「そうそう、あなた、あの時もこの世の終わりみたいな声で電話してきたわね」

多香子に誘われて彼女ともう一人の親友、薫とで温泉旅行を楽しんだのだった。帰宅して、アリスがいなくなったことを知った時もこうして詳細を多香子に電話したものだ。多香子は三人のうちで一番落ち着いていて頼りがいがある。記憶力もいい。

「あの時、私としゃべったことで記憶に残っていることない？」

その情報が重要なのだと業者に言われたと説明を付け加える。

「そうねえ……」多香子は考え込んだ。「ご主人が親身になってくれているとは言ってたね。確かに」

「そうだった？」そんなことまでしゃべっていたのか。アリスがいなくなってよっぽど混乱していたのだろう。多香子と電話でどんなことを話したのか憶えていない。

「旅行から帰ったのが夜だったでしょう？　荷物をリビングに投げ出してあなたが泣きだすもんだから、ご主人が懐中電灯を手に庭中を捜し回ってくれたって」

わたしは電話を耳に当てたまま、リビングの掃き出し窓に近寄った。レースのカーテンをそっとつまんで隙間から暗い庭を眺めた。リビングからの光がようやく届くところに酔芙蓉の木が見えた。花の色は今、くっきりと赤い色を呈している。この花は朝には白い花を咲かせるのに、午後になるとだんだん色づいてきてピンクに変わる。そして夜にかけてさらに赤みを増すのだ。その様子が酒を呑んだようなので「酔う芙蓉」という名前がついたという。翌朝にはしぼんでしまう一日かぎりのはかない花でもある。

わたしははっとした。酔芙蓉の木のそばを通ってこっちへやって来る懐中電灯の光がフラッシュバックのように脳裏に浮かんできた。

「その木、どうしたの？」

そう訊いたのはわたしだった。五月にアリスがいなくなった時、旅行から帰ってきたらこの木が植えられていたのだった。まだ花は咲いていなかったけれど。その時芳洋が花の説明をして、わたしが留守の間に植えたのだと言った。そんな説明を多分ろくに聞いていなかったに違いない。アリスのことで頭がいっぱいだったから。でもあの時この木が植えられたのは確かだ。

「ああ、そうだ」多香子の声にまた電話に注意を引き戻す。「何日かしてからだけど、ご主人のところに刑事さんがみえたって言ってなかったっけ」

わたしは自分の記憶をさらった。

「ほら、あれよ。前の中学校で教えていた女生徒さんが急にいなくなっちゃったって。それで一応関係者に話を聞いて回ってるんだって。全然心当たりがないってご主人は答えたんでしょ？」

夜の闇に浮かぶ酔芙蓉の花にもう一度目を凝らした。真っ赤な花が一輪、ぽとんと落ちた。それが凶兆のように思われて、わたしは目を逸らせた。

アリスはまだ見つからないのだと『ミッキー・ペットサービス』の高橋から連絡があった。

「アリスちゃんらしき猫の死体はどこにも届けられていませんでした」

それだけでも安心しろというのか、高橋はそそくさと電話を切ってしまった。あれから芳洋とはおざなりな会話しかしていない。五月に起きた女子高生失踪事件のことを持ち出す勇気がわたしにはなかった。何か小さな棘《とげ》がわたしの心を内側から刺す。

刑事がうちに来た時、わたしが不審がると夫はこう答えた。春休みにうちに遊びに来た生徒たちの中に彼女がいたからだろうと。確かに以前、芳洋が教えていた中学の卒業生が数人うちを訪問したことがあった。あの中の一人の女の子に奇妙な印象を抱いたことを思い出した。

熱をもって潤んだような、鋭く不穏な視線でわたしをじっと見ていた。そのくせわたしが直視すると、すっと目を逸らしてしまう。はっきりと言葉にはできないが、何かしら尋常でない、もっといえば狂気じみたものを感じた。

しばらくして警察が公開捜査に踏み切り、いなくなった高校生の顔写真がニュースや新聞に出た。やはりあの子だった。

「家庭環境の難しい子でね。精神的にひどく揺れ動く子だった。いなくなったのも多分そのせいだろうね」と芳洋は言外に家出を匂わせた。

少女はなかなか見つからず、刑事はあと二度ほど聞き込みに来た。あの子を家に呼ばなければこんな面倒なことに巻き込まれなくてすんだのにと思った。警察の動向が今勤務している中学校に知れたら、例の陰険な教頭に目を付けられるのでは、と心配したものだ。しかしよっぽど手掛かりがないので、警察も困っていたのだろう。

その子は今も見つかっていない。そのうち行方不明のニュースは紙面から消えた。アリスが無事に家に戻ってきたこともあり、わたしはすっかりそのことを忘れていた。

しかしそうやって少しずつ記憶をたどっていくと、五月に旅行から帰った際の変化は酔芙蓉だけではないということに気がついた。リビングの真ん中に敷かれていた丸いカーペットが変わっていたのだ。

「デパートをぶらついていたらいい柄のがあったんで衝動買いしてしまったんだ」

芳洋は言った。どうしてあんな不自然な言い訳を鵜《う》呑《の》みにしてしまったんだろう。前のカーペットはほんの数か月前に手に入れたものだったのに。それもベージュとブラウンでシックに統一したリビングにあう色合いのものをようやく見つけて大喜びしていたのは芳洋だった。

猫の毛が絡まりにくい毛足の短いものという、わたしの希望も満たす落ち着いたペイズリー柄のカーペット。新しいものはベージュを基調にしてはいたが、目に突き刺さるようなうるさい柄ゆきのデザインだった。

「前のはどうしたの?」と尋ねたら「処分した」とあっさりと答えたのにも「もったいない」としか言わなかった。そんなことはどうでもよかった。その時は、アリスがいなくなったことに比べたら些細なことにしか思えなかった。

いなくなった猫。憔悴しながらもそれを必死で捜す夫。取り替えられたカーペット。そして酔芙蓉の木。あまりに自分は無頓着すぎたのではないか。何かがだんだん形をとり始めている。散らばっていたピースがそれぞれの場所へ納まろうとしているのに、わたしは無理にそのもやもやしたものから目を逸らした。

そして自分の口から出た吐息のあまりの冷たさに身震いした。


また高橋から連絡があった。今度は朗報だった。アリスについて聞き込んでいると、わかあゆ園で以前アリスをかわいがっていた男の子が城山の中で何かを飼っているらしいということがわかった。

「もしかしたらアリスちゃんかもしれません」

弾んだ声で高橋は言った。わたしの心は思わず浮き立った。それは充分にあり得る話だと思った。あの少年からアリスを取りあげる時、あの子は射るような目つきでわたしを見た。そして抱いたアリスの耳に何事かを囁いたのだった。

その言葉をアリスが理解したとは思えないが、アリスが一時身を寄せていたわかあゆ園に再び潜りこんだ可能性は高い。あの男の子は、今度はアリスを誰にも渡さないために、こっそりと城山の森の中で飼うことを思いついたのかもしれない。

「この前、山へ遊びに行く男の子に声を掛けてみたんですがね——」どうも要領を得ないと高橋は言う。それも頷ける。彼には知的障害があってうまく自分の意思を伝えられないのだという事情を高橋は知らない。「どこへ行くの？　と問うと、どもりながら男の子は言うんですよ。『友だちに会いに行く』って」

もう間違いない。アリスは城山の中にいるのだ。

高橋がやって来たのは四日後のことだった。わたしはどんなに心待ちにしていたかしれない。高橋をいそいそと家の中に迎え入れた。もしかしたらアリスを連れて来てくれるのではないかというわたしの願いは、まず打ち砕かれた。高橋の様子は明らかにおかしかった。血走った目や落ちつきのない所作から、彼がひどく怯えているのだとわかった。

でもなぜ？　いったい何に？

「奥さん」かすれた声で高橋は言った。「残念ですがアリスちゃんは見つかりません」

「そんな——」わたしは絶句した。「ちゃんと調べてくれたんですか？　城山の森の中を」

驚いたことに高橋は、わたしの言葉に身をこわばらせて小さく震えた。

「いません。いませんでした。あそこには」

「じゃあ、あの男の子は？　あの子は何を飼っていたんです？　山の中で」

「わかりません」高橋は即座に言いきった。「わからないんですよ。あれが何なのか。私には――」

「あれ？」わたしには高橋の言わんとすることが全くつかめなかった。では少年は別の生き物を飼っているというのか。あの森の中で。それはいったい――？

「とにかく――」高橋はわたしの思考をさえぎるように急いで言葉を継いだ。「これ以上はアリスちゃんの捜索はお引き受けできません。申し訳ありません」

頭を素早く下げて、高橋は玄関へ向かった。

「ちょ、ちょっと待ってください！」

慌てて追いかけるわたしに、今までの捜索にかかった費用も一切請求いたしませんからと、そそくさと靴を履いた。

バタンと閉まったドアを、わたしは茫然と見詰めるしかなかった。

あれから一年が過ぎた。また庭では酔芙蓉の花が咲き始めた。

アリスに会いたい。あのビロードのような毛をまさぐりたい。膝の上で体温を感じたい。背中のうず巻き模様を指でなぞりたい。あまえた鳴き声を聞きたい。この一年、わたしはそんなことばかり考えていた。

失ってから初めて気づくものがある。あの賢い猫は何もかも知っていたのだ。多分、一度目の行方不明の時にわたしは悟るべきだった。なのにあまりにわたしが鈍感なものだから、アリスはまた姿をくらましてしまった——会いたいと切望しつつも、もう二度とアリスには会えないだろうとわたしは思った。アリスが去った後の心に、ぽかんと開いた虚ろな穴から今、どろどろと得体の知れないものが溢れだしていた。

本当は一年前にわかっていた。でもずっとわたしの中の何かがそれを認めることを拒否し続けていた。去年の冬から春にかけて、夫が野鳥観察にまた熱を入れだしたのは、教頭との人間関係に悩んでのことではなかった。それはきっかけでしかなかった。

芳洋は教え子の女の子と深い仲になったのだ。あの失踪した女子高生——名前は——そう、相原杏子という名前だった。うちに来た杏子がわたしを凝視していたのはそういうわけだった。堅くて面白味がなくて野鳥観察以外にこれといった趣味もなく、仕事一点張りの芳洋がよもやそんな危険な情事に溺れようとは、思いつきもしなかった。わたしがそれを見破る機会はそこここにあったのに。

野鳥観察を口実にしきりに城山へ登っていた頃、夫の様子はおかしかった。おどおどしているくせに妙に高揚しているふうにも見えた。それをわたしは、職場で悩んでいるせいだとばかり思い込んでいた。もしかしたら躁鬱病《そううつ》になりかけているのではないかと疑ったりもした。心の病に侵されて休職する教師も今日では珍しくなかったから。そんな的外れなことをわたしは心配していたのだった。

しつこく聴き込みに来ていた刑事は、杏子を城山で見かけなかったかと訊いていた。公開捜査の時の新聞記事には、相原杏子も足繁く城山に登っていたので、山の中を大々的に捜索した、とあった。夫は刑事らが帰った後、ひどく動揺して書斎に閉じこもった。

私の頭には、一つの映像が浮かび上がった。一度だけ、着替えをしている夫の背中に奇妙な内出血の痕があるのを見たことを。歯型に見えなくもなかった。そう思った瞬間に、まさかね、と否定してしまったのだけれど。

あれはもしかしたら不倫相手からわたしへのメッセージだったのではないか。そしてわたしの想像が正しければ、相手はあの子以外には考えられなかった。城山で偶然出会った二人は、決して踏み越えてはならない一線を越えてしまったのではないか。芳洋にとって、おそらくは現実逃避の意味もあったのだろう。新しい教育現場が充実していれば、心を惑わせることもなかったはずだ。それは彼の人生で初めて巡ってきた刺激的で昂《たか》ぶりを覚える経験だったに違いない。遊び慣れない芳洋はすっかり足を取られてしまった。

わたしは爪を噛んだ。

不器用な芳洋のことだ。怖いもの知らずの女子高生を御せるわけがない。特にあの子は――どこか特別な匂いがした。芳洋はだんだん虚ろになっていった。まるで中身を食い荒らされているみたいだった。教え子との不倫関係だ。うまく清算できるはずもない。泥沼化し、別れ話がこじれた。

そして――。

あの日がやってきた。わたしが家を空ける日が。

きっちりと話をつけようと芳洋が杏子を呼んだのか、それとも彼女の方から乗り込んできたのか。事件が衝動的なものだったのは確かだろう。夫は杏子に手を掛けた。多分使われたのは鋭い刃物。飛び散る血液がカーペットを汚した。不幸にも女の子の足下にアリスがいたのだ。生ぬるい血液を全身に浴びたアリスは驚いて外に飛び出していった。

芳洋は血濡れた猫が逃げていくのを目撃していた。だからあんなに血眼《ちまなこ》になってアリスを捜したのだ。猫の毛についた杏子の血液こそが芳洋の犯罪の証拠なのだから。

アリスが見つかってわかあゆ園に引き取りに行った時、芳洋が丁寧に猫の体を調べていたのはそういうことだった。それを見た園の保育士はふと思い出したようにこう言ったのだった。

「うちにこの子がやって来た時は、体にいくつもの茶色の染みがありました。お湯できれいに拭きとってやりました」と。

あの言葉をわたしはさりげなく聞き逃してしまったけれど、夫にとっては大きな意味があったのだ。アリスを家に連れて帰ってから、すぐにわたしは体をきれいにしてやった。いつもお湯をかけずにすむムースタイプのフォーミングシャンプーを使う。あの時もそうだった。そういえば短い毛の根元に茶色い顆粒《かりゅう》状のものがくっついていたりもした。まさか血液だとは思いもしないから、丁寧にそれを取ってやった。

わたしはまたがじがじと爪を嚙んだ。

すべてはわたしの妄想として片づけることもできる。だが――。

わたしは椅子から立ち上がった。廊下に出て階段下の物置の扉を開ける。小ぶりのキャビネットの引き出しを引いた。そこには何本もの首輪が納められている。アリスのものだ。成長する度に買い替えてやったのだが、子猫の頃からのアリスの歴史のような気がして一本も捨てずに取ってある。

その中の一本を引っ張りだした。アリスが戻ってきた時、験《げん》の悪い首輪をすぐに取り替えた。それすらも手元に置いてある。そんなことは芳洋は知らないだろうが。わたしは明るい廊下に出て、黄色い首輪を裏返した。起毛状になった裏側に茶色い染みがあるのをまじまじと見つめた。

これがもし杏子の血液だと断定されたら――？

ＤＮＡ鑑定をすれば容易に誰のものかわかるだろう。わたしははっと顔を上げると周囲を見渡した。この家には今自分一人しかいないのはわかっていたけれど。そして、大急ぎで元のキャビネットに首輪を戻した。引き出しを閉める手が震えていた。

リビングのソファに腰を下ろしてゆっくりと部屋の中を見渡した。小花模様のカーテン、イタリア製のソファセット、壁にかかった品のいい静物画の額。家族のための居心地のいい場所。わたしがいるべき場所はここしかない。守るべきものははっきりしている。

だから夫を問い詰めたりするのもやめよう。あの子が悪いのだ。無垢な夫を誘惑し、若い体を投げ出した女の子が。

わたしは庭の酔芙蓉に視線を移した。昼前の今は、白い花弁にうっすらとピンク色が載り始めたところだった。去年の五月、わたしが旅行に出ていた三日のうち、芳洋は杏子を激情にまかせて殺してしまい、途方に暮れたに違いない。死体を前にしてどれくらい思い悩んだのだろう。運転免許を持たない芳洋は、死体を庭に埋めるしか他に方法がなかった。夜、リビングからの光がぎりぎり届いて手元を照らしてくれる場所に穴を掘って埋めた。そして庭を掘り返したことを隠すために、酔芙蓉の木を買ってきて植えたのだ。

多分今も、酔芙蓉の下には杏子の死体が埋まっている。ペイズリー柄のカーペットにくるまれて。あの花が赤くなるのは杏子の血を吸い上げているからではないのか。

夫は毎日どんな思いであの花が赤らんでくるのを見ているのだろう。

でもわたしも共犯者だわ。わたしもここに住み続けなければならない。毎年秋にあの花が咲き誇り、わたしたちの犯罪を告発するのに耐えながら。

わたしはそのますますっと視線を上げて城山を見上げた。

――わからないんですよ。あれが何なのか。

高橋の声が耳の奥に残っている。

恐ろしい事件の唯一の目撃者であるアリスはもう帰ってこないだろう。自分の飼い主の、人を殺すに至るエネルギーと、殺された女の子の恨みとを一身に受けてアリスは別の生き物になってしまったのだ。底なしの森の中で。

アリスの変化《へんげ》に力を貸したのは、あの知的障害のある男の子だろうか？

この間、市内で火事があった。犠牲者は小学生の男の子が一人。わかあゆ園でアリスをかわいがっていた子だった。それを助けようとした保育士の先生も大怪我を負ったそうだ。薬局のご主人の奥さんだ。ニュースを見ながらわたしは小刻みに震えた。恐怖の連鎖は続いている。運命は、わたしたち夫婦が背負った罪をかたときも忘れることのないように威嚇《いかく》している。

小さな保護者を失い、一人ぼっちになったアリスはどうなるのだろう？

でももうわたしはあそこへは足を踏み入れられない。芳洋は相変わらず野鳥観察だと城山登山を続けている。

「もうやめた方がいいわよ」とそれとなく忠告しても聞かない。憑かれたようにあの森へ通っている。そして心配するわたしには、夢見るような眼差しで答える。

「あそこにはとても珍しい鳥がいるに違いないよ。それを見てみたいんだ。今は声しか聞こえないけどね。こんな鳴き方をするんだ」

そして鳥の鳴き声を口真似する。

「キリキリキリキリ‼」

わたしは心底ぞっとする。

鳥はそんな声で鳴かない——多分。

白い花が散る

オレは頭が悪い。

そんなことはもうとっくにわかっている。小学校も中学校も、成績は常に下位数人の中に含まれていたし、高校は一年も行かずに中退した。それ以来、中途半端な仕事しかしていない。いや、遊びほうけていたといった方がいい。遊ぶための金を稼いだら仕事をやめて、金がなくなったら仕方なく働くという感じだ。

二十歳《はたち》を過ぎた時、これではダメだと遅まきながら考えた。だから、結構真面目に仕事を探した。

鳶《とび》職に就いたのは、単にカッコよかったからだった。鳶職人たちが、ゴト着と呼んでいるダボダボのニッカボッカに憧れた。足首まで隠れるニッカボッカに地下足袋《じかたび》。夏でも長袖の手甲シャツ。あれが似合う男になりたかった。

桑島《くわしま》組という仮設足場を組む会社にまずバイトで雇われた。半年続いたら正式に雇ってもらえるというので、オレは頑張った。初めは支柱を運ぶだけの力仕事で、先輩たちにこき使われたけど、なんとか耐えた。もうちょっとで見習いとして雇われるとこだったんだ。

だけど結局続かなかった。先輩たちの「馬鹿か！　お前」「薄ノロ！」「お前の頭はヘルメットを被るためだけにあるんだろ！」という罵倒に腹を立てて。短気な自分にほとほと嫌気がさした。社長にやめることを伝えに行って、また喧嘩してしまったのだから、もうお手上げだ。

社長は筋金入りの鳶職人で、自分も同じように罵られ、小突かれながら仕事を覚えたという自負があるから、最近の若い者は我慢が足りないと思っているのだ。

「これぐらいで音を上げてどうするんだ。馬鹿野郎！　上のもんは、お前のことを思って怒鳴りつけてんだ。それもわからんのか！　お前みたいなへなちょこは、どこへ行っても勤まるもんか」

「オレだってやめたくないけど、こんなひどいとこ、他にはないよ。よそだったら、絶対勤まるからな！」

「ほう！　そうかい。なら、そういうとこで雇ってもらえ。どうせお前なんかそのうち夜の街頭に立って客引きするくらいが関の山だぜ」

「そんなことあるか！　もういい！」

オレは頭にきて、被っていたヘルメットをむしり取った。むしゃくしゃして、それを床にでも投げつけたかったけど、そこまでする勇気はなかった。なんせ、向こうは鬼瓦みたいな顔をした鳶職人の親方だ。二十歳そこそこの若造がまともに喧嘩を売れる相手じゃない。それくらいは、頭が悪くてもわかる。

「まあ、まあ、社長。長瀬《ながせ》君も辛抱が足らないかもしれないけど、そんなに言って追い出すことないじゃない」

間に入ってくれたのは、事務員の木村鮎美《きむらあゆみ》さんだ。鮎美さんは、一番若いオレのことをいつも気遣って、いろいろと面倒をみてくれていた。ここをやめると決めた時も、彼女にだけは申し訳ないと思ったものだ。

「ねえ、長瀬君、もう一回考え直してみなさいよ。うち、やめたってどこかに行く当てもないんでしょ？」

鮎美さんの言葉に、ちょっとだけ心が揺らいだ。はちきれんばかりに太った体に丸い顔の鮎美さんは、事務椅子にどっかりと腰を下ろして、社長とオレの顔を交互に見た。桑島組の事務仕事一切を取り仕切っている彼女には、社長も一目置いている。

「さっさとやめろ、やめろ。こんな奴引き留めたって、ろくなことにはならん」

社長は、そんな鮎美さんのとりなしも無視した。腕組みをしてどすの利いた声を出す。

「だいたいなあ、こんな肝の据わってない奴に仕事をやらしたら、うちの信用に傷がつく。足場組みは、安全が第一なんだからな。いっぺん、うちが組んだ足場が崩れて往生したことがあったって言ったろ？　怪我人が出て、大変だったんだ」

「それ、もう何年も前の話でしょ」

すかさず鮎美さんが社長に突っ込みを入れた。その話は、オレも年配の職人から何度か聞かされた。通りかかった主婦が下敷きになって大怪我をしたという話だ。

「それにあれは、絶対誰かがボルトを緩めて細工したんだって、社長、いつも言ってるじゃない」

容赦なく言い募る鮎美さんに、社長も「むう」とだけ唸《うな》った。

多分、そこがオレが謝る最後のタイミングだったのだ。鮎美さんがこっちに向かって目配せをしていた。なのにオレは、「どうもお世話になりました！」と言い捨てて、背を向けてしまった。鮎美さんが大仰にため息をつく声が、ドアを閉める前に聞こえた。


で、またオレは無職に逆戻りというわけだ。

一人暮らしの部屋に帰って、床の上にひっくり返った。大の字になって考える。一人前の鳶職人に、絶対になろうと思っていたのに。こんどこそ、ちゃんと仕事を続けようと決心していたんだ。自分を奮い立たせるために、無理をしていいワンルームマンションにも入居した。城山の北側にあるマンションで、近くの大学の学生も住んでいるしゃれたところだ。来月からここの家賃をどうやって払ったらいいんだろう。あの社長を見返すためにも、早く職を見つけないと。と、思いながらも、ずるずると引き込まれるように眠りに落ちた。

予想はしていたけど、仕事を探す意欲は、まったく湧いてこなかった。遊び仲間に、「なんかいい仕事ないかなあ」とラインしたくらいのものだ。そしたら、「何？　お前、また仕事やめたの？」と返ってきたきりだった。向こうもまともに仕事なんかやってないのだ。期待する方が間違っている。

たいしてなかった蓄えが、どんどん減っていった。

島の両親には泣きつけない。この街の沖に浮かぶ、小さな島の集まりの、そのまた一番ちっぽけな島で暮らす親父は、今、本島の病院に入院している。細々とミカンを作って生計を立てていた親父は、軽い脳梗塞を起こしたのだ。幸いにも後遺症は残らないみたいだけど、もう無理はできない。

だいたい、オレが本島の県立高校の分校を中退した時に、親父が「お前は勉強なんかできないんだから、島に残ってミカン山の手伝いをやれ」と言ったのに反発して、家を飛び出したのだ。今はお袋と中学三年生の弟が、親父の代わりに一緒にミカン園の世話をしている。家には認知症のばあちゃんもいるし、オレが仕事をやめたと知ったら、絶対に呼び戻そうとするに違いない。

弟の智則《とものり》は、オレと違って頭がいい。来年は、街の高校へやりたいと親父もお袋も思っているのだ。オレが島へ戻ったら、ちょうどいいと思うだろう。あんなつまらない島へ帰る気なんて、全然なかった。たった百人ほどの人間が、身を寄せ合って暮らしている、ミカンと漁業の島だ。何の楽しみもない。

「あー！　くそ！」

と天井に向かって怒鳴った時だ。インターホンがせわしなく三回続けて鳴った。オレは飛び上がりそうになった。夜の七時四十五分。こんな時間に訪ねて来る人物に心当たりはなかった。身を起こしただけで、ドアを眺めていると、またインターホンが鳴った。ちょっと怖い気がした。

「長瀬君！　長瀬君！　いるんでしょ？」

声を聞いて、体の力が抜けた。鮎美さんの声だった。仕事をやめたオレを心配して来てくれたのだろうか。慌ててドアを開けた。

鮎美さんの巨体が、転げ込むように入ってきた。その腕には、赤ん坊がしっかりと抱かれていた。鮎美さんは、まず提げてきた大ぶりのバッグを、ドンッと玄関フロアに置いた。呆気にとられているオレに、赤ん坊を押し付けてくる。

「長瀬君、一生のお願いだから、この子を預かってくれない？」

「え？　え？」

「もう長瀬君しか頼むところがないのよ！」

「え？」

鮎美さんの言ってることが呑み込めず、オレは情けなく同じ言葉を繰り返すのみだ。

「一週間だけ。ね？　長瀬君、どうせまだ仕事、してないんでしょ？」

「そうだけど、え？」

押し付けられるまま、オレは赤ん坊を抱きとってしまった。よく見たら、鮎美さんは血走った目をしていて、汗をかいたおでこに髪の毛がぺたりと張り付いていた。きっとここまで駆けてきたに違いない。彼女もこの近くに住んでいるのだ。何度かスーパーで出くわして、オレの住居も教えた。そのことを、今激しく後悔した。

「あのね、私のパートナーがね、逃げたの」

「逃げた？」

確か鮎美さんには、同棲中の彼氏がいて、五か月ほど前に子供が生まれたのだ。オレが雇われてしばらくした頃、仕事に復帰した。自分が産休の間に入って来た新顔のオレが偶然近所に住んでいると知って、色々と世話を焼いてくれたものだ。

健太郎《けんたろう》という名の赤ん坊も、いつも買い物に連れてきていたから、この子の顔にも見覚えがあった。何度かはその彼氏も見かけた。県外から仕事で来ていて、知り合ったのだと言っていた。

「あたしに黙って転勤願い出して、さっさと帰って行っちゃったんだよね」

「それって――」

それって、鮎美さんは捨てられたってことじゃあ――という言葉は呑み込んだ。

「とにかく、あたしは彼を連れ戻さないと」

鮎美さんは、決意を漲《みなぎ》らせた目で、オレを見据えた。大きく突き出した胸がぶるんぶるんと揺れる。その迫力に押されて、オレは健太郎を抱いたまま、一歩下がってしまった。

「その子は連れて行けないの。あちこち探し回らないといけないから。今、真希《まき》も子供が病気で預かってもらえないのよ」

鮎美さんが働いている間は、健太郎は友人に預けていると言っていたことを思い出した。そんなこと思い出しても、何にもならないけど。

「でも――」

「一週間だけだから。いや、五日だけ」

有無を言わせぬ口調で、鮎美さんは「この中に着替えとか入ってるからね」と続ける。オレが二の句を継げずにいると、「あ、そうだ」と斜め掛けしたショルダーバッグを探った。くしゃくしゃの封筒を取り出して、オレの手にそれを握らせる。

「これ、一週間分の預け代」

「あの、鮎美さん。困るんだけど、オレ、赤ん坊なんか——」

オレの言葉を完全に無視して、鮎美さんは、健太郎に頬をすり寄せた。

「健ちゃん、いい子にしていてね。絶対パパを連れて帰るから」

そして、さっと離れるとドアを押し開けた。

「いや、待ってよ！　鮎美さん！」

「お金、余分に入れておいたから、それでミルクと紙おむつも買って。急いで行けば、それだけ早く戻って来れるわ。行方が分からなくなる前に、あの人をとっ捕まえなくっちゃ」

「ミルク……？」

オレは阿呆のように立ちつくしていた。

鮎美さんは背中を向け、夜の中に消えた。

封筒の中には、十万円が入っていた。お札をじっと見つめていると、健太郎が「ギャー!!」と泣いた。驚いて、ぷくぷく太った赤ん坊を危うく落とすところだった。

一回床の上に下ろして、急いで布団を敷いた。その上に寝かしてみるが、全然泣きやまない。母親に去られたことがわかっているのか。また抱き上げて、揺すってあやすが、さらに大声で泣くばかりだ。

「あ、そうか。ミルク」

オレは封筒を尻ポケットにねじ込むと、つっかけを履いて外に出た。健太郎を抱いたまま。

平和通に面した薬局がまだ開いているだろう。あそこは結構遅くまでやっているみたいだから。薬局に着くまで、健太郎は泣き続けた。が、だんだん声は小さくなり、店に入る時には、フニャフニャぐずるだけになっていた。

薬局には、先客が二人いた。学生風の男女で、連れだって来たようだ。年寄りの店の主人は、そちらにかかり切りなので、健太郎をあやしながら、後ろで待った。

「こりゃあ、ひどいな」

白衣を着た主人が、男の左腕に顔を近づけた。眼鏡の縁を持って、じっくり観察している。

「何かにかぶれたんだね」

「鱗粉《りんぷん》だ」

「え？」

「鱗粉。蛾とか蝶の翅《はね》に付いてるやつ」

「ああ、鱗粉か。なるほど。でもひどいかぶれようだな」

「僕、鱗粉にアレルギーがあるんですよ。いっぺん、皮膚科で調べてもらったから」

「そうなんだ。それじゃあ――」

主人は後ろの棚に向かって、薬を探している。

「ええと――そうだな」

オレはイライラした。また健太郎が泣きだしそうだ。男が振り向いた。お互いに「あれ？」という顔をする。隣の部屋に住んでいる大学生だった。向こうも知らん顔をしたから、オレも黙っていたけど。

男のそばに立っているのは、こいつの彼女だ。よく部屋を訪ねて来ている。二人並んだ後ろ姿を見て、そっとため息をついた。オレと同じ年頃なのに、この男は、大学に通って彼女を作って、よろしくやってる。こっちは、無職の上に、他人の赤ん坊を押し付けられて四苦八苦してるんだ。

ようやく塗り薬を取り出した薬局の主人が、用法を丁寧すぎるくらいに教えている。

「蛾のアレルギーは、抗原性《こうげん》が強いらしいよ」などと、さっきの話を蒸し返すのにまたイラついた。

「そうなんですよ。俺、喘息《ぜんそく》の気があるから、気をつけろって医者に言われてて」

「喘息患者のアレルギーに対する感作率《かんさ》は高いんだよ。命に関わることもあるからね」

「でもさ、鱗粉なんてそうそう触れるもんじゃないでしょ？　命に関わるほどってい
うと、浴びるほどの鱗粉に接触しないと」

どうでもいいことをくだくだと二人でくり返す。

「翔太《しょうた》、もう行こう」

彼女の方が、後ろで待っているオレに気を遣って促した。財布を取り出して、金を
払うのは、女の方だ。かわいそうに。そこまで尽くすことないんだ。こいつはそんな
にされる価値のない奴なんだから――とそれは心の中で呟く。

「でも、それでよくならなかったら、病院に行きなさいよ」

と主人は二人を見送った。

入れ替わりに、オレがガラスケースの前に立つ。主人は、じろじろとオレを見た。
それこそ、頭の先から爪先まで。居心地が悪かった。二十歳そこそこの若造が、生後
五か月の赤ん坊を抱いている図は、さぞかし奇妙に見えるだろうな。

「ミルクと、紙おむつを――」

ガラスケースに手をついた主人は、まだ分厚い眼鏡越しに、オレと健太郎を交互に
見ている。

「あ、これ、姉貴の子供で――」

つい、言い訳が口に出る。

「サイズは？」

「は？」

「おむつのサイズ」

おむつにサイズがあるのか。そんなことも知らなかった。戸惑っていると、赤ん坊の月齢を訊かれた。それは答えられた。紙おむつと、言われてお尻拭きを買う。それからミルクの作り方を教わった。

「あんた、大丈夫かい？」

主人が心配そうに健太郎の顔を覗き込む。健太郎は、一心に指をしゃぶっている。腹が減っているのだろう。

「あ、大丈夫っす。ありがとうございました」

オレはくしゃくしゃになった封筒を取り出して、代金を払った。

「わからないことがあったら、またいつでもおいでよ」

姉の子を預かっているという嘘を信じてくれたのか、薬局の主人は、健太郎の頭を撫でて言った。

部屋に戻って、教えてもらった通り、お湯を沸かしてミルクを作った。慎重にミルク瓶を流水で冷やして温度を調節する。そういうことをしながら、鮎美さんもいい加減な人だと思う。オレがミルクなんか作れるわけないだろう。熱湯のまま、飲ませたりしたらどうするんだ。

布団の上に寝かした健太郎は、また大声で泣きだした。急いで、ミルクを口にふくませる。健太郎は、ものすごい勢いでそれを飲んだ。やっぱり腹が減っていたのか。

ミルクを飲み干すと、健太郎は、盛大な音と共にうんちをした。お尻をきれいに拭いてやり、紙おむつを取り替えるのに、ひどく時間がかかった。へとへとになった。

オレは疲れ果てて眠たくてたまらないのに、健太郎は眠らない。頭が朦朧《もうろう》とするオレの隣で、声を限りに泣き続けた。いったい赤ん坊という種族は、どうやったら満足というものを得るんだろう。何が不満なのか、さっぱりわからない。明け方まで泣き続けて、ようやくコトリと眠った。


朝になって、またミルクを作る。物音に反応して、健太郎が泣き始める。頭の芯がずうんと重い。ミルクを飲ませながら、よく見たら、健太郎の服が黄色いうんちで汚れていた。おむつ替えの手際が悪いから、汚してしまったのだ。ミルクの後で、着替えさせた。鮎美さんが持ってきた荷物をひっくり返したら、底からおもちゃが出てきた。ガラガラと穴の開いたボールみたいなの。これだ、と思って持たせるが、健太郎は投げ出して、また泣く。

もうあやすのを諦めた。どうやっても泣くんだから、無駄なことだと悟った。

汚れたベビー服を、洗濯機に放り込んだ。そこでようやく自分の腹が減っていることに気がついた。泣き喚く怪獣のような健太郎を置いて、よろよろと小さな台所へ行き、買い置きのパンにかじりついた。味のないパンを嚙み砕きながら、鮎美さんの携帯に電話する。呼び出し音は鳴るが、出ない。

いったいどうなってるんだ。だんだん腹が立ってきた。

このまま赤ん坊を置いたまま、外に出かけようか。一日遊んで戻って来て、こいつが死んでたら、オレのせいなのか？　そんな馬鹿なことがあるか。

その時、インターホンが連打された。ああ、助かった。鮎美さんが戻って来たんだ。そうだよな。自分の子供と離れているなんてこと、できるわけないよな。

だが、いそいそとドアを開けたオレの前に立っていたのは、隣の男だった。

「おい、お前、いい加減にしろよな」

低い声で男は言った。翔太って呼ばれてた大学生。オレはぽかんと口を開けて立っていた。

「うるせえんだよ！　一晩中」

それでやっと、こいつが赤ん坊の泣き声に対する苦情を言いに来たのだと理解した。

「あ」

「そいつを黙らせろよ」

それができれば苦労はないよ、と思ったけど、素直に頭を下げた。

「すんません」

「すんませんじゃないだろう！　ちょっとは迷惑考えろよ。こっちは体調が悪いんだよ」

翔太の左腕が一部分、赤く腫れて盛り上がっていた。「体調悪いってそれ？」なんて言ったらますます怒るだろうな。たかがアレルギーくらいでぎゃあぎゃあ騒ぐなよ。お気楽な学生さんのくせに。男の言うことがわかるわけないのに、健太郎は、手足を突っ張らせて、大声を上げた。顔が真っ赤だ。

「もうほんと、どうにかしてくれ。どっかにやれよ」

とうとうオレもぶち切れた。

「なんだよ。黙って聞いてりゃ、言いたいこと言いやがって。こっちはこっちの事情があるんだ」

「うるせえから、うるせえって言ってるんだ。どこが悪い！」

それからは売り言葉に買い言葉だ。お互い頭に血が上って、つかみかからんばかりの言い合いになった。いつの間にか、桑島組の社長に「お前みたいなへなちょこ」と言われたことを思い出し、叩きのめしてやろうかと思ったくらいだ。

そうしなかったのは、健太郎があまりに大きな声で泣いたからだ。相手も気が殺《そ》がれたのか、「いいか。今晩も泣かせたら、承知しないからな！」と捨て台詞《ぜりふ》を吐いて、背を向けた。そのまま、大股で大学の方へ歩き去った。

気持ちの収拾がつかなかった。健太郎にミルクをやる気にもならない。おしめも濡れているだろうが、取り替える元気も湧いてこない。ぼんやりと健太郎を見下ろす。泣くだけ泣いたら、疲れたのか、うつらうつらし始めた。

このままここにいたら、健太郎に危害を加えそうな気がして、そっと外に出た。植え込みを囲むレンガ積みに腰を掛けて、これからどうしようかと考えた。いい考えなんかひとつも浮かんでこない。なんせ、オレは頭が悪いんだ。

空を仰いでため息をついた時、道の向こうから、女の子がやって来た。さっき、怒鳴り込んできた翔太とやらの彼女だ。昨日、一緒に薬局に来ていた子だ。女の子は、オレの前を目を伏せて通った。そして、翔太の部屋のインターホンを控えめに鳴らした。

あいつは留守だから、返事はない。戸惑ったみたいにそこで立ち尽くしている。彼女のくせに、合鍵も持たせてもらえないのか。そりゃあ、そうだよな。あの男には、勝手に部屋に入られたら困ることがあるんだから。さっきのむしゃくしゃした気持ちが蘇ってきた。

「あいつなら、さっき出ていったぜ」

女の子は、はっと振り返った。微笑もうとしたのか、口の端を持ち上げたが、どう見ても泣きかけの顔にしか見えない。ショルダーバッグの紐をしっかりと左手で握りしめている。何かに縋《すが》り付いていないと、不安で仕方がないという仕草だ。

そういう彼女を見ていると、むくむくと意地の悪い気持ちが湧いてきた。

「あんたさあ、度々ここへ来てるけど、あいつと付き合ってんの？」

女の子は、オレの言葉を無視して、ドアの前から立ち去ろうとした。どうしても、オレの前を通らなければならない。

「それ、あんただけがそう思ってるだけじゃないかなあ」足が止まった。「あの男、いい加減な奴だぜ。あんたの他にも、女連れ込んでるんだから」

女の子はゆっくりと顔を上げて、オレの方を見た。はったりなんかじゃない。仕事をやめてから、オレは昼間も部屋にいるから、隣の男の行状はよくわかっているのだ。

「はでーな顔した、化粧の濃い女。髪の毛茶色に染めてクルンクルン巻いてるけど、でも学生だ。あれはたしか――、あ、そうだ！　マリコとか言ってたな」

オレは頭は悪いけど、女の名前はわりと憶えてるんだ。女の子の顔からさあっと血の気が引いた。見ているこっちまで「ヤバッ」と思うくらい。きっと、浮気相手に心当たりがあるんだ。まさか、この子の親友とか？　そんならあいつサイテーだな。彼女の友だちに手を出すなんて。勝手にオレの脳が暴走して、物語を作り上げる。

そうなったらシュラバだ、シュラバ。シュラバってどういう字を書くのか知らないけど。

「うそ」

消え入りそうな声で、女の子はぽつりと言った。オレはムキになる。

「ほんとだって。ここんとこ、しょっちゅう来てる。あんたが来ない時を見計らって来るんだ。堂々と腕組んで来て、何時間も部屋の中に閉じこもってる。やってることは想像つくよ。あの時の声まで派手だもんな」

オレはちょっと脚色をつけた。さっきのお返しをしてやったわけだ。胸がすっとした。この子が、翔太の横っ面を平手で張り倒す図まで浮かんだ。つい口元が緩んだ。

しかし、女の子は、その場にしゃがみ込んでしまった。両手で顔を覆う。オレが意図したよりもダメージが大きかったってことか。到底、恋人を張り倒して、別れを告げるようなキャラじゃないな。

一瞬、ちょっとこの子がかわいそうになった。それほどあの翔太とやらに惚れ込んでるわけ？　恋人を平気で裏切るような女たらしに？

「あのさ、つまり、オレが言いたいのは、あんな男とくっついていたってろくなことにならないってことさ。別れた方がいいって」

オレの言葉が終わる前に、女の子は、ふらりと立ち上がった。泣いているかと思ったが、そうではなかった。真一文字に食いしばった口元。きっと吊り上がった目は、真っすぐ前を見据えている。こういう一途な子が思い詰めると怖いんだよな。

去っていく女の子の後ろ姿を見送りながら、オレは思った。

目を覚ました健太郎が、部屋の中で「ギャーッ」と泣き声を上げた。

鮎美さんには連絡がつかない。途方に暮れた。とうとうオレは、島に帰ることにした。もうお袋に頼るしかない。仕事をやめたことがばれるけど、しょうがない。それほど切羽詰まっていたのだ。

健太郎の着替えの入ったバッグを提げ、抱っこ紐で赤ん坊を抱くという情けない格好でフェリーに乗った。フェリーは先に本島に寄港する。こんな格好で親父を見舞ったら、きっと脳の血管が破裂するだろう。フェリーが故郷の島に針路をとると、周りは島民だけになる。要するにオレの顔を知っている者だらけだ。誰も彼もが（たいていは年寄りだ）、興味津々でオレの周りに集まってくる。耳の遠い年寄りに、オレは何べんも同じ話をしなければならなかった。すなわち、職場の先輩に子守を頼まれたというストーリーを。

「そんな馬鹿なことがあるか。お前の子なんだろ？　そうじゃなけりゃ、お前なんかに大事な子供を押し付けるわけがない」

暗に、お前みたいなボンクラに、と言われている気がした。

家でも最初、お袋に同じことを言われた。うんざりした。が、何とか納得して、健太郎を抱き上げた。さすがベテラン主婦だ。あやし方は堂に入っている。ほっと肩の力が抜けた。とにかく、オレは疲れ果てているんだ。

家の奥から、ばあちゃんがのっそりと出てきた。

「あ、ばあちゃん、ただいま」

お袋の追及から逃れたくて、ばあちゃんの方を向いた。ばあちゃんは、ぼんやりとした表情でこっちを見ている。孫の顔ももうわからなくなっているのか。

「ばあちゃん、久志《ひさし》がさあ、こんな赤ん坊を連れて帰ったの。よその子を預かったんだって。もう、ほんとに呆《あき》れてものが言えないよ」

「ああ……」

あんぐりとばあちゃんの口が開いた。それから、どろんとしていた目に光が差した。それから、つんのめるようにして、お袋に駆け寄ると、健太郎をまじまじと見た。

「ああ、拓馬《たくま》だ！　拓馬、どこ行ってたんだ？」

ばあちゃんは、お袋の手から、奪うように健太郎を抱きとった。お袋もオレも一瞬で固まった。お袋は、されるがままに健太郎を離した。

ばあちゃんは、頰ずりをしたり、ちっちゃな手を自分の手でくるみ込んだりしている。皺だらけの顔は、満面の笑みだ。オレはそっとお袋を盗み見た。お袋は、「タク、タク」と言って健太郎をあやすばあちゃんを、突っ立ったまま、燃えるような目つきで見つめている。

オレは、今は二人兄弟だけど、本当は兄がいた。拓馬という名前だった。だから戸籍上は、オレは次男で、弟の智則は三男てことになる。拓馬は、よちよち歩きの時、海に落ちて溺れて死んだ。そういう事情だから、お袋にとっては忘れたつもりの辛い記憶を、今掘り返されている気分だろう。

「ばあちゃん、違うって。そいつは健太郎っていうんだ」

オレの言葉は、ばあちゃんには届かない。健太郎はきょとんとして皺くちゃばあさんを見上げていたが、驚いたことに、にっこりと微笑んだ。

「ほうか、ほうか。タクは嬉しいんか」

「ばあちゃん！」

無理やり健太郎を抱きとろうとすると、きっと睨み返してきた。

「何するんだ！　これはうちの孫だ。あんた、誰だ？」

本当の孫に向かって怒鳴ってくる。もうお手上げだ。お袋は、ぷいと裏口から外に出ていってしまった。オレはため息をついた。

お袋とばあちゃんは、仲があまりよくない。お袋は街の人間で、島に嫁に来るのを嫌がったのだ。実際親父を説得して、結婚当初は島外で暮らしたこともあったようだ。でも生活が成り立たず、しぶしぶ島に移り住むことになったということだ。そういうことだから、ばあちゃんは、お袋のことが気に入らなかった。

「それ見たことか。これだから、街育ちの娘を嫁にもらうと苦労するよ」とかなんとか、ひどくお袋を罵ったらしい。

気の強いお袋は、島で暮らすと決めたら、意地でもこっちに馴染もうとだいぶ無理をしたみたいだ。半農半漁で稼がないとやっていけないと言われ、親父と漁船にも乗らされた。ばあちゃんに生まれた子を預けて。誰もがそうやって暮らしてきたんだと言い含められたんだ。でもその時、拓馬は海に落ちた。ばあちゃんと留守番をしている時に。

そんなことがあったから、嫁姑の間はこじれにこじれた。お袋は、もう決して漁船には乗らなかった。オレが生まれた時は、絶対にばあちゃんに触らせなかった。いつもお袋に、ひしと抱き留められているみたいに、オレは育った。神経質なほど、自分のそばから離さなかった。それはよく憶えている。いつもあの一人がいがみ合っていたことも。

そのうち智則が生まれて、お袋の気持ちも凪《な》いできた。ようやくオレは自由に遊びに行けるようになった。ばあちゃんも年をとって、角が取れてきたのか、あんまり厳しいことは言わなくなった。でも長い間二人の中には、冷たい小さなしこりがあった。普段は島のどこにでもいる嫁姑だけど、ちょっとしたことで、ピンととんがった棘をお互いに向けることもあった。

そして、ばあちゃんはボケてしまった。

「おお、腹がすいたか。タク、ばあちゃんとあっちに行くか？」

奥の部屋に引っ込んでいくばあちゃんに健太郎を預けたまま、ぼんやりしていると、智則が帰ってきた。智則は、本島の中学校にフェリーで通っている。

「あれ？　兄ちゃん、どうした？　また仕事、やめたんか」

オレは唸り声を返した。

でも島に帰って来たのは正解だった。お袋は、口ではぶつぶつ言いながらも、幼い子がいる生活を楽しんでいるようだ。ばあちゃんと健太郎の取り合いをしている。ばあちゃんにとっては、健太郎ではなく、あくまで拓馬なんだけど。

自分の不注意で死なせてしまった孫が生き返ったとでも思っているのか。ボケるって一種の救いだと思う。かいがいしく拓馬の世話をする。お袋がミルクをやったり、風呂に入れたり、寝かしつけたりしてくれる。オレは、ようやく怪獣みたいな赤ん坊の世話から解放されたってことだ。

女はエライ、とつくづく思った。こんなやっかいな生き物を生み出したうえに、せっせと面倒をみてやるんだから。鮎美さんが、桑島組で一番ひよっこのオレをかばってくれていたのは、そういう母性みたいなものを発揮していたのかもしれない。気持ちに余裕ができたせいか、鮎美さんが無事にパートナーを連れて戻って来られるといいな、と思ったりもした。健太郎を押し付けられた時は、パニクって、彼女を恨んだりもしたけど、数日くらい赤ん坊を預かるのも、恩返しだなどと思うようにもなった。

お袋が健太郎の世話に明け暮れている間、智則がミカン山の手入れを引き受けた。摘果《てきか》をしたり、下草を刈ったり、手際よくこなす。オレもついて行くけど、何の役にもたたない。

「お前、いつの間に山仕事、憶えたんだ？」

「父ちゃんについて来てたら、自然に憶えた」

「こんなこと、楽しいか？」

「さあな、楽しいかどうかなんて考えたことないよ。ミカン、枯らすわけにはいかんもんな」

山の斜面に腰を下ろして、海を見る。沖をフェリーがゆっくり通り過ぎる。航跡が残り、やがて消えていった。四トンほどの小さな漁船もあちこちにのんびりと浮かんでいる。島にいる時は、見慣れた退屈な景色だった。この島のつまらなさを強調しているような風景。でも、今はいつまででも見ていられた。

「父ちゃん、新しい苗木を植えたんだ。紅《べに》まどんな。手はかかるけど、これがうまく育ってくれたら、温州ミカンよりずっといい値で売れるんだと」

「そうか」

「そしたら、新しい漁船を買って、俺、漁に出る」

「バカ、お前はちゃんと高校へ行けよ。勉強できるんだから。いい大学にも受かるだろ？　こんなチンケな島でちんまりとまとまるな」

「何だよ。立派な兄貴みたいなこと言って」

智則は、キヒヒッと笑った。

ばあちゃんは、健太郎を自分のシルバーカーの荷物入れにすっぽりと座らせて、あちこち散歩する。健太郎は、このヘンテコな乗り物がお気に入りだ。どんなに泣いていても、ばあちゃんがシルバーカーに座らせると、ニコニコ笑う。

「さあ、タク、行くぞ」

ばあちゃんは、足腰はしっかりしているけど、なんせボケてるから、一人では行かせられない。オレは暇だし、ばあちゃんの後ろをついて歩く。心配なのか、お袋までついて来る。お袋によると、赤ん坊をすっかり拓馬だと信じ込んでいるばあちゃんは、拓馬にしてやったのと同じことをしているという。前髪をゴムでくくって、ちょんと一本立たせている。道端に咲く花を手折ってきては持たせてやる。島には野良猫も多いが、抱いてきて健太郎に触らせてやる。

健太郎は、おっかなびっくり、何でもされるがままだ。

「あれー、ツルさん。その子は誰の子かね？　まあ、まるまると太って」

島の住人にそう問われると、ばあちゃんは迷うことなくこう答える。

「茂夫《しげお》の子に決まっとろうが。拓馬ちゅうんじゃ。可愛らしいやろう」

それを聞くと、相手は顔にたたえていた笑みをすっと引っ込める。そして、後ろからついてきている母ちゃんとオレに、すまなそうに一つ頷き、去っていく。お袋は、そういうことがあるたびに、辛そうに顔を歪める。

オレは、死んだ兄貴のことなんか、普段は全然考えない。一歳になるかならないかで死んでしまった赤ん坊なんて、初めからいなかったも同然だくらいにしか思っていなかった。でも、こうして初孫だと喜んで連れ歩くばあちゃんや、子を亡くしたことを思い出して複雑な思いにとらわれているお袋を見ていると、拓馬って子は確かにこの世に存在したんだなあ、と思えた。

ほんのちょっとだけ、この世界に触れた拓馬は、どんなことを感じたんだろう。潮風に吹かれたり、波の音を聞いたり、花を摘まんだり、猫の毛を撫でたりした時に。

もしかしたら、お袋も同じことを考えて辛がっているのかもしれない。お袋には、ついてくることないと伝えた。オレがちゃんとばあちゃんのすることは見ているからと。でも、お袋は、頑なに首を振る。憑かれたように、ばあちゃんと健太郎の後をついて歩く。そして、突き刺さるような視線で、ばあちゃんが健太郎にしてやることを見ている。

お袋まで、健太郎が拓馬に見えているんじゃないかと、オレは心配になった。健太郎は、そんな大人の事情なんかおかまいなしだ。シルバーカーに乗せられて、キャッキャと喜んでいる。

おい、お前だってそんなお気楽な身分じゃないんだぞ。お前の母ちゃんが戻って来なかったらどうするんだ？　と心の中で呟く。だがまあ、健太郎がばあちゃんに懐いていることは確かだ。オレは楽でいい。マンションの一室で、隣人に文句を言われながら赤ん坊の面倒をみていたことを考えると、天と地だ。

えらくテンションの高い赤ん坊と、そのお守りをする老婆。そしてだらだらと後ろをついて歩くオレと険しい表情のお袋。奇妙な行進は続く。ばあちゃんは、健太郎にだけしか話しかけない。多分、後ろからついて来ているオレたちのことは見えていないのだ。コウコツの表情で、自分の世界に浸りきっている。コウコツってどんな字を書くのか知らないけど。

小さな島で、もう歩くところがないというほど歩き回った。島の東側は、細長く海に突き出した地形になっている。そこで堤防も途切れる。その先はミカン畑もないし、誰も行かないのだ。唐突に道が終わり、低い堤防も崩れかけている。その下は海だ。波が打ちつけている。

「あ！」とばあちゃんが小さく叫んだ。

もう引き返すもんだと思って、踵《きびす》を返しかけていたオレは、足を止めた。

「ちょっと待ってろ、タク。ここを動くんじゃないぞ」

ばあちゃんは、シルバーカーに乗ったままの健太郎に言い含めた。そうしておいて、ひょいと道から岩場に下りた。腰の曲がりかけたばあちゃんの意表を突いた動きに、こっちの方が「あ！」と思った。ばあちゃんは、果敢に波を避《よ》けながら岩場を渡って行き、道のつながっていない山に両手をついて登っていった。

斜面に生えた一本の木の根っこを、手で掘り起こしている。あまりのことに、オレは呆気にとられてしまった。よく見たら、太い木に巻き付いてる蔓性植物の根っこを掘り起こそうとしているのだった。ばあちゃんは、ズルズルと植物の根っこを土の中から引っ張り出した。いったいどこにそんな力があったのか。ばあちゃんは、泥だらけの手で訳のわからない根っこをつかんで、意気揚々と引き上げて来た。ほったらかされた健太郎が、身を乗り出して危ないので、オレは仕方なく赤ん坊を抱き上げた。

ばあちゃんは、崩れた堤防に足を掛けて、道によじ登って来た。

「ほうれ、タク。野ブドウの根っこだ。これで――」

そこまで言って、空っぽのシルバーカーに気がついた。みるみるうちに顔が青ざめる。

「タク！　タク！」せっかく採ってきた根っこを海に放り出して、シルバーカーに駆け寄った。シルバーカーが空っぽなのを見ると、ガクガク震え出した。震えながらも堤防の上に腹這いになって海の中を血眼になって覗き込んだ。

「タクー‼」

その時、ようやくオレはお袋に目をやった。お袋は、その場でしゃがみ込んで、唇をわななかせている。泣いているんだ。いったい何が起こっているのか、俺にはさっぱりわからなかった。

「ばあちゃん、健太郎なら、ここにいるって」

海に落ちるんじゃないかと思うくらい、海に向かって身を乗り出しているばあちゃんの足を片手で押さえながら、大声を出すが、まったくこっちには耳を貸さない。ばあちゃんは、堤防の上でわんわん泣き出した。我に返ったお袋が寄ってきて、ばあちゃんを引きずり下ろした。ばあちゃんは、顔をくしゃくしゃにして堤防に寄りかかり、子供みたいに天を仰いで泣いていた。

「タクが死んでしもうた。タクが——」

「何なんだよ！　何のこと言ってるのか、オレにはさっぱり——」

「ばあちゃん、もうええよ。もう泣かんでええよ」

お袋は、割烹着の裾でばあちゃんの涙を拭いてやっている。しばらくすると、ばあちゃんは、ひっくひっくとしゃくりあげながら、堤防に寄っかかったまま、眠りだした。お袋は、ばあちゃんの手を取って、さすってやっていた。

「あん時もな、ばあちゃんの爪、土で真っ黒やった」

変な根っこを掘り出すために奮闘したばあちゃんの爪の中に、土が詰まって汚れていた。

「あん時って？」

「拓馬が海に落ちた時」

「え？」

「拓馬はな、ここで海に落ちて溺れたの」

オレは首を回して海を見た。抱いた健太郎が、オレの頬をペシッと叩いて笑った。

「ばあちゃん、あの時、タクをここに一人残して野ブドウの根を採りに行ったんやねえ」

「野ブドウの根？」さっき、ばあちゃんが得意げに手にしていた泥だらけの蔓の根っこを思い浮かべた。「そんなもん、何に使うんだ？」

「野ブドウの根をすり下ろして、飯糊《いいのり》を加えて紙の上で伸ばして、腫物ができたとこに貼り付ける。それを何べんか交換してやったら腫物の芯が抜けるんだ」お袋は、顔を歪めて笑った。「こんな辺鄙《へんぴ》な島じゃあ、そんな民間療法が幅を利かせてた。年寄りは、一途にそういうもんを信じてたの」

何とも答えられなかった。しばらくオレとお袋は、波の音を聞いていた。

「あの時、拓馬の脇腹に、大きな腫物が出来とったの」

「腫物が――？」

「ばあちゃん、ここで野ブドウの根を見つけたんじゃね。それで、拓馬の腫物を治してやりたい一心で――」

拓馬をほんのちょっとだけ一人にした。よちよち歩きの赤ん坊を。そして悲劇は起きた。

「あの時、ばあちゃん、一言もそんなこと言わなかったもんねえ。目を離したワシが悪いんだと、それればっかり――」

お袋は、鼾《いびき》をかきだしたばあちゃんの頬を撫でた。汚れた頬に涙の筋がついていた。

「あんまり素っ気なく頑固にそう言い張るもんだから、あたしは――」沖をいく船が、汽笛を鳴らした。「あたしは、ばあちゃんが拓馬を海に投げて殺したんじゃないかと思ってた。あたしが憎いあまりに」

でもそんなこと、ばあちゃんがするわけがないんだ。この二、三日でよくわかった。どれだけばあちゃんが初孫の拓馬を大事にしていたか。愛していたか。ばあちゃんとお袋は、健太郎という赤ん坊に依《よ》って、二十数年前を追体験していたのだ。健太郎が、オレの腕の中でのけ反り、ケラケラと笑った。拓馬もこんなぷくぷく肥えた、愛らしい子だったろうか。生きていたら、この島で親父とミカンを作っていたかもしれないな、とオレは思った。

鮎美さんから電話がかかってきた。

「ごめんねー！　長瀬君、ちょっと手間取っちゃって、連絡もしないで。健ちゃんは元気にしてるー？どこにいるの？　あたし、今長瀬君の部屋の前にいるんだけど」

オレは、島の実家に帰っていること、急いで帰るにしても、三時間はかかることを伝えた。鮎美さんは、オレの実家にまで迷惑をかけたことを詫び、それなら、一回家に帰ってから荷物を置いてくると言った。パートナーを首尾よく連れ戻せたかどうかは言わなかった。オレも怖くて訊けなかった。

大急ぎで荷物をまとめて、お袋に健太郎の母親が帰って来たことを告げた。お袋は、健太郎を抱きしめて頬ずりをした。

「健ちゃん、うちに来てくれてありがとう。元気で大きくなりなさいよ。病気や怪我をせずにな」

ばあちゃんは昼寝をしていた。お袋は、今のうちに早く連れて行けと言う。拓馬と過ごすいい夢を見たと思うだろうと。そうすんなり行けばいいけど。きっとばあちゃんは、赤ん坊がいなくなったと知ったら、混乱して泣くだろう。シルバーカーを押して、島中探し回るかもしれない。そう思うと、心が痛んだ。

でも母親が戻って来たのだ。健太郎も喜ぶだろう。

オレはまたフェリーに乗った。オレの島が遠ざかる。ミカンと漁業のチンケな島。拓馬が生まれた島。いっぺんも会ったことのないオレの兄貴。

港からはタクシーに乗った。城山の下のマンションに帰り着いた時は、日が暮れかかっていた。鮎美さんが部屋の前で待っていた。なぜか、隣の男のところに来る彼女が一緒に立っている。

「健ちゃーん！」

鮎美さんは、オレの腕から健太郎を奪い取る。健太郎は、母親の顔がわかるのか、満面の笑みを浮かべて奇声を上げた。オレは鍵を取り出して、部屋を開けた。そうしながらも背後に立っている女の子が気になって仕方がなかった。数日間閉め切っていたので、部屋の中は淀んだ熱い空気が充満していた。部屋中の窓（といっても二つしかないけど）を開け放った。

鮎美さんが、どかどかと上がり込んで来る。振り返って、女の子に「ほら、あんたも上がりなさい」と促す。一応、ここの主はオレなんだけどな、と思うが、口には出さない。

「さっき、ここで長瀬君を待ってた時さ――」遠慮なく部屋の真ん中へどかっと座り込みながら、鮎美さんが説明する。「お隣でどたんばたんって物音がしてさ、この子が部屋を飛び出して来たの。そしたら、男が後ろからこの子の髪の毛を引っつかんで部屋へ連れ戻そうとするじゃない」

玄関フロアに立ったままの女の子は、うなだれたままだ。そうすると鮎美さんは、本物のシュラバに出くわしたわけだ。この間、オレが耳に入れたことを、彼女が問い質したのかもしれない。その後の展開は、聞かなくてもわかる気がした。

「ちょっと、あんた、何してんのって隣の部屋へ乗り込んだわよ、あたし」

女の子を引きずり倒して殴りかかろうとしていた男は、怯んだ。そりゃあそうだよな。八十キロはあろうかという迫力ある体躯《たいく》と、恐れを知らぬあの啖呵《たんか》だ。

「あんた、今女を殴ろうとしてるわね。上等じゃん。殴ってみなよ。その代り、その手が落ちてくる前に、あんたが偉そうに股間にぶら下げているもんを蹴り上げてやるからね」

「――って言ったんですか？」

なんか、オレの股間がぎゅうっと縮まる気がした。

鮎美さんは、悦に入ったように大きく頷いた。男は、鮎美さんを押しのけて、ぷいとどこかに行ってしまったらしい。

「長瀬君が帰って来るまでに、彼女から聞いたんだけどさ、あの男、度々この子に暴力をふるっていたらしいわよ。サイテーだね」

だから言ったろ？　というふうに女の子を見返した。時々、隣から物音が響いてきたけど、あれは男が自分の彼女を殴る音だったのか。なんだって、この子はそんな暴力男にくっついているんだろう。紙のように真っ白な顔をした女の子は、目を伏せて考え込んでいる。

「まあ、そんなとこに突っ立ってないで、上がりなって」

鮎美さんが強く言うので、女の子は靴を脱いだ。

それからふらふらした足取りでやって来て、鮎美さんの前に座った。

「あー、健ちゃんと離れている間、おっぱいが張って張って――」

鮎美さんは、プリンと巨大なおっぱいを片っぽ取り出すと、健太郎にふくませた。

健太郎も喜んで吸い付く。ぎゅうぎゅうごくごくと飲み下す音が聞こえるようだった。

鮎美さんのおっぱいには、青い血管が浮いて見える。子供の命をつなぐお乳を出す器官だ。女の人のおっぱいを見ているのに、いやらしさは微塵もなく、神々しいものを見ている気がした。

オレと名前も知らない女の子は、鮎美さんの前に正座して、その光景に瞬きもせず見入っていた。

「あ、それはそうと、旦那さん、見つかったんですか？」

鮎美さんが、上目遣いにぎろりとこっちを見た。

「見つかった」

「へえ、よかったっすね」なぜか汗が出た。

「妻子のとこに戻ってた」

「サイシ？」

「あいつには、もう奥さんと子供がいたの」

「へえ。え？」

「ただ単身赴任でこっちへ来てただけだった。あいつ、そんなこと、一言も言わなかったわよ。そのうち籍は入れるから、もうちょっと待ってくれとか何とか言うだけで」

「それでどうしたんですか？」

「どうもこうもないわよ。家に乗り込んでさ、その女とあたしとどっちを取るのって

「──」

　盛大なシュラバを経験してきたのは、鮎美さんの方だった。

　男は、鮎美さんに土下座して謝ったそうだ。俺と別れてくれって。家庭が大事だからって。勝手な言い分だ。鮎美さんとの間に子供まで作っておいて。

「そん時、あたしの憑き物も落ちたね」

　鮎美さんは、もう片方のおっぱいを出して、健太郎をそっちに吸い付かせた。

「こんな男に惚れてたあたしが馬鹿だって。だからさ、とにかく健太郎を認知させて、養育費を払うよう、話をつけてきた」

　もう、尊敬の念しか浮かばなかった。ちらりと隣を見ると、女の子も感じ入っている様子だった。無心でぐいぐい乳に吸い付く赤ん坊を凝視している。

「それじゃあ、鮎美さんは、健太郎と二人家族になっちゃったわけですね」

　言ってすぐに後悔した。でも鮎美さんは、あっけらかんとしていた。

「家族なんてね、増やそうと思ったら、自分で産めばいいの。女の強みはそこよ。男なんかにしがみつくことないって」

　鮎美さんは、ガハハと豪快に笑った。

「長瀬君、どう？　お父さんにしてあげようか？」という問いには「いや、遠慮しときます」と答えた。びびったオレの顔を見て、また鮎美さんは笑った。

女の子は、そんな鮎美さんを黙って見つめた挙句、さっと立ち上がった。さっきまでの不安でたよりなさげな感じはもうなかった。

「お邪魔しました。もう帰ります」

と深々と頭を下げた。ちょっとだけ明るい兆しも見えた。ちょっとだけだけど。

この子も憑き物が落ちたのかもしれない。

それから一時間ほどして、鮎美さんも腰を上げた。

「ねえ、長瀬君、ほんとにありがとう。あんた、いい人だわ。桑島組に戻っておいでよ。社長には、あたしがうまくとりなしてあげるから」

靴を履きながら、鮎美さんが言った。健太郎は、鮎美さんの腕の中でぐっすりと眠っていた。安心しきった顔だった。

オレは丁寧にお礼を言って、鮎美さんの申し出を断った。

「オレ、島へ帰ろうかと思うんすよ。親父も体の具合がよくないから」

「ほんとにあんたはいい人だね」

健太郎を抱いた鮎美さんが、闇の中に消えていくのを、部屋の前で見送った。

あのチンケな島でちんまりとまとまるのも、悪くないかもしれない。

親父が退院してきたと、お袋から連絡がきた。オレはいよいよ島へ帰る準備を始めた。スーパーでもらってきた段ボール箱に、せっせと荷物を詰めた。引っ越し業者に頼むのはもったいないから、うちから軽トラックに乗ってきて、それで運ぶつもりだ。親父もお袋も、オレの決心をまだ疑っている。智則だけが、「兄ちゃん、また釣りに行こうや！」と喜んだ。

そんな忙しい日々を送っている時、事件が起きた。

隣の男が死んだのだ。昼頃訪ねて来たサークルの仲間が見つけたらしい。あいつは、部屋の中でこと切れていた。顔が赤くかぶれて腫れあがり、喉を掻きむしった痕があったそうだ。極度のアレルギー反応による窒息死だという。あの男は、鱗粉にひどいアレルギーがあったということは、薬局の主人が警察に証言したみたいだ。家の中で死んでいたから、一応不審死ってことで、オレのところにも聞き込みに来たけど、別に何も話すことはなかった。

しかし、死に至らしめるほどの鱗粉ってどれほどのもんなんだろう。警察もその点に引っ掛かりを覚えているみたいなことを言っていた。蛾か蝶か知らないけど、奴の体は鱗粉だらけだったって。文字通り、浴びるほどの鱗粉があいつに降りかかったようだ。喉の奥には、一匹の大きな白い蛾が詰まっていたと聞いて、一瞬背中に冷たいものを感じた。

「そんな大量の蛾を見たことがありますか？　このへんで」

と警官は間の抜けたことを訊いた。もちろん、オレは首を振った。

もう明日は島に帰るって日、鮎美さんが晩ご飯をおごってくれた。ファミリーレストランだったけど、嬉しかった。健太郎を抱かせてもらった。もう泣かなかった。

「ほれ、長瀬君に懐いちゃってるよ。お世話になったもんねー」

パートナーに逃げられても、鮎美さんは意気軒高だった。健太郎を連れて島に遊びに来てください、と言うと、きっと行くよと答えた。ファミレスの前で、鮎美さんと別れた。

一人で歩いてマンションまで帰った。城山は、黒々と大きな塊になって、しんと静まり返っていた。もう当分、城山を見ることもないな、と、山を見上げる。中腹あたりが、ぽっと明るんで見えた。よく見ると、一本の木に白い花が満開になっているのだ。あれ、何の花だろう、あんなところに一本だけ、と思って目を凝らした。結構大きな花弁だ。白のハナミズキか、ハクモクレンか――。

その時、風が吹いた。白い花がいっせいにふわっと宙に浮いた。全部が枝から離れたのだ。それから、風に流されるみたいにザアーッと空に舞い上がった。

花じゃない。蛾だった。夥《おびただ》しい数の白い大きな蛾が、飛び立ったのだ。

隣の部屋の男を襲ったのは、この蛾の大群なんだなと思った。でも、一本の筋になって夜の空を飛んでいく蛾はきれいだった。オレは立ち止まって見とれてしまった。

蛾は、城山の暗闇に吸い込まれるように消えていった。

あの蛾の群れは、どうして隣の男の部屋に入ってきたのだろう。一階なのに、窓を開けっ放しにしていたのか。窓を閉め忘れることは誰でもある。でも、なぜ網戸まで開けていたんだろう。

前の日、あの女の子が夜遅くに訪ねて来ていたのを、オレは知っている。どういうやり取りがあったのかは知らないが、深夜にあの子は帰っていった。もうあの時間、男は寝ていたのかもしれない。あの子が網戸を開けたままにして去ったのか。蛾を呼び入れるために？　まさか。

もうそれ以上、考えるのはやめた。なんせ、オレは頭が悪いんだ。

夜のトロイ

雨の匂いがした。私はその匂いを胸いっぱいに吸い込んで、空を見上げた。空は陰鬱な灰色で、雨の気配を含んだ重たげな雲は天守閣にのしかかるように低い。私はちょっと身じろぎをした挙句、小さなため息をついた。

来るんじゃなかった——もう何度目かになる後悔の言葉を心の中で呟く。

「雨かしらね」私の心情を汲んだように、隣に座った内村昌美《うちむらまさみ》がぼそっと言った。

「全員描き終えるまで降らずにおいてくれるといいわね」

「そうね」

私はもう帰りたくてそわそわした。

「ちょっと子供たちの様子を見回って来ましょう」

昌美が立つので、仕方なく私もテント屋根の下から出た。昌美は特に急ぐふうもなく、ぶらぶらと山頂広場の中を行く。古い着物をほどいて仕立てた長めのチュニックの下から黒いスパッツが見えている。足下は刺繡入りの中国靴だ。それでペタペタと歩いていく。彼女は学生時代から個性的なファッションを好んで着ていた。今もそれは変わらないようだ。

私は久々に会った友人と並んで天守閣の方へ歩いた。昌美と私は東京の美術大学で同級だった。卒業後は別々の道に進んだが、連絡はとりあっていた。たまには会ったりもした。ずっと独身だった昌美は三年ほど前に急に結婚した。三十九歳の時だ。夫の住まいは四国だったのに、遠距離恋愛をしていたふうもなく、突然「結婚するから」と言ってさっさと四国へ行ってしまった。そういうところは彼女らしいといえばいえたが。

この街で昌美は子供たちに絵を教えて暮らしている。学生時代から油絵も描き続けていて、たまに個展なども開いているようだ。私の方は高校の美術教師をやっている。若い時に一度同僚と結婚したが、すぐに離婚した。子供はいない。

「どう？　懐かしい？」

昌美が問いかけてくる。それには曖昧な笑みを返した。

私は高校時代の三年間だけをこの街で過ごしたのだ。だから昌美が結婚していった先の住所を聞いて驚いた。全くの偶然だ。高校を卒業して以来、一度も足を踏み入れたことのない土地に、無二の親友が住むことになるとは思わなかった。

昌美の方も私の話にびっくりしたようだ。たまたま四国の別の県で美術科の研究会があると連絡すると「それならこっちまで足を伸ばしなさいよ。ちょうど児童写生大会があって審査員をやるからあんたも手伝って」と言われた。昔同様、うむを言わせぬ口調だ。私は苦笑いし、それを了承したのだった。

夕べ遅くにこの街に着いた時には確かに懐かしい思いがした。だから今朝は早めにホテルを出て、わざわざ歩いてここまで登ってきたのだ。私が通った女子高の古めかしい校門の前を通った。門構えは少しも変わっていなかった。

日曜日だから生徒たちはいないだろう。なのに、笑いさんざめく女子学生たちの幻の声が、私の上に降りかかる。遠く近くなるその声に、私はつい耳を澄ましてしまう。無邪気で晴れやかなはずの笑いの中に、忌まわしい気配が混じっている。校門を入って校舎に至るまでの坂道を登ってみようかと思ってやめた。ロープウェイもリフトも無視して東雲口登山道へ向かった。とっかかりは東雲神社の入り口を兼ねた長い石段になっている。

高校時代、何度かこの石段を友人と一緒に行き来したことを思い出した。私の高校時代の友人は、城山を散策するのが好きだった。私以外のクラスメイトには心を開かず、ただここの森の中を歩いていた。ごくたまに私もそれに付き合った。

私たちは、競うようにここを駆け上がったものだ。たいてい私が勝った。最後の十数段では、必ず足を緩めてしまうのだ。彼女は何でもすぐに諦める。ものごとに固執しない淡白な子だった。だんだん薄れていく自分を楽しんでいるような風情があった。壊れやすい磁器のような少女だった。今よりずっと陽気で能天気だった私は、よくあの子をからかったものだ。あんな別れ方をしてしまうとは思わずに。

朝はまだ薄曇り程度だった。五月の城山は、燃え立つような凄まじい緑に包まれていた。樹木に覆われた隧道《ずいどう》に沿って涼しい風が流れ、どこかで満開になっている花蜜の甘い匂いを運んでくる。頭上では、ツブラジイの黄色い穂状花序《すいじょうかじょ》が揺れていた。緑の色や花の匂いは、雨が近いせいでより濃密に感じられた。

ロープウェイの終点駅のある長者ケ平《ちょうじゃがなる》まで登った。空はまだ保《も》ちそうだとその時は思った。扇勾配と呼ばれる美しいカーブを描く太鼓櫓《たいこやぐら》の石垣を見上げながら、石垣と石塁の隘路《あいろ》を経て戸無門《となし》と筒井門をくぐったのだった。

坂道の途中で立ち止まり、街の風景を眺めた。二十五年前はせいぜい十階くらいのビルしかなかったけれど、今は二十階建てのマンションが市街地の中にいくつか建っていた。少し向こうのデパートの屋上には、大きな観覧車までできていた。昨夜はあれが色とりどりのネオンサインで輝いていた。昔は街のどこからでも天守閣が見えたけれど、今はビルが視界をさえぎって、見え隠れする程度になってしまっているのかもしれない。でも小さな路面電車はあの時のまま、のろのろと動いていた。

そんな景色をいつまでもぐずぐずと見下ろした挙句、また登山道をたどり始めた。

城郭に近づくにつれ、私の呼吸は荒くなった。坂道のせいではない。私はこの城が怖かったのだ——忘れていた感情がじわりと滲み出てきた。昼間はまだいい。夜にライトアップされて宙に浮かぶように白壁がぽっと緑に明るむ様が——。やはり来るべきではなかった。私はこの街から遠ざかっているべきだった、と明確に思ったのはその時だ。昼を過ぎて空が暗くなるにつれ、夜に近づくようで怖かった。初夏の陽気なのに寒気がした。

山頂広場では大勢の小学生が画用紙を広げ、熱心に写生していた。午後二時を回った今の時間には、たいてい皆仕上げの段階に入っていた。昌美と私は天守閣を囲むようにして絵を描いている子らを見て歩いた。子供たちが熱心に描いた絵を見ていると、しだいに心が落ち着いてきた。

小学校の低学年から高学年までの子供たちは、思い思いの場所に陣取り、絵筆をふるっていた。昌美は、「お、いいねえ」とか「なかなかのもんじゃん」と子供たちに声を掛け、遊んでいる子には、「こら、もうちょっと真面目にやれ」とおどけて叱った。私もそれに倣って、子供たちと言葉を交わした。純粋な子らが描く絵は個性的で力に満ちていた。そのうち、私の背筋もしゃんと伸びてきた。おかしな幻想に囚われようとしていた自分を振り払って、昌美の後を追った。

たいていの子供たちは、大手と呼ばれる正面から見た城の姿を描いていた。だから、城の裏側である搦手《からめて》の方に回ると、子供の姿はちらほらとしか見られなかった。

私は、搦手からの城の姿を見上げた。天守閣に近すぎて全容を見ることは出来ないが、白い土塀や連立式天守の屋根屋根が重なっている様などが、なかなか面白くて、私ならこのアングルで描くのになあ、などと思いながら歩いた。

乾門の近くで、一人の女の子が画板の上に覆いかぶさるようにして描いていた。ここからだとどんなふうに見えるのだろうと、城の方をちらちら見ながら、私はその子に歩み寄った。小学三年生くらいのその子は、私が近寄ったのも気づかないほど、熱心に絵筆を動かしていた。

その子の絵は、三年生とは思えないくらいうまかった。まず構図の取り方が秀でていた。美しい石垣の上に建つ北隅櫓《きたすみやぐら》と、その向こうの三層の天守閣を下から見上げた様子がうまく出ていた。天守閣も、空を斜めに切り取るように描かれていて躍動感があった。一、二層の三角の千鳥破風《はふ》の意匠も映えていた。

私がじっとその絵を眺めていると、ふと気配を感じたらしいその子が上を向いた。私をちらりと見上げはしたが、すぐに絵の方に視線を戻した。この子の絵が上手なので、こうして通りがかりの大人がよく見ていくのかもしれない。私は、その子の絵が仕上がるのをずっと見ていたいような気にとらわれたが、それはさすがにこの子の気が散るだろうと思い直した。

紫竹《しちく》門の下で待っている昌美の方へ戻る。

「あの子、うまいでしょ？」

また並んで審査員席の方へ向かいながら昌美が話しかけてきた。

「本当に。たいしたもんだわ。力強いタッチだし、色彩感覚もいい」

「よく見て描いているわ。観察力が鋭いのよ、あの子。描く前にね、まず見て、とらえること——ものごとの本質をね。あの子はそれにすぐれてる」

「あなたが絵を教えているの？」

私の問いかけに昌美は首を振った。

「あの子の絵の才能は生まれもってのものでしょうね。この辺りの写生大会や絵画コンクールでいつも上位の賞をさらっていくの」

テントの中に戻ると、私たちは談笑している他の審査員とは少し離れたところに座った。私はそっと額の汗を拭った。

「あの女の子はね、世が世ならお姫様なのよ」

昌美の言葉の意味がわからず、私は首を傾げた。

「あの子、名前は蒲生麻耶《まや》っていう名前なんだけど、この城の最後の城主の末裔なのよ」

廃藩置県の後も、県の要職にあった名士の血筋であるという。今も城山の麓、正面に建てられた立派な洋館に住んでいるらしい。大正時代に蒲生家の別邸として建てられたその洋館は、登録有形文化財に指定されているのだと、昌美は言った。

そういえば、この地を治めた家系のことを高校に通っている時、先生に教わった気がする。歴史か地理の授業の時に。でもこの街を離れて久しい私の記憶は曖昧だ。

「絵の才能は父親ゆずりね。あの子の父親は私たちと同じ美大出身の洋画家よ」

昌美は一人の洋画家の名前を口にした。蒲生慶介という名には覚えがあった。確か昌美と師事していた教授が同じだった。在学中から才能は注目されていたが、特に印象に残っているのは、須永喜三郎画伯の弟子になることを許されたという噂を聞いたせいだ。

昌美に誘われて彼の絵を見に行ったこともある。かなり前の話だ。東京のどこかの画廊で彼が展覧会を開いた時だったか。昌美が蒲生と言葉を交わしていたのをそばで聞いていたのだった。どんなことを話していたかしら。そうだ。昌美は彼の画風ががらりと変わったと言っていた。そう指摘されて蒲生は寂しげに笑っていた。

彼がこの街の出身だとは知らなかった。蒲生という変わった名前と城山の麓の洋館も結びつかなかった。もっと彼と話しておけばよかった。もうそれも今となってはかなわない。

「でもその人は――」

「そう。自動車事故で亡くなったわね。奥さんと一緒に。蒲生麻耶は車に乗り合わせていなかったので助かった。そして祖母である蒲生君枝に引き取られた。まだ四歳の時だったそうよ」

「へえ。じゃあ、あの大きな家におばあ様と二人で住んでいるわけ？」

私が高校の時にもあの洋館は威容を誇っていた。県庁舎の近くにあって路面電車からもよく見えた。初め、私はあれが個人の家だとは思っていなかった。

「あの子が蒲生家の唯一の跡継ぎだからね。今も大変な資産家よ、彼女の祖母は」

いろいろな名誉職を兼任していた蒲生君枝は最近、体調がすぐれないらしく公の場に姿を見せなくなった。重篤な病に罹《かか》っているという噂だ。

「じゃあ、あの子はどうやって生活しているの？」

「蒲生君枝の姪夫婦が一緒に住んで、麻耶ちゃんの世話をしているらしいわ」

「なら、よかった」

「でも、もしも、もしもよ――」昌美は声を落として身を乗り出した。「祖母の蒲生君枝が死ぬようなことになったらどうなると思う？」

これは専らこの街で密かに話題になっていることなのだと昌美は囁いた。

「莫大な遺産はあの子のものよね。でも麻耶ちゃんは未成年。後見人が必要でしょ。おそらくは姪夫婦がそうなるでしょうね。それを目論《もくろ》んで無理やり押しかけて来たんじゃないかって言われているのよ、あの二人。どう？　にわかに生臭い話になってきたでしょ」

そう言われても私には関係のない話だ。この街の住人でもないし、たいしてそんな噂話に興味もなかった。いつまで経っても気のない返事しかしない私に昌美はむきになる。

「これで終わりにならないのよね、この話は——」

私は横目でちらりと天守閣を見た。空はどんよりとさらに暗さを増している。晴れていれば、空の青に映えるはずの白壁も今はくすんだ色にしか見えない。

「彼らはとかく評判が悪かった。伯母である君枝から資金を出してもらって事業を始め、それを潰すことの繰り返し。とうとう君枝が怒って資金提供をやめたくらい。その代わり、あそこで同居して麻耶ちゃんや自分の面倒をみるように命じたわけよ」

昌美の話は続いている。

何で城山になんか登って来たのかしら、と私は思う。城山の領域に足を踏み入れてはいけなかったのだ。私は女子高時代の友人の顔を思い浮かべた。彼女の顔は克明に憶えている。美術部員だった私は、あの子をモデルにデッサンをした。古いスケッチブックは今も大切にとってある。時々それを開いて眺める。

彼女は、真っ直ぐ私を見詰めている。黒い瞳は意志の強さと怜悧《れいり》さを表わしている。

それとはうらはらに全体の印象は、必死で自分というカタチを保っているようなひたむきさと切なさがある。何か重大なことを私に訴えかけようとして、迷っているようにも見える。

あのデッサンを見るたびに私は思うのだ。この子は本当にいたのだろうか。私がここに写しとったものは何だったのだろうかと。

なぜなら――。

なぜなら、あの子は突然に消えてしまったのだ。高校三年生になったばかりの春に。そう、あれもちょうど五月だった……。偶然の符合に今初めて気がついた私は凍りついた。吐いた息は真冬の川霧のように白かった。

「――死んじゃったのよ」

「何ですって？」

「だから死んだのよ。姪の旦那さんが」

私はまじまじと昌美を見やった。

「今年の初め、突然その人、高い熱を出した挙句にぽっくりと死んじゃったの。何かの感染症らしいけど、詳しいことは知らない。だからさ、今は君枝老婦人と麻耶ちゃんと、未亡人になった姪とで暮らしているのよ。あの家で。もちろん、使用人は何人か雇っているでしょうけど。ね？　おかしいと思わない？　変な話よね。不幸が続き過ぎる」

——不幸が続き過ぎる。

都会の高校から落ちこぼれ、私が何の気なしに選んだ街。つまらない田舎町だと思っていた。だけどここは、何かおかしい。とりわけこの城の周りは。女子高生はかき消すようにいなくなるし、そのせいで彼女の恋人は精神のバランスを崩して狂気の淵までいってしまった。高校の同級生には死人の幻影を見るというおかしな子までいた。

私の友人、相原杏子がいなくなった時、私は警察に訴えた。「あの子は城山の中で中学時代の先生と時々会ってた。彼女は先生が好きだったのだ」と。警察は教師のところに何度か足を運んだようだが、先生も心当たりがないと答えた。彼女の母親と祖母は、学校の周辺を探し回ったらしい。

あの子の行動範囲なんて知れている。毘沙門坂のアイスクリームパーラー、城北地区の「ジェリー・ビーンズ」という雑貨屋、杏子がたまに行っていた「アート・ルームK」という名前の美容室、気のいい店主がいた薬局。あんな個人経営の小さな店は、今はもうなくなってしまったかもしれない。

それから堀之内にあった美術館や図書館、路面電車に乗って行ったデパート、映画館。たった一人の友人だった私から聞き出した場所を二人で尋ね歩いたけど、やっぱり何の手がかりも得られなかった。祖母は疲れ果てて消沈し、母親はどうしたらいいかわからず、ぼんやりした表情を浮かべていた。

「あんたがちゃんとみてやらないから、こんなことになったんだ」と無骨な祖母は母親に食ってかかった。「杏子はあんたに愛想をつかしたんだよ」と。

そんなふうになじられても、母親はぼんやりしたままだった。

杏子が母親とうまくいっていなかったことから、警察は家出の線もあるんじゃないかと疑い始めた。母親の内縁の夫というのがしゃしゃり出てきて、学校と警察に嚙みつくということもあった。学校に乗り込んできた男は、派手な柄シャツを着ていて、とてもまっとうな人間には見えなかった。

私の友人は、とうとう見つからなかった。杏子が一番時間を過ごしたのは、城山の中なのだ。彼女は、平気で森の中、薄暗い登山道を歩いた。濃緑《こみどり》の中を遠ざかり、輪郭が薄れていく杏子の後ろ姿を思い浮かべる。あの子は――結局あの場所に囚われてしまったのだ。私は今ではそう思っている。

美しい天守閣を私は見上げる。城を戴く土地の隆起や繁茂した緑にまで、なぜかしら面妖な力を感じた。光るものをくもらせ、鋭利なものを鈍らせ、真新しいものを錆びさせる――何もかもを翳《かげ》らせる負の力がここには作用しているのではないか。

ああ、何でここに戻ってきてしまったのだろう。私は細かく息をして呼吸を整えた。

「やめようよ、そんな話」

「そうね」

昌美も今度は素直に頷いて口をつぐんだ。

その時、頂上広場の放送が写生大会の終わりを告げた。

助かった。早く山を下りてホテルに戻ろう。冷たく冷えたジンジャーエールで喉を潤してシャワーを浴び、清潔なシーツの掛かったベッドでしばらく横になれば大丈夫だ。隣のテントで昌美が呼んでいる。私はしゃんと背筋を伸ばして審査員の仕事に集中しようとした。集められた子供たちの絵は、ビニールシートの上に低学年と高学年とに分けられて並べられていた。

私は低学年を担当した。蒲生麻耶の絵は、名前を見なくてもすぐにわかった。他の子供の作品を寄せつけない優秀な出来栄えだった。私たちは迷うことなく、彼女の作品に金賞を与えた。しばらく協議して銀、銅の賞も決まった。高学年の方も結果が出たようだった。進行を急いだのは、雲ゆきがあやしくなってきたからだ。

すぐに表彰式に移った。蒲生麻耶は特に嬉しくもないという表情で賞状と副賞とを受け取った。私はテントの下に立って、才能に恵まれた小三の女の子を観察した。さっき昌美がさかんにしゃべっていた噂話は、大半を聞き流していたのだが、少しは接触のあった洋画家の忘れ形見ということで気になったのだ。

彼女は三年生にしては背も高くて大人びて見えた。体つきもどことなく丸くふっくらとしているようだ。子供というよりはもう少女の域に入っている。落ち着いた洞察力のある子といった印象だ。昌美が言った「本質をとらえる能力」という言葉は当を得ている。しかし、どこかアンバランスな印象もある。もう少し大きくなった思春期前にまで到達した子が漂わせる、心と体との成長がうまく合致しないもどかしさと不安定さが垣間見えた。

麻耶には年老いた男が付き添っていた。その男が「お嬢様」と声を掛けた。昌美が「ほらね」というふうに目配せした。

写生大会は解散になった。子供たちやその保護者たちは荷物をまとめて帰り始めた。審査員はスタッフに促されて一つの長机を囲んだ。これからこの写生大会の概評をまとめなければならない。地元紙に発表するためのものだという。私は今度こそ、周囲にも聞こえるほど深々とため息をついた。少なくともまだ三十分はここにいなければならない。軽い頭痛に顔をしかめた。

その時、背後でまた「お嬢様」という声がした。低く抑えたふたつの声が言い争いをしている。どうやら麻耶は一人で歩いて帰ると言い張っているらしい。写生大会に一緒に来た付添い人を先に帰らせようとしている。年取った使用人はお嬢様のわがままにほとほと困り果てていた。

「それなら――」思わず言葉が口からついて出た。「私がおうちまでお送りしましょうか？　私ももう下りるところだから」

そして昌美に向かって小声で、少し体調がすぐれないことを伝えた。少しでも早くこの場を去りたかった。昌美が審査員たちに手短かに私の事情を説明した。遠くから頼んで来てもらったので、とか何とか言う言葉に人々は気のいい笑みを浮かべた。

昌美夫婦とは今夜一緒に食事をとることになっていた。夜の計画が台無しにならないよう彼女は心を砕いている。私はやっとこの山から解放されると思うと、すっと気が楽になった。足早に女の子に近づいていってわざと明るく声を掛けた。

「さあ、行きましょうか。あなたのおうちはよくわかっているし、私はどうせ通り道だから」

本当は遠回りになるのだが、そんなことはどうでもよかった。麻耶も私がついて来ようが来まいが意に介さないというように歩きだした。老使用人だけがおろおろしている。

「北見さんはあっちから帰って。あたしはこっちの道から帰るから」

年のいった者にも指図しなれているようにてきぱきと麻耶が言った。私は「大丈夫です。ちゃんとお宅までお連れしますから」と北見と呼ばれた男を安心させた。審査員を務めていた私に、年取った男は「では、お願いいたします」と頭を下げた。

頂上広場から麻耶の家までなら、どの道を通っても三十分くらいしかかからないだろう。北見がせめて荷物だけでも持って帰ろうとするのも、麻耶は拒否した。なぜか誰にも心を開かない頑なさを感じた。私は深く考えることもなく、麻耶の手から絵画道具の入ったリュックサックを取りあげた。麻耶はそれには抗うことなく、「ありがとうございます」と大人びた口調で礼を言った。

画板を肩から掛けた麻耶はさっさと先を行く。北見はしばらく私たちを見送っていたが、諦めて麻耶に言われた方向に歩き去った。私は麻耶の後ろを小走りでついていった。空はますます暗く重くなってきた。雨の匂いが濃くなった。麻耶は、さっき絵を描いていた搦手の方に足を向けた。私たちは古町口登山道に向かおうとしているのだ。北見が向かったのは黒門口登山道の方で、そちらの方が彼女の家に帰るには近道のはずだ。だが、私は麻耶の好きにさせた。

二人で乾門の内側で一度立ち止まった。向こうに常緑高木のヤブニッケイの林が、真っ黒な影になって見えた。それらの奥深い森の連なりは、私たちが市内の中心部にいることをすっかり忘れさせた。

まるで魔界の入り口のようだった。

ヤブニッケイとカゴノキが混在した木立の中を抜ける。麻耶は、まだら模様になったカゴノキの幹を指でそっと撫でていった。すぐにクスノキ林の中に入った。見上げるほどの大木だ。風が出てきたのか、林冠部がざわりざわりと揺れ、青臭い匂いが降ってきた。ここにはツブラジイの花もニセアカシアの花もない。朝登って来た時に嗅いだ花蜜の匂いも、それを求めて飛び回っていた昆虫の羽音もない。麻耶は一言も口をきかない。

「ねえ、麻耶ちゃん。あなた、蒲生麻耶ちゃんよね」

私は何かすがるような気になって、後ろから声を掛けた。知らんぷりをされるかと思ったが、不機嫌な女の子は足を止めて振り返った。

「私は日野梨香っていうの。よろしくね」

「日野先生？」

麻耶は意外にも弱々しく微笑んだ。それに励まされるように、私は彼女の絵を褒めた。何かをしゃべっていたかった。麓まではそう時間はかからないと知ってはいたが、このままだんまりを通したまま、陰気な葉ずれの音だけを聞いているのはやりきれなかった。

「あなたのお父さんとお会いしたことがあるわ」

うっかり私はそんなことを口走ってしまった。

「パパを知ってるの？」

大きく見開いた麻耶の真剣な目を見た途端、私はあまりに不用意な話題を持ちだしてしまったことに気づいた。この子にとっては四歳で死に別れた両親のことは重要な関心事に違いない。私は仕方なく、同じ美大の出身なのだと打ち明けた。

「でも学年は違うのよ。あなたのお父さんの方が年下だった」

私はやんわりとこの話題から遠ざかろうとした。でもそれを少女は許さなかった。

「パパの絵を見たことある?」

「ええ」

「どんな絵だった?」

「おうちにあるでしょう?」

麻耶は首を振った。

「ほんの少しだけ。おばあちゃんが、欲しいという人にあげてしまったの。お父さんが死んだ後」

「そう」

私は蒲生慶介の展覧会に行った時の印象を麻耶に話してやった。それがどんなにこの子には貴重なものなのか、一言も聞き漏らすまいと耳を傾けている麻耶を見ればわかった。きっと祖母や使用人が話すものとは全然違ったものなのだろう。とりわけ、父親と同じ分野で才能を発揮し始めた子にとっては。

私たちはクスノキの林の中を下っていった。クスノキの足下には、アオキやヤブコウジなどの低木が自生し、大いに繁茂していた。低い崖が露わになった登山道の脇には、常緑性のシダであるヒトツバが大群落を作っていた。林冠部が登山道にも覆い被さってきているし、その上の空も暗いしで、非常に寒々しい中を、私たちは歩いた。

実際にはほとんど交流のない後輩だった蒲生慶介のことを、いくらか膨らませてしゃべったが、それでも麻耶は満足そうだった。早くに両親を亡くした女の子がかわいそうで、私はなんとか記憶の奥をさらった。すると、蒲生慶介のたくさんの油絵を見て回った時、かすかに感じた違和感を思い出した。当時でさえ、その正体が何なのか思いつかなかった。しかし、確かにざらりとしたものが私の心に引っかかったはずだった。あれはいったい何だったのだろう。

私のとまどいとは逆に、麻耶はしだいに素直な態度を見せ始めた。父親の話題をきっかけに、今まで自分の周りに張りめぐらせていた壁をじんわりと取り払ったようだ。私ともっと話したいが、どの程度心を割っていいものか、逡巡している様子がうかがえた。この子は基本的に大人を信用していないんだわ、と悲しい気持ちで私は考えた。それが麻耶の生い立ちに起因するものか、昌美がいう寄せ集めの家族との緊迫した関係性によるものかはわからなかったが。

私は話題を変えた。自分が麻耶くらいの年代に、絵を描《か》くことに熱中していたという話だ。何でもかんでもスケッチしていたこと。家族、友だち、飼っていた犬、母親が買ってくる野菜や魚などの食材、鉢植えの花、庭に来る小鳥、姉の靴、祖父が拾い集めていた石。目に見えるものと、それが内包するもの。生き物であろうと命のないものであろうと、確かに存在する外側と内側。ただひたすらに描くこと、写しとること。そうすれば本当のカタチが見えてくる。

麻耶はたちまち興味をひかれたようだ。目を輝かせて私の話に聞き入った。

「あたしも幼稚園に入る前からたくさん描いていたよ」

そう答える麻耶は年に見合った子供らしさを取り戻していた。にっこりと笑う。その笑顔の上にぽつりと雨粒が落ちてきた。私は空を見上げた。

その時、森の奥で「キュルーイー」というふうな鋭い鳴き声がした。麻耶は、はっと足を止めてその声に聞き入った。が、それは一度きりで山の支脈の尾根筋に響き渡ってやがて消えた。また風が立ち、道の両側の木々を揺らした。

「行きましょう」

私は麻耶を促して歩き出した。知らず知らずのうちに足が速くなった。風にのって土と緑の濃い匂いがした。私の頬にも雨が落ちてきた。喬木に絡まったテイカカズラの葉がザワザワと鳴った。私は急ぐのに麻耶の足は遅い。私はいらいらと振り返った。なぜだか知らないが、早くこの森を抜けたかった。森の中の坂道は、くねくねと曲がりくねっていて、いっこうに先が見えない。

「日野先生は絵を描いている時、幸せだった？」

「えっ？」

振り返ると麻耶は遠い後ろでたたずんでいるのだった。

「子供の頃の話。先生はいっぱい絵を描いていたんでしょ？　その時、楽しかった？」

「もちろん」私は麻耶のところまで引き返した。「嬉しくて楽しくて仕方なかったわ。中学生になった時にはもう画家になるって決めていたの」

「先生にはわかったの？　本当のカタチが。なぜモノゴトが起こるのか」

麻耶の顔に降りかかっているのは雨ではなかった。彼女が泣いているのだとわかって私はうろたえた。

「なんでパパとママは死んだの？　どうしてあたしは死なないで残ったの？」

「それは――」

この聡《さと》い子には安直な慰めは通用しないのだ。誰もが口にしたごまかしやすりかえをすぐに見抜いてしまうだろう。だが、私が何を知っているというのだろう？　蒲生慶介が死んだのは、単純な交通事故だったはずだ。ハンドルを握っていたのは奥さんで、彼女は絵画修復士だったというが、名前も顔も知らない。

「麻耶ちゃんは、絵を描いていて楽しくないの？」

私の問いに麻耶は激しく首を振った。

「絵は好き。あたしも画家になる」

麻耶は乱暴に涙を拭って笑った。この子には見えすぎているのかもしれない。子供時代に知らなくていいものまで。そんな漠然とした思いにとらわれた。

「おばあちゃんも死んじゃう？」

不幸な死の連想にこの少女もとらわれているのか。

「なぜ——そう思うの？」

「あいつが言った」

「あいつ？」

「黙ってないと、おばあちゃんの食べる物に毒を混ぜて殺してやるって」

何のことをしゃべっているのだろう？　たった九歳の子を私は恐れた。

「何を黙っていなければいけないって？」

雨脚が強くなった。私たちは暗い森の中、お互いの目の中を覗き込むようにして対峙していた。麻耶の瞳には全く感情の揺らぎが見えない。それは深く淀んだ淵を思い起こさせた。

——汝が深淵を覗き込む時、深淵もまた汝を覗き込んでいる。

ニーチェの言葉が頭の中を過った。麻耶の視線に射すくめられて、私は身動きがとれなくなった。

「あいつは酔っぱらうとすごく機嫌が悪くなるの。夜、あたしの部屋に来て、どいつもこいつも俺をばかにしやがってって怒鳴りちらす。そしてどろんとした目であたしを睨むの」

「そして——？」麻耶はもう泣いていなかった。

「あたしは立ったまま、じっとそれを聞いていなくちゃならない。あいつが蒲生家の悪口を言っている間。ちょっとでも動いたら何回もぶたれるの」私は言葉を失った。反対に麻耶の言葉は熱を帯びる。一気にしゃべってしまおうとでもいうように早口になった。

「あたしが見返す目が気に入らないって引きずってお風呂場に連れていかれて冷たい水をかけられたりもする」麻耶はその瞬間を思い出したように顔を歪めた。「あたしはじっとして、絵を描いている時のことを思うの。あたしが一番幸せな時だから。楽しくない時は幸せな時のことを思えばいいのよね。そうでしょ？」

ふいに森の中から「キリキリキリキリ」という鳴き声がした。さっきよりずっと近い場所から。私はぎょっとして体をすくませた。その鳴き声を聞いた麻耶はなぜだか薄く微笑んだ。

「あいつは、あたしを好きなだけいじめたら気がすむんだ」まるで不思議な声に勇気づけられたみたいに言葉を継いだ。「最後に、もし誰かにあたしが告げ口したら、おばあちゃんは死ぬことになるって言うの。本当におばあちゃんはどんどん具合が悪くなったから、あいつらが毒を飲ませているんだと思った」

あいつがあいつらになった。

「おばさんにそのことを言ったら、あんたはひどい嘘つきだって、ご飯を食べさせてもらえなくなるの」

昌美の話から、それが麻耶の家に居ついた縁戚の夫婦だと見当はついた。麻耶は、その夫婦に虐待を受けている？　卑劣な方法で口止めをされて？　この子の心を必要以上に武装させていたものの正体はこれだったのか。

高い木の梢《こずえ》が風で揺れるたび、滴が固まりで落ちてくる。全身に悪寒が走った。濡れたブラウスが体にぺたりと貼りついている。震えているのは冷たい雨のせいか、それとも麻耶のおぞましい話のせいか。

「黙っていたらいけないわ」ようやくそれだけを喉の奥から絞り出した。「きちんとした大人に言って――」

「きちんとした大人――？」

麻耶が値踏みをするような目つきで私を見た。また心を閉ざしてしまわないうちに、私は急いで付け加えた。

「私が何とかするわ。ここに住んでいるわけじゃないけど、でも――」

「いいの！」

急に明るい声で麻耶は言った。雨がまた激しさを増した。麻耶は頭を押さえて駆けだした。呆気にとられた私の横をすりぬけて森の中に分け入る。低木の枝がたわんで水滴を弾き飛ばした。

「先生、こっち、こっち」麻耶が森の中で呼んでいる。「早く！　濡れちゃうよ」

私は雨と木々を通して麻耶の姿を捜した。麻耶はさらに奥へ向かおうとしている。

「ちょっと!!　だめよ。危ないよ」

私は林縁で立ちすくんだ。

「大丈夫。ここなら雨がよけられるよ」

麻耶がひときわ大きな木の根元にしゃがみ込むのが見えた。私はまだ迷っていた。迷いながらも体はしとどに濡れた。髪の毛からもぽたぽたと滴が垂れ始めた。

その時、私の背後のアラカシの繁みがガサガサと不自然に揺れた。何も見えないが、何ともいえない不気味さに私は震え上がった。それに背を押されるように、私は森の中に足を踏み込んだ。腐葉土と木の根に足を取られそうになりながら、麻耶のそばまで何とかたどりついた。

「はい、ここへ座って」

彼女に言われるまま、私はシイの大木の下に腰を下ろした。そして、そろそろと頭上を見上げた。気が遠くなるほどの高みに、幾重にも差し交わされた枝々が見えた。それが自然の天蓋《てんがい》となって雨を防いでいるのだ。私は、ほっと息を吐くと同時に麻耶の横顔を見下ろした。麻耶ももう全身ずぶ濡れで、髪の毛を二つに縛った黄色いリボンの端がおかしなふうに縮れてしまっている。

「ねえ、麻耶ちゃん、さっきの話だけど……」

「もういいの。いい方法が見つかったの。それでもう、そういうことはなくなった」

麻耶は、にっというような笑顔を見せた。

「いい方法って?」

「しっ!!」

麻耶は私の言葉をさえぎった。何かに耳を澄ませているようだ。私もそれにならって神経を研ぎ澄ました。風が木々を揺らす音。どこかで大きな葉が雨を受ける音。

そして――。

音にもならないような小刻みの足音。小動物の肉球が柔らかな土を踏む音。私は息を呑んだ。

「何?　あれ?」

途端に足音が遠のいた。やや離れた所で、あの「キリキリキリキリ」という鳴き声がした。

「あーあ、行っちゃったよ」

麻耶は、私にしかめっ面をしてみせた。

「何なの？　イタチ？」

麻耶は白い喉をのけぞらしてケラケラと笑った。それから急に真顔になって私を見据えた。

「あいつがあたしの部屋に来るのはね、おばあちゃんに叱られた時か、奥さんと喧嘩した時。あいつが来そうな時にはあたし、この山道に逃げ込んだの。パジャマで上がって来たこともあるよ」

「嘘でしょ」

かつてはこの山の麓で寮生活を送っていた私だから、夜の闇の濃さはよく知っていた。

「ほんとだよ。だって、あんなことされながら、じっと我慢してるの嫌だもん。誰かに言いつけたらおばあちゃんにひどいことするかもしれないでしょ？」麻耶の顔は真剣だった。「家の裏庭から山へ登っていけるの。山の中にはね、古い壊れかけの道があちこちにあるんだよ。誰も知らないけど」

私の友人も同じことを言っていた。突然消えたあの子——もしかしたら今もそんな道を選んで徘徊しているのかもしれない。

「それでね、ここで出会ったの」麻耶は続ける。

私は唾を呑み込んだ。

「何に？」

「トロイに」


私たちは、森の中に出来た緩衝帯とでも呼ぶべき無音の世界でじっとしていた。麻耶が口にしたものが何なのかもわからないまま。

麻耶は、私が木の根のそばに置いたリュックを自分の方に引き寄せた。ファスナーを開けて取り出したのは、十二色入りの色鉛筆だった。彼女は無言のまま、画板の上に新しい八つ切りの画用紙を出した。そして絵を描きだした。

奇妙な動物の絵だった。

ナキウサギかハタネズミに似た小さな黒い耳。けれども顔の造作はコウモリに似かよっている。後ろ足は、すぐれた跳躍力を思わせるほど発達しているのに、前足は短い。麻耶は、迷うことなくすらすらと鉛筆を動かす。

その淀みのない動きは、これが彼女の頭の中にある空想上の動物ではなく、何度も目にした実在の生き物なのだという思念を私に伝えてくる。麻耶は的確な色を選び取り、素晴らしいデッサン力でその動物を描き続けた。

体はグレー地に黒い縞模様。非常に短い体毛で覆われているようだ。短い前肢の先にある指は三本で、二本と一本とに分かれ、その間には深い切れ込みがある。物をつかむことが出来るように対向性で、それぞれ鋭い鉤爪《かぎづめ》が生えていた。アンバランスな足の長さの釣り合いをとるためか、細長い尾が後ろになびいている。

一番特徴のあるのは、発達した門歯で、非常に鋭く尖った針のような二本の歯が上顎から長く伸びていた。その二本の門歯は、この生き物が獰猛な捕食動物であることを示していた。

「これがトロイ」

麻耶の声とともにまた世界の音が戻ってきた。雨の音と、どこか地上を流れる水の音。麻耶は、画用紙の下の部分に大きく、「トロイ」と書き込んだ。私は、それがこの奇妙な種族の名前なのか、それとも麻耶がこの一匹に付けた愛称なのかもわからないまま、トロイの絵を眺めた。

「よく描けてるわね」

私は、そんなつまらない評しか言えなかった。

「これ、大きいの？」

「ううん、ちっちゃめの猫くらいかな。ネズミよりは随分大きいよ」

「何を食べるの？」

私は何を考えているのだろう。こんな現実離れした動物のことを細々と尋ねるなんて。きっとひどい境遇に放り込まれた子が、頭の中で好き勝手に作り上げた「人ならぬ友人」に違いないのに。

「何でも食べるよ。虫でもカエルでも、腐った肉でも」

それを聞いた途端、私の鼻腔に忌まわしい臭いがしのび込んできたような気がした。

森の中はますます暗くなってきた。

「昼間はあんまり動かないの。でも――」

麻耶は、リュックの中にまた手を突っ込んだ。そしてビニール袋に包まれた蒸しパンを取り出した。麻耶はビニール袋を破って蒸しパンを三分の一ほどちぎった。そしてそれを、三メートルほど向こうのベニシダの繁みの前に放り投げた。

「チッ、チッ、チッ」というふうに、麻耶は舌を鳴らした。

何も起こらない。私は、黄色っぽい蒸しパンに目を凝らした。いつか自分が息を止めていたことに気づき、そっと息を吐いた。

ベニシダのかなり奥の方がサワサワと揺らいだ。風のせいかもしれない。いや、シダは波打っている。一本の線が私たちの方へ向かって来る。

猫よりも小さく、ネズミより大きい――とらえどころのない、しなやかなもの。

私は身を硬くして、思いっきりシイの根元に背中をくっつけた。

そして、それは現われた。

シダの茎の間から、あの三本に分かれた指を持つ前足が出て来た。その鉤爪で、蒸しパンを繁みの方に引き寄せようとしている。パンがやや大きいせいで、三本指には余るようだ。私は、瞬きさえも出来ないでいる。

ふいにトロイは、上半身を現した。暗さのせいか、全身が真っ黒に見えた。アザラシかアシカのように水をはじくビロードのような毛が密生している。大きな目が、まっすぐに私をとらえた。私は、魅入られたように指一本動かせないでいた。コウモリと違い、澄んだ目の水晶体は、絞りを開ききったレンズのような構造になっている。トロイは、針のような門歯の生えた口を開けると、蒸しパンをくわえ、すぐに身を翻した。毛の生えていない細い尻尾が空をきったかと思うと、もうその姿は消えていた。

また繁みがかすかに揺れた。濡れた獣の匂いが遠ざかる。

「キュルーイ!」一声上げた鳴き声が、森の角々にまで響き渡った。

「何?　あれ」わかっているのに、私は尋ねた。

「あれがトロイ」

麻耶は画用紙を小さく畳むと、私に差し出した。「これ、先生にあげる」

私はそれをポケットにしまった。私たちはまた荷物を手にすると、森の中から登山道に出た。相変わらず雨は降り続いていたが、もうあまり気にならなかった。

「トロイって何？」

「だからあの子の名前」

「麻耶ちゃんが付けたの？」

「うん。ぴったりでしょう？」

ギリシャ神話の舞台になったトロイか、それともゲームか何かのキャラクターがその由来なのか。

「怖くなかったの？　あれを初めて見た時」

麻耶は「ううん」とかぶりをふった。「なんかね、懐かしい気がした」

黙り込んでしまった私の代わりに、麻耶はしゃべり続ける。

「小さかったでしょう？　とても体が柔らかいの。だからどこへでももぐり込めるの」

私が返事をしないのも気にならないようだ。

「あの牙を見た？」

得意そうに私の顔を下から見上げる。まるで自分が立派な牙を持っているとでも言いたげだ。

「牙が細いから、咬まれても気がつかないの」

「咬まれる？」

麻耶は、ますます悦に入った表情を浮かべる。

「そう。咬むの。ここを」彼女は、自分の首の後ろを指で示した。「最初は咬まれたって何ということもないのよ。ただあの牙の痕が二つポツンポツンと赤くなってるだけ。でも四、五日経つとね――」

麻耶はすっかり泥まみれになった靴で水溜りをビチャビチャとはねた。

「すごく高い熱が出て、具合が悪くなるの。何も食べられないし、水も飲めない」歌うようにそう言う。「インフルエンザかもっと悪い病気か。病院でいっぱい検査をされるの。でも原因はわからない。あれがトロイに咬まれたせいだってことに」

「それでどうなるの？」

すっかり麻耶の手の内にはまってしまった私は、そう尋ねた。麻耶はゆっくりと首を巡らせて私を見た。

「そして――死ぬの」

――死んじゃったのよ

昌美は言ったではないか。この子に乱暴を働いて気晴らしをしていたろくでもない男は、何らかの感染症にかかって死んだのだ。

闇の中で光るトロイの目の水晶体を思いうかべた。つまり、それはあの奇怪な夜行性の生物に咬まれたせい？

「それって――」ようやく声を出した。

「もう私にいじわるも出来ないし、ぶったりすることも出来なくなったのよ」

「麻耶ちゃん、それって――」

それ以上、言葉が続かなかった。確かにあの黒い悪魔のような生物は見たけれど、それが麻耶の意のままに動くとは思えなかった。あんな猫かコウモリのようなおかしな生き物が。

その時、空に稲光が走った。白々とした光は、森の奥まで鮮明に照らし出した。その残像の中には、繁みの中から半身をのり出したり、木の幹にとりついたりしている無数のトロイがいるような気がした。

直後に頭上で雷が鳴った。

「ヒャーッ！」

麻耶が頭を抱えたが、走り出したのは私の方が早かった。こけつまろびつしながら、雨の中、坂を駆け下りる。どこまで駆けても、この森から抜けられない、そんな気がした。いつの間にか、私たちは底なしの森の中に足を踏み入れてしまったのだ。路傍に立つ石柱が、数限りなく闇の中から湧いてくるような錯覚にとらわれた。

雷は鳴り続け、雨は叩きつけるように私たちを打った。私たちは、こうやって永遠に森の中をさまよい続けるのだ、と思った瞬間、古町口登山道の入り口を示す石の段が見えた。その先にあるありふれた街並みと、行き交う自動車も。

私は車道に飛び出して、あやうく車に轢かれそうになった。麻耶は遅れず私について来ていて、車道の真ん中で立ち止まった私の袖口を引っ張った。

「こっちだよ」さっきとは打って変わって低い声でそう言う。

私は大きく息をついた。麻耶に引っ張られるまま、彼女の家のある方向に向かう。傘をさしたサラリーマンや、顔色の悪い中年女とすれ違う。中年女は茫然自失した私を、じろじろと見やった。傘もささないずぶ濡れの私は、よっぽど異様に見えたに違いない。私は振り返って城山を見上げた。もうそこを抜けてしまうと、どんなに稲光が光っても木立の中を見ることが出来なくなった。私たちを吐き出したその森は、もう閉じてしまったのだ。トロイという名の獣を含んだまま。

まだ四時過ぎのはずなのに、とっぷりと日が暮れてしまったほどの暗さだ。黒門口登山道の入り口を通り過ぎた。道の反対側には児童養護施設があって、子供たちの騒がしい声がした。それを聞くとようやくほっとした。

麻耶が住む洋館には、煌々《こうこう》と明かりが点いていた。門をくぐってから長い坂を上がり、開け放たれた明るい玄関を見ると、麻耶の足取りは軽くなった。

「北見さんが先に一人で帰ったから、おばあちゃんが心配してるわ。こんなに雨が降りだしたもの」

「おばあ様の具合はもういいの？」麻耶はこくんと頷いた。

「うん。もう大丈夫だよ。毒を食べ物に入れられる心配もなくなったし」麻耶は私に身を寄せてきて、素早く囁いた。「もうすぐ、またおばあちゃんと私との二人暮らしになるの。家政婦さんや北見さんはいてくれるけど」

麻耶は光溢れる玄関めがけて走り込んだ。

「麻耶ちゃん!!」

廊下の先から太った女がのしのしと出てきた。ひと目でそれが祖母の姪に当たる女だとわかった。女は乱暴にぐいっと麻耶の腕を引いた。麻耶はよろけた。

「あーあ、びしょ濡れ。それに何？　この靴」女はがみがみと言い募った。「自分で洗っておきなさい。ほら！　あんたの周りに水溜りが出来てる」

こっちに寄って来るなと言わんばかりに、太った女は身を引いた。

「麻耶ちゃん、聞いてるの？　お耳、あるんでしょ？」

麻耶の耳をねじり上げようと手を伸ばして、女はやっと私に気がついた。そして手を引っ込めながら、意地の悪そうな視線で私を上から下まで検分した。

「写生大会の審査員をしていた日野です。麻耶ちゃんと一緒に下りて来たんです」

私も玄関の中に水溜りを作りながら麻耶に近づくと、彼女の荷物を渡した。

「じゃあ、もう行くね。さよなら、麻耶ちゃん」

「さよなら」

麻耶は私に手を振った。意外に明るい表情だった。私は雨の中に踏み出した。

「あっ！　待って」女が私の後を追いかけて来た。手にはビニール傘を持っていた。

「これ、さして行ってください。返さなくていいから」

つっけんどんにそう言うと、私の手に傘を押しつけた。そしてすぐに踵を返した。

また稲光が走った。

その時、私は見た。

無造作に髪を結い上げた女の項に、二つの小さな赤い咬傷《こうしょう》が並んでいるのを。私は、そのまま視線を麻耶に移した。彼女のきっと引き結んだ唇は、雨に打たれたせいで紫色になっていた。私と目が合ったが、何の感情も読み取ることは出来なかった。

私はよろめくように坂を下りた。門まで来て、ようやく傘を開いた。ポケットの中を探ると、折り畳んだ画用紙が手に触れた。トロイだ。あの女もトロイに咬まれたのだ。そしてもうすぐ死ぬのだ。

あれは蒲生麻耶の望みを聞き届け、彼女と祖母を守っている――？　あの小さくてしなやかで邪悪な獣が。

ふいに私は、蒲生慶介の絵を見た時に感じた違和感の正体に思い当たった。彼の描く風景画には、どれも遠景にこんもりとした山があった。そしてその上には白い建物が小さく描きこまれていた。時には屋根の形もはっきりと。時にはただの白い点としか見えないほどに。あれはこの城だったのだ。

私は呼び寄せられたのか？　ここではそうやって呼ばれた者たちの運命が交錯し、絡み合っているのではないか。そして知らない間に妖しいものが混じり込み、少しずつ形を変えさせられているのだとしたら？

まだ城はライトアップされない。私は黙々と歩いて城とその領域から遠ざかった。

もう二度とこの街に来ることはないだろう。

おわりのはじまり

古い革のトランクをぱたんと閉めた。私の荷物はこれ一つきりだ。このトランクも、前の住人が残していったものだ。この中には自分の大事なものだけを詰めた。今日はとうとうこの三軒長屋が取り壊されるのだ。

私は外へ出た。どこからか風に運ばれてきた桜の花びらがひとひら、くるくると舞いながら、私の足元に落ちてきた。もしかしたら、城山に咲くシデザクラかもしれない。笑いさんざめきながら、道を行くのは大学の新入生たちだ。私は彼女らの生命力に圧倒され、道を譲る。花に盛りがあるように、人の命の輝きにも頂点がある。私はそんな生々《せいせい》とした事柄からは、一番遠くにいる。

戸川さんが、戸口に貼り付けていた自分の名前を剥がしていた。ボール紙を長方形に切り取ったものに、ただ「戸川千秋」とマジックで書いただけのものだ。彼女は、無造作にそれをぺりりと剝がした。

「荷物はまとめたの?」

私が声を掛けると、戸川さんはのろのろと私の方を見た。

「ええ。もう大方は向こうへ送ったのよ」

向こう、というのは、とうとう戸川さんが見つけたアパートの一室で、ここから歩いても十五分とかからない。どうやら戸川さんも城山の周辺から離れられないようだ。

私は、戸川さんの後ろについて彼女の部屋に入った。もともと家具の数は少なかったが、それでもそれが無くなると、がらんとして寄る辺のない感じがした。締まりの悪い水道の蛇口から、細かいタイル張りの流しにひっきりなしに水滴が落ちていた。

玄関口の奥のガラス戸が開いていて、日焼けした畳が見えた。その上には、まだ細々とした物がだらしなく投げ出されていた。

「戸川さん、早く片付けてしまわないと、工事の人が来てしまうわよ」

そう私が言っても、戸川さんは、それらをぐずぐずとあっちへやったりこっちへやったりしている。戸川さんには、およそ「急ぐ」というしぐさが欠落している。戸川さんが見ているのは、小ぶりの段ボールから出てきた書類のような物で、彼女は、それを捨てるか取っておくか考えあぐねているらしい。

「ほら、これ見て」

私の忠告も無視して、戸川さんは私に薄いアルバムを差し出してくる。もしかしたら、また補聴器の具合が悪いのかもしれない。

私はそれを受け取った。高校の卒業アルバムだ。私は、クラス別の集合写真をざっと見ていく。高校時代の戸川さんが写っている。補聴器はつけていないが、今の外貌とそう変わらないように感じられた。戸川さんは、昔から体型がずんぐりしていて、少女らしい潑剌《はつらつ》さがなかった。

「ほら、ここにあなたも写っているわよ」横から戸川さんが手を伸ばしてきて指差す。「あなたも三組だったでしょう？」

「ええ」卒業写真の中の私は、にこりともせずにカメラを見据えて写っていた。「この写真は三年生になってすぐ撮ったものよね。何だか変。卒業してもいないのに卒業写真に写っているなんて」

私の呟きは、戸川さんの耳には届かなかったようだ。彼女の耳の中の蟹がまた這い回っているのだ。あれはどれくらい前のことなのだろうか。学校の中庭に椅子を並べて城山をバックに集合写真におさまったのは？　私と戸川さんは誰にも声をかけられることなく、それぞれ後列の両端に立っている。アルバム用のクラス写真のことなんてきれいさっぱり忘れていた。私の想念は、川を流れていく病葉《わくらは》のように頼りない。

戸川さんは背中を丸めて段ボール箱の底をあさっている。今度は古いスクラップブックを引っ張りだす。私はあきれてため息をついた。黄ばんだ新聞の切り抜きが貼りつけてある。『失踪した女子高生の行方、未だ不明』という大きな見出しが見える。

何か引っかかるものがあったが、それが何かわからない。私はいろんなことを忘れてしまった。時折、記憶の断片が私の心を揺さぶるけれど、私はもうそれらをつなぎ合わせて自分の歴史にすることはできない。私はとうに年齢も失ってしまったのだ。

「もう捨てちゃえば？　そんな物」

大きな声で言うと、戸川さんはむっとしたように、その大量の書類を掻き集めて段ボール箱に戻した。卒業アルバムだけは急いで手提げバッグに突っ込む。

外がにわかに賑やかになった。

「行きましょう」

私は戸川さんをせかして外へ出た。戸川さんは段ボールを置いたまま、手提げだけを持って私の後に続いた。

「おいおい、のんびりしてるなあ」

大家の森岡さんが、外に立っていた。彼の背後の道路では、ダンプカーからキャタピラの付いた破砕機《クラッシャー》が下ろされているところだった。ベージュの作業着に黄色いヘルメットを着けた数人の作業員たちが、私たちの棲みかであった勝山荘をぺしゃんこにするべく、準備を始めていた。

「もう始めていいですか」

現場監督らしい男性が、森岡さんに声を掛けた。

「ええ、結構です。ここには、あの人一人しか住んでいないんです」

クラッシャーのエンジンが唸《うな》りを上げた。オペレーターが一人乗り込んだその重機は、それほど大きなものではない。もう一人の作業員が、ホースで埃よけの水を掛け始めた。どうやら私の部屋の側から取り掛かるようだ。私たちは、うんと後ろに下がってその作業を眺めた。

「あら、あなた荷物はないの？」

戸川さんが、手ぶらの私を見て言った。

「ああ、置いてきちゃった。でもいいわ。たいしたもの入ってないから」

そう答える私の前で、大きな鳥のくちばしのようなクラッシャーが、ひさしを挟んで捻り取った。瓦がバラバラと落ち、柱も斜めに傾《かし》いだ。古い木造平屋は、何の抵抗もなく、崩れ去ろうとしていた。真ん中が落ち込んだ屋根の中に、くちばしを突っ込んでいたクラッシャーのエンジン部分から、ボッボッと黒い煙が吐き出された。クラッシャーのアーム部分が持ち上がると、その先に私の革のトランクがくわえられていた。そのトランクは、空中でパカンと開いた。中から大量のドングリが、ザァーッと下にこぼれ落ちた。

「あれがあなたの荷物なの？」

戸川さんは、お腹を抱えて笑った。

そこからはもう、一気呵成《いっきかせい》だった。戸川さんの部屋まで潰された長屋は、木材の残骸に成り果てた。その上にクラッシャーがキャタピラで乗り上げる。

「あっけないもんだねえ」

私たちより前に立っている森岡さんがぽつんと呟いた。

一番東の部屋は、クラッシャーが隣室の廃材の上に乗っているので、高い位置から突き崩すような形になった。ホースを持った作業員が東側へ回り込む。東側の部屋の屋根が払いのけられた。途端にエンジン音がやんだ。

戸川さんが、額に手をかざして背伸びをして見た。オペレーターが運転席から飛び降りるのが見えた。ヘルメットを片手で押さえながら、足場の悪い廃材を踏みつけて上っていく。もう一人の作業員は、だらだらとホースから水を垂らしながら、ぼんやりと立ち尽くしていた。東の部屋の屋根の下を覗き込んだオペレーターは、現場監督を大声で呼んだ。

森岡さんが、ちらりとこちらを不安そうに振り返った。

現場監督とオペレーターが何やら頭をつき合わせて、屋根の下へ手を突っ込んでいた。監督が、小さな木切れを拾って何かを突ついたかと思うと、いきなり「ヒャッ！」とのけぞった。オペレーターは、「えっ!?」というふうに逆に頭を近づけたが、すぐに木材の上に尻餅をついた。その時には、既に監督は私たちの方に駆け寄って来ていた。

もうほとんど元の姿を失った三軒の棟割り長屋の前の土は、ホースから流れ出てきた水でぬかるんでおり、監督はその上をビチャビチャと駆けて来た。

「何があったんだね」

森岡さんがかすれた声を出した。

「死体があった」

「えっ?」

「もう白骨になってるよ。森岡さん、あの部屋には——」

森岡さんの体がこわばるのがよくわかった。

「死体?」

「とにかく作業は中止だ。警察を呼ばないと」

現場監督は、ポケットから携帯電話を取り出して、太い指でナンバーを押した。

「死体だって——?」

茫然とした態《てい》の森岡さんは、誰に言うともなくまたそう口にした。青白い顔をしたオペレーターが森岡さんや監督の方へ寄って来た。監督は携帯でしゃべりながら少し後ずさった。

「あの部屋の住人は、もう一年以上も前にいなくなっちゃったんだよ。勤め先の清掃会社にも無断で来なくなったって言うし、困ってたんだ。まさか、あの人かね？」

「屋根裏で死んでたんですよ」

オペレーターが震える声で言った。

「屋根裏で？　いや、そこまでは見なかったな。仕方がないから荷物は僕が片付けたんだが……」

「何か気味が悪いな」

オペレーターは唾を飲み込んだ。私と戸川さんとは顔を見合わせた。

「そうだな。あんな所に上がって死ぬなんて。自殺だろうか。いや、病死かもしれんな。具合が相当悪そうだったもの。病院にかかるよう、勧めたんだが……」

「いや、そういうことじゃなくて――」

オペレーターは言いよどんだ。

「おかしな死体だ。白い袋みたいなものに包まれてたんだ。監督さんが木切れで破ったら、その中から白骨が出て来た」

「白い袋――？」

「うん。細い糸を袋状に綴り合わせたようなものだった」

「なんだね、そりゃあ」

森岡さんは、面食らって尋ねた。

「うん、そうだな。外から見た感じでは大きな繭みたいなもんだったな」

その時、最初のパトカーが細い道を入って来るのが見えた。

次々と押し寄せて来る警察車輛《しゃりょう》と野次馬にまぎれて、私たちはしだいに城山の崖下にまで下がった。頭上の森の中から、ジュリジュリジュリというエナガの地鳴きが聞こえていたが、日が傾くにつれてその声も遠のいていき、やがて聞こえなくなった。

クラッシャーが三軒長屋の残骸の上に乗り上げて、おかしな具合に傾いたまま止まっている。その周囲には、黄色い規制線が張られていた。大家の森岡さんが、大仰な身ぶり手ぶりで説明している。死体があった部屋の隣に住んでいた戸川さんもいろいろと訊かれたが、調子の悪い補聴器のせいで話がうまくかみ合わなかった。とうとう二人ともパトカーに乗せられて近くの警察署に連れていかれた。

私は毘沙門坂の上に立って、二人が戻ってくるのを待った。辺りが宵闇に包まれ始めた頃、森岡さんと戸川さんとが歩いて帰ってきた。

私は、疲れ果てた二人に並んで歩きだした。

「やれやれ、ひどい目にあった」

「あんなに矢継ぎ早に訊かれたって困るわよ」戸川さんはぶつぶつ言った。

「あんたが訳のわからんことを言うから長引くんだよ」森岡さんが肩をぐりぐり回し

ながら、戸川さんを横目で睨む。「だいたい、もう白骨になってるってことは、相当前にあの人は死んでたはずだよ。仕方なく僕が家財道具を片づけたのだって、八か月も前なんだ。なのに、あんたがつい最近会ったようなことを言うから」

「会ったんじゃないわよ。見かけたのよ」

森岡さんは「どっちだっておんなじだよ」と口の中で呟いたが、どうせ戸川さんには聞こえていない。

「でもさ、謎だらけだよな。あの死体は外国の硬貨を一枚だけ握りしめていたそうな。何だったっけ。そうだ。イギリスの二ペンス硬貨だ。どうしてそんなものを……」

森岡さんは首を傾げた。私は、龍平が学生証の裏に大切にしまっていた二ペンス硬貨を思い出した。不思議な符合だが、別のものだろう。二ペンス硬貨なんて特に珍しいものではない。

「家内が心配しているよ、きっと。車椅子に座らせたまま来たんだから」

そう言うわりには森岡さんは急ぐ様子はない。森岡さんの奥さんは、庭を眺めているのが好きなのだ。体は動かせないが、車椅子に座っているのも苦痛ではないようだ。時々、森岡さんが車椅子を押して歩いているのを見かける。奥さんが昔勤めていた堀之内の児童養護施設まで行って、子供たちが遊ぶのをじっと見ている。

私も遠くから、そんな奥さんをぼんやりと見ていることがある。奥さんは、フェンスのそばで嬉しそうに微笑んでいるけれど、ほんのたまに辛そうな表情を浮かべることもある。あそこには色々な事情を抱えた子供たちが預けられているのだから、きっとそういうかわいそうな身の上の子のことを思い出しているのだろう。

私たちは、それっきり黙って住宅街の中を歩いた。いつだか、戸川さんと通った大きな空き家の前に来た。庭の酔芙蓉は、この季節には花をつけていない。私はほっと肩の力を抜いた。

「ねえ、どうしてこんな立派なお家が長い間、誰も住まないで放っておかれてるの？」

戸川さんが訊いた。森岡さんは、家を見上げて「ああ」と声を出す。「ここには以前、中学の先生が住んでいたんだ。奥さんと息子さんと一緒にね」

私たちはちょっと立ち止まって、塀越しに荒れた庭や壊れかけた雨戸を見詰めた。

「そうさなあ、家を建てて越してきたのはもう二十年以上も前のことだなあ。あの頃はうちの家内も元気で『わかあゆ園』に通ってたな」

そうだ、あの施設はわかあゆ園というのだった。

「一度、ここの奥さんの飼ってた猫が園に迷い込んできて――」

戸川さんが興味なさそうに歩き出したので、森岡さんは途中でしゃべるのをやめた。

「で？　その先生はどこへ行っちゃったわけ？　こんないい家を荒らしちゃって」

戸川さんは独りよがりに話を進める。

「死んだんだ」

「死んだ？」

私は何だか頭が痛くなってきた。この家にまつわる記憶はきっと一番に忘れたことなんだ。私が勝山荘に住み始めた頃。だが、戸川さんは興味津々だ。私はわざとだらだら歩いて二人から離れた。それでも森岡さんが答える声は聞こえてきた。

「あの先生は、悪性リンパ腫で亡くなったんだ。確か。何年前かな？　五年は経ってるな」

森岡さんは、記憶をたどるように遠くを眺めた。

「ありゃ、血液の癌だからさ。やっかいなんだ。手術もしたし、放射線治療に抗がん剤だろ？　長い間、そこの――」森岡さんは、顎で近くの大学病院を指した。「病院にかかってたんだ。先生は入院を嫌って、なるべく家で療養したいって言ってた。病院も近いしさ。相当悪くなっても奥さんが家で看てたね」

介護用品を、森岡さんがちょくちょく届けたらしい。自分も奥さんを介護しているせいで、親身にアドバイスをしたりもした。

「だけどさあ、二人を見ていると何だか変な気がしたよ」

戸川さんは何も答えない。ちょっと補聴器をいじっただけだ。

「あの奥さんが、旦那さんの面倒をみる態度は冷たかったね。よそよそしいっていうか——」森岡さんは、遠い記憶を呼び覚ましている。視線は、そびえ立った大学病院の建物に注がれたままだ。「なんか、思いやりとか愛情みたいなものが感じ取れなかったね。衰弱した旦那さんを、必要以上に乱暴に扱うんだ。なんかさあ——」

近くを走る路面電車の音が響いてきた。

「復讐してるって感じだった。あの旦那さん、何か奥さんに恨まれるようなこと、したのかねえ。実直そうな学校の先生だったけど」

戸川さんはうんうんと頷くけど、聞こえているかどうか怪しいものだ。

「だから家の中は居心地が悪かったのか、先生はちょっと具合がよくなると野鳥観察をしに城山に登ってたな。あれが最後の楽しみだったんだ。痩せて体力もなくなってたのに、憑かれたみたいに山道を登ってたから、あんまり出歩くのはよくないんじゃないかって僕は忠告したんだけどね。案の定、感染症にかかって、それが命とりになったね。免疫力が落ちてたんだろうよ」

薬屋だから、森岡さんは病気のことに詳しい。戸川さんは難しい話になると、顔をしかめた。

「死因は敗血症ってことだったけど、癌も転移してたと思う。先生が亡くなっても、奥さんはそう悲しい顔もしてなかったね」

「へえ！」

いきなり戸川さんが声を出したので、森岡さんは、ぎょっと顔を上げた。きっと戸川さんには聞こえてないと思ってつい本音を言ってしまったのだろう。

「まあ、夫婦って外から見ただけではわからんもんだからね！」森岡さんは、わざと明るい声を出した。

「で、奥さんは？　この家は奥さんのものになったわけでしょ？」

戸川さんは、夫婦のことより資産価値の高い家の方に興味があるみたいだ。

「東京の息子さんのところで暮らしているらしいよ。だけど不思議なことに家を人に貸したり売ったりしないんだ。この家はこのままにしとくんだとさ」

「なぜかしら」

森岡さんは首をすくめたきりだ。私は振り返って、黒いシルエットになった酔芙蓉のある家を眺めた。もうここに来ることはないかもしれない。勝山荘もなくなったし。

平和通と交差する道にやって来た。森岡さんは片手を挙げて去っていった。

私と戸川さんと二人になった。

「二十年前ねえ。その頃にはまだ私は戸川と出会ってもいなかったわね。お見合いの話をもってきてくれた仲人さんは、『銀行員だから堅くて真面目で一生安泰だよ』なんてしきりに勧めてくれたんだけどね」

戸川さんは、別居中のご主人のことをもう他人とみなしているのか、「戸川」と呼んだ。さっさと離婚して、旧姓の「篠浦」に戻り、新しい生活に踏み出すエネルギーは、もう戸川さんにはない。

「でも私の姉は『ちいちゃん、男なんてわかんないものよ。気を緩めたらだめ』って言ってたわ。姉は看護師をしていて、いろんな人を見ているからね。よくわかってんのよ。そういうとこ」戸川さんの話はとりとめもなく広がっていく。

戸川さんの新しいアパートが見えてきた。

「寄っていく?」

戸川さんが私にそう聞いた。私は、ゆっくりと首を振った。

「ねえ、それより、ちょっと城山に登って行かない?」

私は、古町口登山道の方を指差した。戸川さんはちょっと迷った。もう辺りは暗くなり始めていた。こんな時間になおさら寂しいあの道を行く人など一人もいないだろう。

「いいわ」けれども戸川さんは言った。

「よかった」

私は笑って、制服の胸のリボンをちょっと直した。私たちは、また並んで歩き始めた。

「それにしても、私の東隣のあの人が死んでいたなんてびっくりだわ」

戸川さんは、首を振り振り言った。

「毎朝、あの人、大学へお掃除の仕事に出掛けていたのよ。それこそ判で押したように同じ時間に」

私は、黙って戸川さんの隣を歩く。

「つい二、三日前も見かけたとこなのに」またそんなことを言いだした。

「そうなの？」

「ええ。あの大学にお孫さんが通ってるんだって前に嬉しそうに話してたわ。あの人が死んでたなんてねえ」

戸川さんはため息をついた。彼女の生来の不思議な能力は、ますます研ぎ澄まされていく。

私たちは、登り口の石段にたどり着いた。底知れぬ世界への入り口のような緑の隧道に沿って、闇がくだり下りてくる。私たちは石段を上がり始めた。

「でもよかったわね。あの人、死体が見つかって」

戸川さんは言った。坂道にさしかかると、彼女はお腹を庇《かば》うように少しだけ背中を丸めた。

「で、あなたは？」戸川さんは、私の方をちらりと見た。「あなたも死んでいるのね？」

今度は、私がふふと笑う。

「そうよね。いなくなった時のままの制服姿だもの」

独り言のように戸川さんは、ぶつぶつと言った。登り口の辺りに一本だけあった街灯は、どんどん後ろに遠ざかる。

「キリキリキリキリ」と鋭い鳴き声が夜を引き裂いた。

ふと見ると、戸川千秋も、制服を着た十代の高校生に見えた。

ここは青い夜露に濡れた甘い匂いの土の国。永遠も一瞬も同じ長さで存在する場所。そして私は闇の住人。冬の霜と同じ体温をもつ者。

千秋は自分の足先を見詰めるように前かがみで歩き続ける。その歩調に合わせて、私の足もゆっくりになる。

少女たちはこうして夜歩く。

「あなたの体はどこにあるの？」

千秋が尋ねた。

「多分、赤い花が咲く下よ」

ちらりと何かが私の頭の中を過って、そんなふうに答えた。

千秋は「えっ？」というふうに私を見たが、結局何も言わなかった。

どこかで爛熟《らんじゅく》した花の香りがした。

ここは青い夜露に濡れた甘い匂いの土の国
――『少女たちは夜歩く』解説

（文芸評論家・アンソロジスト）東　雅夫

『幽』怪談文学賞（第九回から「幽文学賞」と改称、第十回をもって中断）は、〈怪談〉を中核に据えた文芸雑誌として異彩を放つ存在だった『幽』（二〇〇四〜二〇一八）が、〇六年から毎年開催していた文学賞で、選考委員は、京極夏彦、岩井志麻子、高橋葉介、木原浩勝（第五回まで担当／第六回以降は南條竹則に交代）、東雅夫。

本書『少女たちは夜歩く』の著者・宇佐美まことは、短篇小説「るんびにの子供」で、その記念すべき第一回の短篇部門大賞を受賞して、二〇〇六年十二月刊行の『幽』第六号で作家デビューを果たしている。

釈迦の生誕地の地名「るんびに」を冠した幼稚園に、何故か出没する幼い少女の霊と、語り手の女性との長年にわたる数奇な拘《かか》わりを描いた同篇は、有り得ない存在をありありと描きだす並み外れた描写力の点でも、また少女が取り憑く（？）対象の意外さ（厭さ）の点でも、応募作中、群を抜いていて、手練れ揃いの選考委員を唸らせるに十分であった。

いま改めて、このデビュー作を虚心に再見すると、日常の風景の真只中に、超自然の存在をリアルに描く卓抜な描写力や、怪異現象を取り巻く人間模様の側に、おぞましくも炙《あぶ》り出される意外な欲望の諸相など、まさにこの『少女たちは夜歩く』収録の諸篇と相通ずる要素が多々、見いだされることに驚かされる。

その意味で、本書こそは、これぞ宇佐美まことの原点と呼ぶにふさわしい記念碑的な作品だろう。ちなみに「るんびにの子供」は、著者自身が幼少期に通っていた地元の幼稚園が着想のヒントになっているそうなので、その点でも本書との共通性を認めることができそうだ。

さて、その内実や、いかに？〈この都市《まち》には、真ん中にこんもりとお椀を伏せたような山がある。その上に三層の天守閣のある城が建っている。生まれた時からずっとここにいる私は、この風景に慣れてしまっている。（中略）築城から四百余年、ここにあり続ける城山には、この街を統《す》べる力が備わっているのだ。その力は、裾野にあまねくゆき渡っている。夜になって闇に溶け込んだ山の上で青白くライトアップされた城は、虚空《こくう》に浮遊する魔城《まじょう》のようだ〉――著者の出身地・松山中心部を特色付ける城山と、その周辺で生起する妖しい出来事のかずかずを、全部で十篇の物語にまとめあげ、連作風長篇として提起した本書は、怪談作家・宇佐美まことの本領が、十全に示された力作といってよろしかろう。

ミステリ評論家の千街晶之氏が、本書の単行本版帯で〈宇佐美まことという作家の特色がたっぷり盛り込まれている逸品〉と評しているのも、大いに頷けるところだ。

二〇一七年、読みごたえある長篇ミステリ『愚者の毒』で、第七十回日本推理作家協会賞の長編及び連作短編集部門に輝いて以来、普通の人間の内部に潜む悪を、容赦なく描き出す作家としての手腕が注目されることの多い著者だが、その原点は、紛うかたなく〈怪談〉に立脚していたことを忘れてはならないだろう。

それでは以下、順を追って本書の収録作を眺めてみたい。


「はじまりのおわり」

末尾の「おわりのはじまり」と一対を成す、短いプロローグ。城山を中心とする松山の特異な地形の紹介《ガイダンス》である。


「宵闇・毘沙門坂」

タイトルにも〈少女〉として言及されている主人公格の「杏子《きょうこ》」は、城山にある女子校にかよう高校生。母親とは不仲で、すでに取り壊しが決まっている廃屋めいた「勝山荘」で独り暮らしをしており、隣人の中年女性「戸川さん」と、時おり城山散策を愉しんでいる。毘沙門坂で偶然知り合った大学生や、中学の時の教師とも、何やら意味深な関係があるようで……。

「猫を抱く女」

物語の舞台は一転、城山の麓に建つ「蒲生家」の屋敷に移る。旧領主の末裔たる老女・蒲生君枝が統《す》べる洋館だ。蒲生家の嫁・環《たまき》は、幼い娘の麻耶《まや》を連れて、久しぶりに東京から帰省する。絵画修復士の環に、君枝は祖父が遺した一枚の絵の修理を依頼するのだが……そこには妖しげな、猫に似た妖獣の姿などが描かれており……。

「繭の中」

次なる物語の主人公は、末期癌を宣告された大学の清掃員。実は「宵闇・毘沙門坂」で杏子と付き合い、無残に棄てられた大学生の父親である。息子が飲酒に溺れたのは、自分のせいだと自らを責める男は、妻子を陰から見守ることで、遺された日々に光明を見いだそうとするのだが……。

「ぼくの友だち」

城山の麓に建つ養護施設「わかあゆ園」が舞台。言語障害があるものの、動物との親和力に優れた少年・顕《あきら》は、迷い猫を助けるのだが……「猫を抱く女」に登場した妖獣が、思いがけず、ここで再びクローズアップされることになる。

「七一一号室」

舞台は城山を見晴るかす病院。主人公の女性患者（＝戸川さん）は、来院する人々の〈隠し事〉が目に見えるという不思議な能力を有する女性と同室になる。そして自身の夫の意外な〈隠し事〉にも、ハタと気がつくのだった……。

「酔芙蓉」

「ぼくの友だち」で養護施設に迷いこんだ猫の飼い主夫妻にまつわる、厭な話。再び行方不明になる猫、庭に植えられた酔芙蓉の下に埋められている何か、とは!?

「白い花が散る」

「繭の中」のＤＶカップルにまつわる後日談。生来の〈馬鹿〉を自認する主人公の若者が、同僚の女性から数日間、赤ん坊を押しつけられて、やむなく故郷の小島で暮らす家族のもとに戻る。真っ暗な本書の中では珍しく、明るいトーンに終始する物語だが、蛾が苦手な読者には辛いシーンも……。

「夜のトロイ」

またしても、蒲生家にまつわる妖獣譚である。親友に誘われて帰省中、城山で開かれた絵画コンクールの審査員を務めることになった絵画教師の梨香（「宵闇・毘沙門坂」に登場する杏子の友人）は、蒲生麻耶の図抜けた画才に注目。突然の驟雨のなか、彼女を邸宅まで送り届けることとなるが、そこに奇妙な声で鳴く妖獣〈トロイ〉が出現して……。

「おわりのはじまり」

最後を飾るのは、勝山荘最後の日の、戸川さんと非在の杏子の物語。〈ここは青い夜露に濡れた甘い匂いの土の国。永遠も一瞬も同じ長さで存在する場所。そして私は闇の住人。冬の霜と同じ体温をもつ者〉……はからずもレイ・ブラッドベリが、名著『十月はたそがれの国』冒頭に記した頌詩《プロローグ》を想起させる、見事な一節というほかはない。しかもそれが、紛れもなく、この城山＝魔界を詠ったものとなっていることも！

ここでブラッドベリの名を持ちだしたのは、偶然ではない。かつて作者自身が、次のように記しているのだから。

〈私がダークサイドに足を踏み入れる（?）きっかけとなった本を一冊挙げるとしたら、ポオの『黒猫』でしょうか。忘れもしない、中学二年の時のテスト期間中でした。これ以降、私はポオとブラッドベリによって幻想と怪奇の世界へズリズリズリッと引きずり込まれることになるのです（いや、大喜びで頭からダイブしたというべきか）。〉（「東雅夫の幻妖ブックブログ」掲載「ホラーな作家たち」第2回より）

いかがであろう。ポオ（そう、妖獣譚としての「黒猫」だ！）からブラッドベリにいたる幻妖美の泰西詩人たちと案外近いところに、かくして宇佐美まことは、赫々と存在するに違いないのである。

二〇一八年十月　小社刊

本作品はフィクションです。実在の個人および団体、事件等とは一切関係ありません。

（編集部）

実業之日本社文庫　最新刊

伊兼源太郎
ブラックリスト　警視庁監察ファイル
容疑者は全員警察官――逃亡中の詐欺犯たちが次々と変死。警察内部からの情報漏洩はあったのか。ブラックリストが示す組織の闇とは!?（解説・香山二三郎）
い13 2

岩城裕明
呪いのカルテ　たそがれ心霊クリニック
30歳で死ぬ呪いを解くため悪霊を食べる医者？　日本で唯一の心霊科を掲げる恵介には、幽霊を見られる相棒が…。この恐怖は、泣ける！（解説・織守きょうや）
い19 1

宇佐美まこと
少女たちは夜歩く
魔界の罠にはまったら逃げられない――森の中で不可解な悲劇に見舞われる人々。悪夢を見た彼らに救いの時は？　戦慄のホラーミステリー！（解説・東 雅夫）
う7 1

菊川あすか
君がくれた最後のピース
母を亡くして二年、家族のため気丈に頑張ってきた大学生の智子。報われない毎日が嫌になり旅に出るが…。時空を越え、愛されることの奇跡を描いた感涙物語！
き5 1

草凪 優
冬華と千夏
近未来日本で、世界最新鋭セックスAIアンドロイドがデビュー。人々は快楽に溺れる。仕掛け人は冬華。著者渾身のセクシャルサスペンス！（解説・末國善己）
く6 9

今野 敏
罪責　潜入捜査〈新装版〉
廃棄物回収業者の責任を追及する教師と、その家族にヤクザが襲いかかる。元刑事が拳ひとつで環境犯罪に立ち向かう熱きシリーズ第4弾！（解説・関口苑生）
こ2 17

沢里裕二
桃色選挙
野球場でウグイス嬢をしていた春奈は、突然の依頼で市議会議員に立候補。セクシーさでは自信のある彼女はノーパンで選挙運動へ。果たして当選できるのか!?
さ3 14

実業之日本社文庫　最新刊

中山七里
ふたたび嗤う淑女
金と欲望にまみれた〝標的〟の運命を残酷に弄ぶ、投資アドバイザー・野々宮恭子。この女の目的は……人気悪女ミステリー、戦慄の第二弾！（解説・松田洋子）
な52

早見 俊
女忍び　明智光秀くノ一帖
卓越した性技をもち、明智光秀を支える「白蜜党」。武田信玄を守る名器軍団「望月党」。両者は最終決戦へ。新聞連載時より話題沸騰、時代官能の新傑作！

は72

南 英男
罠の女　警視庁極秘指令
熱血検事が少女買春の疑いをかけられ停職中に金属バットで撲殺された。極秘捜査班の剣持直樹は、検事を罠にかけた女、自称〈リカ〉の行方を探るが——!?

み720

木宮条太郎
水族館ガール8
いつまでも一緒にいたい——絶滅危惧種の保護問題に直面しつつ、進む由香と梶の結婚準備にさらなるハードル。そしてアクアパークにまたもや存続の危機が？
も48

遊歩新夢
三日後に死ぬ君へ
過去を失った少女と、未来に失望した青年。ふたりの宿命的出会いが奇跡を起こす!?　切なすぎる日々の果てに待っていたものは…。怒濤のラストは号泣必至！

ゆ31

吉田雄亮
北町奉行所前腰掛け茶屋　片時雨
名物甘味に名裁き？　貧乏人から薬代を強引に取り立てる医者町仲間と呼ばれる集まりが。彼らの本当の狙いとは？　元奉行所与力の老主人が騒動解決に挑む！

よ58

実業之日本社文庫 う71

少女《しょうじょ》たちは夜《よる》歩《ある》く

2021年8月15日　初版第1刷発行

著　者　宇佐美《うさみ》まこと

発行者　岩野裕一
発行所　株式会社実業之日本社
〒107-0062　東京都港区南青山 5-4-30
CoSTUME NATIONAL Aoyama Complex 2F
電話［編集］03(6809)0473［販売］03(6809)0495
ホームページ https://www.j-n.co.jp/
ＤＴＰ　ラッシュ
印刷所　大日本印刷株式会社
製本所　大日本印刷株式会社

フォーマットデザイン　鈴木正道（Suzuki Design）

ISBN978-4-408-55677-2（第二文芸）